王子様のお抱え薬師

獣姿のダリウス
登場人物
紹介
ダリウス
クラウス王国第二王子。
獣に変身する呪いをかけられている。
切れ長の黒い瞳を持つ、
誰もが認める美形。有能だが、
強引に物事を進める一面も。
アリッサ
王都で薬店を営んでいるしっかり者。
作る薬はよく効くと
町で評判になっている。
顔立ちは整っているほうだが、
洒落っ気はなく恋愛に疎い。

ルイス
クラウス王国第一王子。
養蚕が趣味で、
誰とでも分け隔てなく
接することができる。
パメーラ
クラウス王国王妃。
ルイスの実母で、
ダリウスの義母。
美しいが気性が激しい。
魔女
王家の呪いにまつわる
伝説上の人物
のはずが……!?
レスター
アリッサの兄で宮廷医師。
妹を溺愛している。
ジーノ
ダリウスの側近。
女性が苦手。

一　薬師と魔獣

　チリンチリンと店のドアベルが鳴り響く。午後一番のお客様は、お隣に住んでいるマーカス夫人だ。

「いらっしゃいませ、マーカスさん」

「こんにちは、アリッサ。このあいだの塗り薬をまたお願いしたいんだけど」

「その後、腰の具合はいかがですか？」

「それがとってもいいんだよ。あんたに調合してもらった薬を塗ったら、痛みがすぐに消えてね。今はこの通り、動いてもなんともない」

　マーカスさんはカウンターにつかまって、立ったりしゃがんだりしてみせた。

「それは良かったです。でも急に動かすと、またギックリいくこともありますし、あまり無理はしないでくださいね。お薬はすぐにご用意しますから、少しお待ちください」

　カウンターの前に並んでいる椅子をすすめて、私は早速、薬の調合に取りかかる。

　私……アリッサ・コーネルが、クラウス王国の王都クラムでこの薬店を開いてから一年あまりになる。下町の商店街にあるこの店は、元は仕立屋だったという小さな建物を借りて、薬店として使えるように改装したものだ。

王都の中心部とか、大通りに面した一等地というわけにはいかないけど、周囲には庶民的で小さなお店がたくさんあるし、こぢんまりとした可愛らしい店の佇(たたず)まいが私は気に入っている。

薄いカーテンで仕切られた小さな作業場には、壁の一面に引き出し付きの木棚があって、様々な薬草がしまってあった。重さを量る天秤(てんびん)や、薬草をすりつぶす薬研(やげん)に乳鉢(にゅうばち)、それから蒸留器などの道具は、使いやすいように作業台の上に並んでいる。

天秤で数種類の薬草の分量を量って、乳鉢に入れた。乾燥したエナとミッキの葉にローブの実などいろいろ混ぜて作るこの薬は、湿布にすると腰痛や肩こりにとてもよく効く。

私が調合する薬のほとんどは、我が家に古くから伝わる秘密のレシピに書かれてあった。傷や痛みに効く塗り薬から、消化不良や風邪、不眠、肌荒れ等々……ありとあらゆる症状に合わせた薬の数は百を超えている。私はそのすべての手順を、子供の頃からお祖母ちゃんとお母さんにみっちりと叩き込まれてきた。

すりこぎでゴリゴリやっていたら、また店のドアベルが鳴る。カーテンから顔を出すと、今度は角の雑貨屋のご主人トムセンさんだ。

「アリッサ、頼んでおいた胃薬はできてるかい？」

「いらっしゃいませ、トムセンさん。できてますよ。今、お出ししますから」

「ああ、急がなくていいよ。先客がいるようだしな。ごきげんよう、マーカス夫人。あんたはどこが悪いんだい？」

「あたしは腰だよ。お互い年かね」

「いいや、あんたの場合は体重を減らしたほうがいいぞ。アリッサに痩せ薬を調合してもらったらどうだ？」

「人のことが言えるのかい？　あんたは胃薬より育毛剤でも頼みな」

「そりゃあいいな」

「おふたりとも、それだけお元気なら大丈夫そうですね。私も薬を調合させていただいてる甲斐(かい)がありますよ」

今では、この店もだいぶ町に馴染(なじ)んできて、マーカスさんやトムセンさんのような常連のお客さんもついてくれた。本当にありがたい。

「アリッサがいてくれて助かるよ。うちの孫が流行病(はやりやまい)に罹(かか)ったときも、あんたの薬のおかげで軽くて済んだんだ。薬の調合はどこで勉強したんだい？」

「祖母と母に教わりました。以前お話ししたと思いますが、私はオレイン村の出身で、家は代々そこで薬店を営(いとな)んでいるんです。子供の頃から家業を手伝っていただけで、どこかの学校で学んだわけではないのですが」

オレインはクラムから馬車で一日かかる小さな村だ。病院もないので、村でたった一軒の薬店である我が家は、村人たちから頼りにされている。

私が幼い頃に亡くなったお父さんは学校の先生をしていたから、店のことはすべて、薬師(くすし)であるお祖母ちゃんとお母さんが仕切っていた。ふたりを見て育った私も、今ではこの仕事にやり甲斐と誇りを持っている。

「それでも、まだ二十歳だっていうのに大したもんだよ」

「しかも可愛いときた。もう言うことないね」

「トムセンさん、おだててもなにも出ませんよ。私なんてまだまだ若輩者ですから、毎日が勉強です。でも、少しでもお役に立てているのなら嬉しいです」

ふたりの会話に返事をしながら、私は手早くお茶の用意をする。新しくブレンドした薬草茶だ。

「今度、お店に並べようと思っているお茶なんですが、試しにいかがですか？　ぜひ感想をお聞きしたいと思いまして」

薬店はお客様の症状に合わせた薬の調合が主な仕事だけど、私は食品や美容関係の商品も扱っている。だから、店の扉にかけた小さな木札には、こんな説明書きを入れた。

〈『アリッサ・コーネル薬店』――健康や美容に関するご相談をお受けします〉

薬だけでなく基礎化粧品や香水など、あらゆる植物の効能を引き出すのが、薬師としての私の仕事だ。時には、薬草だけでなく鉱物や動物の角なども材料として調合する。

お店の名前に関しては、あまりひねりがないということは自分でもよくわかっているし、お客様からも「そのままだね」とときどき突っ込まれた。わかりやすいのが一番だと私は思うんだけど……。

マーカスさんとトムセンさんの前に置いた白いカップの中で、薄桃色のお茶から心地良い湯気が立ち上っている。最近はこういった香草茶なんかも若い女性を中心に人気があった。

「あら、いい香り。それに綺麗な色。これはなにが入っているの？」

マーカスさんがカップを手に取って鼻を近づけた。隣の椅子に腰掛けたトムセンさんも、彼女を見てまねしている。

「この色と香りを出しているのはマローネという花です。他にもいろいろ入っていますが、疲れを取ったり気持ちを落ち着かせる効果があるので、夜眠る前にもいいんですよ。蜂蜜を入れても美味しいです」

「薬草を使ったお茶って苦いものが多いけど、これは美味しいわね。一袋もらえるかしら」

「試飲していただいたお礼に差し上げますよ。良かったらトムセンさんもどうぞ」

「おお、それはありがたい。女房にやって機嫌を取っておくか」

新しいブレンド茶の評価は上々のようで一安心だ。明日からでもお店に並べよう。

お茶の香りと穏やかな空気が漂う中、トムセンさんが急に声を潜めるようにして口を開いた。

「そういや、客から妙な話を聞いたんだが、町のどこかに獣が住み着いてるらしい」

「獣？」

あまりに唐突で意外な話だったから、ついそう尋ねていた。

「この半月くらいのあいだに、何度か目撃されてるんだと。昼間はどこかに隠れているのか、夜になると出てきて町中を徘徊してるってな。大工のバトーが酒場からの帰りに一度見たって騒いでたが、デカくて真っ黒い四つ足の動物らしいな」

「それならあたしも聞いたよ。そのせいで、うちの裏にある酒場がいつもより早く店じまいするから、夜は静かで助かってるけどね」

マーカスさんも知っているということは、結構な噂になっているんだろうか。私は動物の正体が気になったので聞いてみる。

「黒い四つ足の動物って、狼とか豹とかですか？」

「正体はわからんが、目撃した人間によると、大きさはこのくらいあったとか、瞳が赤く光っていたとか。もしそれが本当なら、獣というより魔獣だな」

マーカスさんは両腕をいっぱいに広げてみせた。狼や豹にしてもかなり大きい。魔獣というのは大袈裟だと思うけど、なにかしら住み着いているのは本当なのかもしれない。

私の故郷オレイン村の近くには、狼も生息していた。野性の生き物は普通、警戒して人里にはあまり近づいて来ない。今の話だとバトーさんはお酒を飲んでいたようだから、きっと暗がりで大きな犬を見て驚いたとか、そんなところに違いない。

ここクラムは国中でもっとも大きな町で、人の数も多い。じきに獣の正体も判明して、捕獲されるだろう。

「まあ、目撃されるのはいつも夜だし、まだ噂の域を出ないがな。警備隊も一応は捜索しているようだが、半信半疑といったところだ。とはいえ何件か目撃報告があるから、放っておくわけにもいかんらしい。真相がわかるまで、あんたらも夜間の外出を控えたほうがいいぞ」

「そうだね。特にアリッサ、あんたは普段ひとりのときが多いんだからね。今日はさっさと店じまいして、家の戸締まりもしっかりするんだよ」

「わかりました、そうします」

心配してくれるふたりに私は笑顔で頷いた。

夕方になって店の扉の鍵をかけてから、翌日の準備を始めた。

マーカスさんとトムセンさんに試飲してもらった香草茶を用意すると、綺麗なマローネの花が見えるように瓶詰めにして、可愛いラベルを貼ってみる。自信作の新商品なので、お客様の目につきやすいようにと何度も瓶を並べ変えているうちに、いつのまにかすっかり夜も更けていた。

ガラス張りの飾り棚の向こうが真っ暗になっているのを見て、トムセンさんの話を思い出す。

――町のどこかに獣が住み着いてるらしい。

正直なところ、あまり信じてはいない。町の噂は、大きな犬を見た話が誇張されて伝わっただけだろう。だいたい、夜になると大きくて真っ黒い動物が舗装された大通りを闊歩してるだなんて、子供向けの怪奇物語じゃあるまいし……

そう考えていたとき、店の裏側の住居部分からガタンという物音が聞こえてきた。

この建物は一階建てで、店舗と住居が一緒になった造りだ。奥にある住居部分は小さな居間と寝室と水回りの設備だけとなっている。狭い家だけれど、私ひとりが住むには十分だった。

住居のほうにも出入り口があり、居間と寝室にも窓がある。扉には鍵をかけているけれど、天気が良かったから空気を入れ換えようと思い、居間の窓を少し開けていたことを思い出した。

さっきの音が、なんだかやけに大きかったのが気になる。なにかが自然と床に落ちたというよりは、まるで誰かが飛び降りた足音のように聞こえた。

まさか、泥棒？　それとも……

背筋にひやりとしたものが走って、思わずごくりと喉が鳴る。頭の中に浮かんだのは、男の人の両腕の長さよりも大きな、獰猛そうに牙をむき出しにした黒い獣の姿。

慌ててトムセンさんの話は単なる噂だと自分に言い聞かせる。そんな馬みたいに大きな狼なんているわけがないのだから、と。

そうかといって、泥棒ならいいわけではない。店の売り上げなんて微々たるものだけど、それを奪われたら今月の家賃が払えなくなる。でも、獣の場合はお金どころか命が危うくなりそうで……どちらがよりマシなのかと、心の中で不毛な二者択一を繰り広げるのは、ある意味、恐怖からの現実逃避なのかもしれなかった。

店から通りに出て誰かを呼ぼうかとも考えたけれど、何者かが家に侵入したという確信がない段階で騒ぎ立てたくはない。ただでさえ、獣が町を徘徊しているかもしれないとみんなが不安に感じているときだ。忠告されたのだから、ちゃんと戸締まりを確認しておけば良かったと後悔する。

今の私には、武器になりそうなものはなにもない。時間があれば熊をも一瞬で眠らせる睡眠薬を調合できるけど、そんな余裕はなさそうだ。

私は周囲を見回して、とりあえず作業台に載っていたすりこぎを握りしめる。相手が獣でも人間でもあまり役に立ちそうにないけれど、投げつけて逃げるくらいはできるかもしれない。そんな想像が、ただの取り越し苦労で終わりますようにと、部屋には誰もいませんようにと心から祈った。

店と住居を仕切る扉を、音を立てないようにゆっくりと開ける。明かりがついていないから中は真っ暗だ。

迷ったあげく、店のカウンターに置いてあった携帯用のランプを持ち上げて室内を照らしてみる。扉を開けてすぐの部屋は台所だ。右側には洗面所の扉、そして正面が居間の扉となっている。

私は足音を忍ばせて正面の扉へ近づくと、それを開いた。

「誰か、いるの？」

いるのかいないのかもわからない相手に、勇気を出して声をかける。

もしも相手が獣なら意味はない。部屋に足を踏み入れたとたんに襲いかかってくる可能性も考えられた。右手にすりこぎ、左手にランプを持ったまま、私は入り口で身動きが取れなくなる。

両開きの窓が大きく開いているのを見て、さらに硬直した。昼間に私が開けたときはほんのわずかだったのに、今はほとんど全開でカーテンが夜風に揺れている。

風で動いてしまったのかもしれない。けれど、妙な胸騒ぎがして私は神経を研ぎ澄ませた。じっと澄ました耳に、かすかな息づかいと人の声が聞こえてくる。

『……勝手に入ってすまない。おまえに危害を加えるつもりはない』

恐怖に体が竦み（すくみ）ながらも、悲鳴は上げなかった。上手く説明できないけれど、その声に悪意を感じなかったからだろうか。

知的で、品性を感じさせる若い男性の声だった。呻（うめ）くように掠（かす）れていて、呼吸がとても苦しそうに感じられる。

『――と言っても、この声がおまえに聞こえるはずもないが……』

妙なことを言う。私はランプを動かして部屋中を照らした。

「あなた、誰なの？　どこにいるの？」

ランプの光の中に浮かび上がったのは、部屋の隅にうずくまっている黒い毛の動物だ。赤く鋭い瞳がこちらを見据えていて、私は息を呑む。

「……ひっ！」

やっぱり、黒い獣はいたんだ！

トムセンさんの話よりはやや小さいけれど、狼としては十分な大きさだ。ただ、狼にしては首や背中にたてがみのようなものがあり、少し雰囲気が違う。

でも、それならさっきの声はどこから聞こえたんだろう……

獣は赤い瞳で私をじっと見つめ、疲れたように首を下げた。よく見ると、前脚から血が出ている。弱って見えるのはそのせいなのだろう。

『少し……休ませてくれ』

獣の口から、ふたたび男の人の声が聞こえた。

これは夢なのか、それとも私の頭がおかしくなったのか。そう疑っても仕方がないと思う。今まで人の言葉を話す獣と遭遇したことなんてない。それでも間違いなく、今しゃべったのはこの獣だ。

「あなた、人の言葉がしゃべれるの？」

『おまえ、俺の言葉がわかるのか？』

「本当にあなただったの！」

自分から聞いておきながら、驚きのあまり叫んでしまう。私だけでなく、獣のほうもとても驚いているようだ。獣だから表情はわからないけれど、首をぴんと起こして、興奮気味に尻尾を動かしている。

念のために頬を少しつねってみると、ちゃんと痛い。これは夢じゃないし、私の耳も頭もたぶん問題はない。ランプの光で輝く赤い瞳を見ていたら、思い出したことがある。

いつだったか、お祖母ちゃんから聞いた話だ。大昔、この世界に魔法という力が働いていた時代には、人の言葉を理解したり、不思議な力を使ったりする魔獣という生き物がいたらしい。伝説の中の魔獣は、たいてい角や翼を持った恐ろしい姿形をしていて、人に危害を加えたり、時には人を食べるものもいたとか。

この獣も魔獣なんじゃないだろうか？

でも、目の前にいる黒い獣に私は恐ろしさを感じなかった。驚きはしたけれど、むしろとても美しい。傷ついて弱っていながらも、凛(りん)とした力強さを失っていないのだ。

『おまえは何者だ？　どうして俺の言葉を理解できる？』

「私にもわからないわ。人の言葉を話す獣に出会ったのは、あなたが初めてだから」

立ち上がろうとした獣が、痛みを感じたように前脚を折った。

「怪我をしているのね。ちょっと見せて。私は薬師(くすし)だから簡単な治療ならできるわ」

怯(おび)えさせないように静かに近づくと、獣は素直に横になって脚を伸ばしてくる。動物と言葉が通じると、こういう場合に便利なのだと実感した。実家でザムという名前の犬を飼っているけれど、薬を飲ませるときは一苦労だから。

　左の前脚になにかで切ったような傷があって、黒い毛が血で濡れていた。それほど酷い怪我ではないけれど痛々しい。

『警備隊に追われて逃げるときに、酒場の裏に積んであった木箱を倒してしまった。そのとき破損した木材で切ったらしい』

「警備隊に追われた？」あなた、なにをしたの？」

『べつになにもしていない。

「まあ、あなたみたいな獣が町に現れたら、普通は通報されるわよね」

　さっきの反応からすると、他の人にはこの獣の言葉が聞こえないようだ。でも、人の言葉を話すと知られたら、それはそれで興味を持った人間に追われることになるだろう。

「あなた、クラムに住んでいるの？　だとしたら、今までよくつかまらなかったわね」

『それは……』

「ああ、待って。話は後で聞くわ。とにかく、すぐに治療しなきゃ」

　そう言って、獣の頭をそっと撫でた。毛並みは艶やかで、想像したよりも手触りがいい。

　獣は気持ち良さそうに目を閉じて、好きにしろというふうに楽な体勢を取る。それから、よほど疲れていたのか、安心したからなのか、私が薬や包帯を取ってくるあいだに眠ってしまっていた。

「……ックシュ！」

くしゃみのような音が聞こえて私は目が覚めた。カーテンを透かして差し込む朝の光が、部屋の中をぼんやりと照らしている。

私は居間のテーブルに突っ伏して、いつの間にか眠っていたらしい。暖炉に薪をくべる季節は過ぎたものの、少し肌寒かったので寝室から取ってきた毛布を肩にかけていた。ベッドではなくここで夜を明かしたのは、家に入り込んだ獣の様子を見ていたからだと思い出す。

前脚の怪我は手当てしたけれど、その後の具合はどうだろう。

獣が寝ていた部屋の隅に目をやると、そこに姿はなかった。まさか勝手に出て行ったのだろうかと窓や扉を見ると、ちゃんと鍵がかかっている。

きょろきょろと見回す私の背後で、もう一度くしゃみに似た音がした。

「……クシュッ！　起きたのか？　すまないが、その毛布を貸してもらえるか」

驚きのあまり、私は座っていた椅子を倒して飛び退く。戸棚の横で壁に寄りかかり、片膝を立てて座っていたのは、見たことのない黒髪の男の人だったからだ。

しかも、それだけではない。あろうことか、彼は下着ひとつ身につけていない、全裸だった。

「暖かくなったとはいえ、さすがにこの格好では寒い。……どうかしたか？　顔色が悪いぞ」

なにも言えずに硬直している私を、裸の男は気遣う。立ち上がろうとする素振りを見せたので、私は咄嗟に毛布を投げつけて絶叫した。

「きゃあぁぁぁぁっ！　変態！」

「おい、大声を出すな！　誰か来たらどうする……」

「こっちに来ないで！　この変質者！」

「変態だの変質者だの、言いたい放題だな。……ああ、わかった！　ちゃんと説明するから。俺がこんな格好なのは、昨夜の変身が解けたせいだ」

「……………変身？」

不可解な言葉につい振り返ると、男は毛布を拾い上げて体に巻いていた。とりあえず目のやり場に困ることはなくなったけれど、危険な状況には変わりない。

「だから、あの獣は俺が変身していたんだ」

「は⁉」

私は思わず気の抜けた声を発していた。もしかするとこの人は変態のうえに妄想癖(へき)まであるのかもしれない。だとしたら、二重の意味で危険な男だ。

でも、本当にこの男と入れ替わったかのように、部屋のどこにも黒い獣の姿はない。

肩から下に毛布を巻き付けた男を、私は探るように見つめた。背が高いせいで膝から下がむき出しになっている。間抜けな格好なのに、彼はまるで王様みたいに堂々と立っていた。

年齢は二十代半ばといったところだろう。艶(つや)やかな黒髪に切れ長の黒い瞳で、よく見ればかなり整った顔立ちをしていた。変態というのが残念すぎる。腕や足に綺麗(きれい)な筋肉がついているけれど、ごつごつした感じではない。それに、肌はまったく日に焼けていなくて、肉体労働とは無縁であることを思わせた。

「昨夜、お忍びで外出中にうっかり変身してしまってな。いつもなら人に追われたとしても簡単に撒けるんだが、運悪く怪我をしたせいで走れなくなった。一度変身すると、いつ人の姿に戻るのか自分でもわからないんだ。それで、とりあえず隠れる場所を探していたときに、ちょうどこの家の窓が開いているのが見えた。おかげで助かったが、女のひとり暮らしにしては不用心だぞ」

人の家に無断で侵入した変質者は、偉そうに説教をしてくる。ムカついたけれど、ここは言い返すよりも適当に合わせて追い出すか、警備隊を呼ぶべきだ。私は努めて冷静に作り笑いを浮かべる。

「そうだったんですか。獣に変身してしまうなんて大変ですね。病気かもしれませんし、お医者様に相談なさったらいかがですか？　近くに診療所があるので、ご案内します」

扉のほうへ向かおうとすると、男がすっと立ちはだかった。

「医者には相談したが、未だに治す方法はわからん。それよりおまえ、俺の話を信じていないだろう。言動がわざとらしいぞ」

「信じてますよ」

「嘘をつけ」

少し強い口調で言い返されたので、私もイラッとしてつい本音を口にする。

「そうです、嘘ですよ。当然でしょう？　人間が獣に変身するだなんて、そんな魔法みたいなこと信じられるはずがないもの」

「魔法みたいな話だが、これは事実なんだ。理由はわからないがある日突然、ちょっとしたきっかけで俺の体は変化するようになってしまった」

「知らないわよ！　とにかく出て行って！」

棚の横に立てかけたままになっていた箒を手に取ると、剣のように構える。男は片手で毛布を押さえながら、もう片方の手を私に向けて広げた。

「俺に近づくな。困ったことになるからな」

「それはこっちのセリフよ！　今すぐ出て行くなら、警備隊にも通報しないでいてあげるわ。ほら、さっさと出て行きなさいよ」

男の横を素早く通り抜けて、どうぞとばかりに扉を大きく開けてやった。

こちらの扉は裏通りにつながっている。朝のうちはほとんど人通りもないから、毛布を羽織っただけの男が私の家から出て行くところを、誰かに見られることもないはずだ。こんな場面を近所の人にでも目撃されたりしたら、お嫁に行けなくなってしまう。

「この格好で俺に外を歩かせる気か？」

毛布を巻いただけの自分の姿を見下ろして、男が詰るように言った。

「警備隊に通報せず、毛布まで貸してあげるのよ？　感謝してもらいたいくらいだわ。どうせ酔っぱらった勢いで裸になって、服をどこに置いたかも覚えていないってところでしょう？」

「昨夜は酒は飲んでいない。変身すると体に合わなくなって服が破れるんだ。おかげで制服を何度新調したことか」

「あの獣が自分だと、まだ主張するつもり？　いいかげんに……」

箒で押し出そうとした私の目の前に、男は自分の左腕を突き出してくる。手首から肘にかけて巻かれた包帯に、少し血が滲んでいた。

「昨夜おまえが手当てしてくれた傷だ。いい薬だな。おかげで痛みは引いた」

「嘘でしょう……？」

彼が言った通り、私は獣の前脚に薬を塗って包帯を巻いた。それを知っているのは、私と当の獣だけ。獣と入れ替わるようにこの人が現れたことは事実だけど……変身したなんて話はやっぱり信じられない。

「俺は嘘を言っていない。あの獣は俺だ。今ここで変身して証明することもできるが、わけあってすぐに戻らなければならない。できれば、おまえも俺と一緒に……」

そのとき、開いた扉の陰から人影が現れた。男と言い合いしていたせいで、足音に気づかなかったらしい。

「アリッサ、いたのか？　開店時間が過ぎているのに店が閉まったままだから、こちらの裏口に回ってみたんだ。具合でも悪いのかと心配したぞ。今日は非番だからちょっと様子を見に……来た、んだが……」

現れたその人は、男に気が付いたのか、立ち止まる。ほとんど裸に近い男の体に目を留めたとたん、表情が凍りついた。

「アリッサ、おまえ……」

「兄さん！　これはね……ちょっとわけがあって……」

いつもは温厚そうな瞳を吊り上げているのは、私の兄、レスター・コーネルだった。私がクラムに来るずっと以前から王都で働いていて、仕事が休みの日にはいつも店に来てくれる。

兄さんも仕事が大変だし、私だってもう子供じゃないのに、過保護というか妹思いというか。はっきり言うと溺愛気味だ。そんな兄さんがこんな場面に遭遇して、穏便に済むわけがない。
よりによって、一番見られたくない人に見られるとは……なんて間が悪いんだろう。

「貴様、アリッサになにをした！」

私が適当な言い訳を考えつく前に、兄さんは男につかみかかろうとした。

男は素早い動きでそれを躱して、家の中へ逃げ込む。兄さんはそれを追いかけて、狭い部屋の中に入った。テーブルを挟んで、お互いに間合いを計っている。

「兄さん、やめて！　私はなにもされてないわよ！　その人はただ、勝手に泊まっただけで……」

「泊まっただと？　アリッサ、おまえやっぱりこの男と……だから、おまえが王都に出て来ることには反対だったんだ。若い娘が都会に出るとろくなことにならない」

「なにもないって言ってるでしょ！　変な想像しないでよ、兄さん」

兄さんは村で神童と呼ばれたほど頭が良かった。やさしげな外見は女性から好かれ、誰にでも分け隔てなく接するので老若男女問わず人望もある。私の自慢の兄だ。

そんな神様のような人なのに、私のことになると人格が変わる。とりわけ、色恋に関することには容赦がない。自分が認めた相手でなければ私を嫁にやらないというのが兄さんの信念で、村にいたときなんか、学校の帰り道に同級生の男子と話していただけですぐに邪魔しに来たものだ。

今はこの男が私に夜這いをかけたと勘違いしているようで、ちょっとやそっとじゃ憤りが治まりそうにない。私の声だって聞こえていないみたいだ。

家に裸で侵入する男も問題だけど、兄さんがその男に怪我をさせたり勢い余って殺(あや)めたりしたらもっと問題になる。このままだと犯罪者がふたりになってしまう。

「兄さん、とにかく冷静になって。ちゃんと説明するわ」

自称変身男については私にもわけがわからないから、上手く説明できる自信はない。

兄さんを止めようと腕にしがみつくと、テーブルの向こう側で男がほっとしたように言う。

「落ち着けレスター、俺が誰かわからないのか？」

なぜなのか、彼は兄さんの名前を知っていた。兄さんのほうは心当たりがないのか、そのまま追いかけようとしている。それを私はどうにか宥(なだ)めた。

「兄さん、この人と知り合いだったの？」

「私の知り合いなら、そんな破廉恥(はれんち)な格好でおまえに言い寄るものか」

「俺もここがおまえの妹の家とは知らずに入ったがな。俺はダリウスだ。おまえの主(あるじ)の顔を見忘れたのか？」

「ダリウス……？」

ダリウスと名乗った男は、テーブルの上に身を乗り出して顔を近づけた。その態度に虚を突かれたように、兄さんもしげしげと彼を見つめる。

ダリウスって、どこかで聞いた名前だけど……それに今、おまえの主って言った？

兄さんの表情から少しずつ険(けわ)しさが抜けていき、代わりに狼狽(ろうばい)の色が浮かんだ。

「ダリウス殿下……！」

そう呟いてから、兄さんは素早く床に片膝を突いて頭を垂れた。

「大変失礼いたしました！」

「わかってくれたならいい。一時はどうなることかと思ったぞ」

脱力したように肩を落として、男が息をついた。

兄さんが臣下の礼を取るということはつまり、この変質者さん、もとい変質者様は……

私はおそるおそる尋ねてみる。

「あの、本当に王子様なんですか？」

「紹介が遅れたな。俺の名はダリウス・フィン・クラウスベルヌ……この国の第二王子だ」

毛布一枚の姿だというのに、威厳さえ感じさせる声で王子殿下はお答えになったのだった。


それからの展開はめまぐるしすぎて、なにがどうなったのかよく覚えていない。

ダリウス殿下がお住まいの王宮には緊急用の外部との連絡網があるらしく、兄さんが警備隊を通して連絡すると、一刻も経たないうちに迎えの馬車がやって来た。あまり近所では見かけないような高級感満載の大型馬車が、私の店に横づけされる。

今回の奇行を言い訳しているのか、馬車に乗り込む前に、ダリウス殿下と兄さんは家の中でなにやら話し合っていた。殿下が私の身の潔白を、ちゃんと説明してくれたかどうかが気になる。

ちなみに、兄さんの仕事は宮廷医師だ。王族の健康管理が主な仕事で、病気や怪我などにも対応する。兄さんは長年、ダリウス殿下の診察を担当しているらしい。基本的に王宮に住み込みで、高給だけど休みは少なく、重い責任をともなうストレスの多い仕事だ。

宮廷医師という肩書きは、クラウス王国の医師の中ではもっとも高い地位を表す。しかも、兄さんの二十七歳という年齢は、かなり早い出世といっていい。

家から外に出たダリウス殿下はもう毛布姿ではなく、私の家に置いてあった兄さんの服を借りて着ていた。ふたりの体格は同じくらいだけど、兄さんのほうが若干背が高く、殿下のほうはやや体つきがしっかりしているようだ。痩せているように見えて意外と筋肉質だった殿下の姿を思い出してしまい、それを振り払うために私は頭をぶんぶんと振る。

店の前には野次馬が集まってきていたけれど、まさかここに本物の王子様がいらっしゃるとは誰も思っていないだろう。とにかく、ようやくこの騒動から解放されるのだから今は我慢だ。

そんな気持ちで見送りに出ると、ダリウス殿下は私に向き直って言う。

「アリッサといったな。おまえも一緒に来い」

「なぜ私が……？　まさか、殿下に対して無礼を働いたので、不敬罪で罰せられるんですか？」

「無礼だったという自覚があるわけか。この俺を毛布一枚で外に放り出そうとしたり、変態呼ばわりしたからな」

「それは……そもそもは殿下が突然、私の家に裸でいらっしゃったことが発端（ほったん）じゃありませんか。それに、獣に変身するだとか……」

最後まで言わないうちに、私の口は兄さんの手で塞（ふさ）がれていた。

「アリッサ、その話はここではするな」

焦ったような小声で注意される。『家に裸でいらっしゃった』が問題発言だったのか……よくわからないけれど、兄さんの反応にはただならぬものを感じた。

殿下は悠然とした身のこなしで馬車に乗り込むと、窓から顔を出す。

「誰もおまえを罰したりはしないから安心しろ。すべては王宮についてから説明する。とにかく、今は馬車に乗れ」

安心しろと言ってくれるのはいいけれど、私の都合は完全に無視のようだ。

お店だってあるし、今日は新作の香草茶を発売するつもりでいたのに、予定が狂いまくりです、などという抗議をするのは無駄に思える。

王子様というのはみんな強引なんだろうか。一般庶民の都合も少しは考えてもらいたい。

ただ、ダリウス殿下の場合はいたずらに権力を振りかざしているというよりも、単に性格のような気がする。自分勝手だし、変な人ではあるけれど、高慢さは感じない。

「アリッサ、私からも頼む。一緒に来てほしい」

兄さんにそんなふうに言われると断れない。近所の目もだんだん気になってきたので、私は仕方なく馬車に乗り込んだ。

このことは、すぐに近所中の噂になることだろう。後でどう説明すればいいのかと、私は途方に暮れた。

生まれて初めて乗った高級馬車は、内部も広々として、クッションの利いた座席は座り心地が良かった。でも、そんなことに浮かれていられる気分ではない。

兄さんが宮廷医師とはいえ、私は高貴な身分の方々とは一生縁などないと思っていた。王族なんてその最たるもので、王家の公式行事などで遠くから眺めるだけの存在、私にとっては別世界の住人なのだから。でもこれはきっと、私を含む多くの一般庶民のまっとうな感覚だろう。

馬車の中には、ダリウス殿下と兄さんと私の三人が乗っている。他には、御者がひとりと、馬で並走する護衛がふたり。

王子様のお迎えにしては人が少ないのは、できるだけ目立たないようにという配慮なのだろう。それならもっと地味な馬車にすればいいのに……王宮の人が考えることはわからない。

「あの……確認なんですが、私も王宮の中に入るんですよね？」

「もちろんだ」

窓枠に肘をついた殿下は、当たり前のことを聞くなという顔で答えた。

予想通りの答えに、私は不安になって自分の服装を見下ろす。

急かされたので着替える時間もなく、昨日と同じ服のままだ。出かける間際にエプロンだけは外したけれど、いつも店で着ているシンプルで丈夫なドレス――

もっとも、手持ちの服はみんなこんな感じだから、着替える意味はあまりないのかもしれない。

お化粧はほとんどしないし、髪だって長く伸ばしてはいるけれど、凝った髪型にすることもなかった。二十歳にもなって洒落っ気がなさすぎるとよく言われている。

「なにか気になるのか？」

殿下に尋ねられたので、急に恥ずかしくなって肩を竦めた。

「お城へ参上するには、礼儀をわきまえていない服装だと思いまして」

「そんなことか。べつに国王に謁見するわけでもない。服などなんでもいい」

その言葉に少し安心しつつ、目の前のお方は、ついさっきまで服さえ着ていなかったことを思い出す。今は兄さんのシャツとズボンという庶民的な服装だけど、王子様だと思って見るとなんだか高貴に感じた。

「それにしても、おまえがレスターの妹とは驚いたな。普段は温厚を絵に描いたような男だが、さっきは本気で殺されるかと思ったぞ」

「まことに申し訳ございませんでした！　まさかダリウス殿下があんな場所にいらっしゃるとは思いもよらず、アリッサを狙うどこかの戯けが家に忍び込んだものとばかり……」

兄さんは馬車の床につきそうな勢いで頭を下げ、改めて謝罪している。

私から殿方を家に連れ込んだと思っていないことは良しとしても、兄さんの偏った想像力には困ったものだ。この先、私は殿方と話すたびに、いちいち勘ぐられて邪魔されるに違いない。本当に恋人ができた日には……考えるのが怖くなった。

「勘違いさせたことは俺にも非がある。だが、ずいぶんと妹を溺愛しているんだな。まあ、レスターと血が繋がっているだけあって、確かに顔立ちは悪くない」

殿下が私をじっと眺めるので、ちょっとどぎまぎしてしまう。

子供の頃から女性にモテていた兄さんと、私はまあまあ似ている。つまり、殿下の感想通り、顔立ちは整っているほうなのだ。癖のない金髪も、青い瞳も兄さんと同じだし、村では薬店の看板娘としてそれなりに人気はあったと……思う。

でも、兄さんとは雰囲気が微妙に違う。全体的に線が細くておっとりしている兄さんに対して、なんというか私のほうががたくましい。良く言えば健康的——それはおそらく、ずっと家にこもって勉強していた兄さんと、薬草を採取するために野山を駆け回っていた私との違いだろう。

女性の容姿について面と向かって批評するのはどうかと思うけれど、ダリウス殿下に褒められて悪い気はしない。澄まして微笑みを返した私に、殿下は重ねて言い放つ。

「だが、色気は欠片もないな」

……王子様じゃなかったらどつくところだ。色気がないなんてことは、言われるまでもなく本人が一番よくわかっている。

馬車は王都の喧噪の中を走り抜けると、やがて静かな場所へ出た。緑に囲まれたゆるやかな坂道を上り、しばらくして停車する。御者が扉を開けると、もうそこは王宮の敷地内だった。

クラウス王国の王宮は、王都クラムを見下ろす高台に建っている。

いくつもの尖塔がそびえる白亜の城は、他国からの旅人が絶賛するほど美しいクラムの名所だ。白壁に映える青い屋根は、町の至るところから眺めることができる。

これまでも何度か、兄さんに頼まれて薬を届けに行くことがあったけど、王宮に出入りする業者が使用する専用口から入り、兄さんがいる棟に向かうだけで、それ以外の場所に足を踏み入れたことはない。

ただでさえ、王宮は広いのだ。王族の住居に、大臣や官僚の人たちが政治を行う会議場、騎士たちの訓練場、料理人やメイドたちが住む区画……その他にも私にはわからない施設がたくさんある。ひとりで歩いたら絶対に迷子になるだろう。

馬車が着いたのは、王宮の正面ではなく裏手のようだった。人目を忍びたい事情は理解できる。ただの石壁に見えるところにダリウス殿下が触れると、なんとそこは扉になっていた。殿下がその中に入って行き、兄さんに促(うなが)された私も仕方なく続く。

中は、暗く狭い通路になっていて、壁に点々と設置された小さな燭台(しょくだい)に、心細いくらいの火が灯(とも)っているだけだ。どんどん奥へ進んでいく殿下の背中を見失わないように、私は必死に足を動かす。

こんな迷路みたいな場所に取り残されるのは嫌だ。一生彷徨(さまよ)うことになりそうだから。

「あの、どちらへ向かっているのですか？」

歩きながら質問すると、殿下は振り返らずに答えた。

「俺の部屋だ。この廊下はいくつかの部屋に繋がっているが、そのひとつが俺の執務室だ。とはいえ、他の人間は今では滅多に使わない。かなり昔に作られた隠し通路だからな」

「それは……なにかあったときにも安心ですね」

隠し通路という言葉にたじろぎながらもあいづちを打つ。

なにかあったときって……間違いなく生死に関わるときだと思う。いくら朝帰りだからって、こんな場所から入るなんて変だ。そもそもどうして私が連れて来られたのかもわからない。一体どんな陰謀に巻き込まれているんだろう。

　兄さんが一緒でもあまり安心はできそうになかった。基本的に押しが弱い兄さんのことだから、この超強気な王子様に逆らえるはずもない。

　いくつかの分かれ道をダリウス殿下は迷うことなく進み、ひとつの扉に辿り着いた。扉は音もなく開き、いきなり明るい場所に解放される。ようやく殿下の執務室に着いたらしい。

　私たちが出てきた扉は本棚の一部になっていて、閉じるとまったく扉には見えない。あまりによくできていて感心してしまう。

　すぐには目が明るさに慣れず、手を翳して周りを見ると、殿下と兄さん以外にもうひとり男の人がいた。ふたりと変わらないくらいの若さで、膝まで丈がある黒い上着に革ベルトを巻いている。これはクラウス王国の騎士の制服だ。

　灰みがかった茶系の髪をきちんと撫でつけて、とても堅苦しく真面目そうな風貌をしている。その男性は、にこりともせずに殿下と向かい合った。

「お帰りなさいませ。ずいぶんとお早いお帰りで」

　殿下に対してあからさまな嫌みを言えるなんて、この人ただ者ではない。殿下のほうがどことなく気圧されているように見える。

「怒るな、ジーノ。昨夜のうちに帰れなかったことにはわけがある」

「では、お聞かせいただきましょうか。大っぴらに捜索するわけにもいかず、あなたが王宮にいないことを誰にも気取られないようにとあれこれ策を練りながら、私が一睡もできずに、悶々として朝を迎えたことに値するだけの重大な理由なのでしょうから」

「……すまなかった」

とうとう、殿下は素直に謝った。今のやり取りで、ふたりの微妙な力関係が垣間見えた気がする。

ジーノと呼ばれた男性の目が、今度は私にジロリと向けられた。殿下とは違う種類の威圧感に、私は怯みそうになる。

「それで、こちらの女性は？」

「私は……」

「レスターの妹でアリッサ・コーネル。アリッサ、この男はジーノ・カイラル。俺がもっとも信頼する側近だ」

殿下がそう紹介してくれた。

けれど、そこに付け加えられた説明に、私は困惑させられることになる。

「アリッサは俺の、救いの女神だ」

ジーノさんも兄さんもぎょっとした表情になり、私と殿下を交互に見た。でも、この場で一番驚いているのは私に決まっている。

ダリウス殿下、今、なんと仰いました？　救いの女神……って、どういう意味ですか！

殿下の執務室は、私の店と住居を合わせたよりも広い。

高い天井にも装飾が施されていて、大きな窓からは燦々と陽光が差し込んでいた。大理石でてきた暖炉の上には金の燭台が置かれ、壁際に並ぶ書架のあいだにも高価そうな絵画や調度品がさりげなく飾られている。こんな立派な部屋に入ったのは生まれて初めてで、私は柄にもなく少し緊張していた。

私は暖炉の傍に置かれた長椅子に座らされ、向かいには兄さんとジーノさんが座った。ダリウス殿下はひとりだけ、木製の書斎机に寄りかかるようにして立っている。

別室で着替えてきた殿下は、ベルトのついた黒い上着に黒いズボン、長めのブーツという格好だった。少しだけ意匠が異なるけれど、ジーノさんと同じ騎士の制服に見える。上着の襟や合わせは金糸で縫い取りがされていて、実用的な中にも装飾性と気品があった。殿下にはとてもよく似合っている。

「…………というのが、昨夜から今朝までに起きたことだ」

昨夜の不可解な出来事について、殿下はざっくりとジーノさんに説明した。外出中に例の症状が……とかなんとか表現していたけど、その話は私にはわからない。でも、ジーノさんと兄さんにはわかっているようだった。

「それで、彼女の家に逃げ込み、朝まで匿ってもらったと」

ジーノさんが額に手を当てて苦々しげに言う。私はべつになにも悪いことをしていないのだけど、なんだかこちらまで責められているような気分になる。

「いつもなら、あのままでも王宮に戻るくらいわけないことだが、昨夜は怪我のせいで身動きが取れなくなってな。アリッサが家に泊めてくれて助かった」

いつもならということは、お忍びで夜遊びするのは昨夜に限ったことではないということか。ジーノさんがイライラするのも当然だ。

それはそうと、私から進んで殿下を泊めたような言い方はやめてほしい。

「おひとりでの外出は控えてくださいとあれほど申し上げているのに。この前だって人に見られたでしょう。もう城下で噂になっているんですよ」

「昼間の外出はなるべく控えているんだ。夜くらいは好きにさせろ。町の様子を知るのは俺の務めでもあるからな」

「外にお出になりたいだけでしょう。まったくあなたという方は……私の心労も考えていただきたいものです」

「おまえにはいつも感謝している、ジーノ」

少しも悪びれない殿下の笑顔に、ジーノさんは諦めたような溜め息を漏らした。殿下みたいな主人を持つと苦労しそう。

「それで、この方が救いの女神というのはどういう意味です？　コーネル殿の妹さんは確か、町で薬店を営んでいると伺ったことがありますが。殿下の病を治す薬でも見つかったのですか？」

ジーノさんが私を見て聞いてきたので、首を傾げた。

「病……？」

「病というより呪いというべきかもしれませんが。宮廷医師の中でも腕利きのコーネル殿ですらお手上げだったのに、妹のあなたに解決できるというのですか？」

「あの、失礼ですがお話がわかりません。病とか呪いとか一体なんのことですか？」

今度はジーノさんが怪訝（けげん）な顔で、ダリウス殿下に尋ねた。

「殿下、例の件を彼女に話していないのですか？」

「話したが信じないんだ。俺は裸で不法侵入した変質者だと思われたらしい」

非難がましい殿下の眼差（まなざ）しに、私も黙っていられなくなる。

「申し訳ありませんが、普通はそう思います」

変質者呼ばわりしたことについては、私は悪くない。事実、殿下は裸で私の家に現れたのだから、疑いようのない犯罪行為だ。

私が信じなかった殿下の話というのは、あの黒い獣に変身していたという空想小説みたいな説明のことだろう。いくらなんでも、ジーノさんまであの話を信じているなんてことはないはずだ。でも、三人のあいだでなにか秘密が共有されているように感じる。兄さんの態度もずっと変だ。

なにがあるの？　という思いで兄さんを見つめると、困ったような表情が返ってくる。それで私は確信した。

そうか、殿下はやっぱり心の病気なんだ！

ご自分が獣に変身できると思い込んでいて、兄さんもジーノさんもどうしたらいいのかわからずにいる。だから、病とか例の件とか、奥歯にものが挟まったような言い方をしているのだろう。

そういうことなら、私でも役に立てることがある。変身する体質を治してほしいなんて言われたら、どうしようかと思った。

「なにか複雑な事情がおありなんですね。わかりました。私でお力になれることがありましたら、協力させていただきます」

私の言葉に、ジーノさんの表情が少し和らいだ。

「そう言っていただいて感謝します。ではアリッサさん、ちょっとこちらへいらしてください」

「あ、はい」

手招きをされた私は、言われた通りに移動する。ジーノさんが殿下と向かい合う位置で止まったので、私もジーノさんの傍で足を止める。それで殿下がなにかを察したようだった。

「ジーノ、おまえまさか……」

「実際に見ていただかなくては、信じられないのも当然です。私はこの目で見ても信じられませんでしたが……失礼いたします、アリッサさん」

「待て……っ！」

殿下の制止の声を無視して、ジーノさんは私を殿下に向かって突き飛ばす。私は予想外のことに言葉が出ない。それほど強い力ではなかったけれど、不意打ちだったせいで私は殿下の前へと倒れてしまった。それを、殿下が咄嗟に支えてくれる。

「く……ッ」

ダリウス殿下は急に目眩でも感じたように片手で額を押さえる。それから、私を抱えたまま床に膝を突き、倒れてしまったのだ。

「殿下……ダリウス殿下、どうなさったんですか！」

私は慌てて殿下を助け起こそうと、その背中に手を当てる。

なにかの発作に見えるけれど、どこか悪いのだろうか。症状から推測すると心臓か、あるいは肺を痛めているのかもしれない。

こういうときこそ宮廷医師の出番なのに、兄さんは椅子に座ったままだ。ジーノさんもなにかを待っているかのように、ただ黙って殿下を見ている。

「おふたりとも、なにをぼーっとしてるんですか！　殿下がこんなに苦しそうなのに……」

「大丈夫だ。おまえも離れていろ。……見ても驚くなよ？」

「殿下、どういう意味ですか……？」

わけがわからずにただオロオロしていると、殿下の体がいきなり靄に包まれた。どこから湧いたものなのか、まるで私と殿下を遮断するように現れたそれは、瞬く間に消えていく。

いつのまにか、殿下がいたはずの場所には、一匹の黒い獣が立っている。昨夜、私の家に潜り込んでいたあの獣だった。

これは、どういうこと……？

体中から力が抜けてしまったように、私はその場にへたり込んでぱちぱちと瞬きする。そんな私を獣は赤い瞳で見つめ、体にまとわりついていた布きれを牙や爪で器用に剥ぎ取っていた。それはまさしく、さっきまで殿下が身につけていた騎士の制服に違いない。

『これでわかったか？　昨夜の獣が俺だと』

黒い獣は、殿下そのものの偉そうな口調で私に語りかける。

「俺、って……ちょっと待ってください！　え……殿下？　本当に？」

『だから俺だと言っている。どこまでも疑り深い女だな』

「だってこんなこと、信じられるわけがないです！　人が獣に変身するだなんて……」

『むしろ、ここまで見てどうして信じない？　俺はダリウス・フィン・クラウスベルヌだ』

「混乱するので名乗らないでください。誰か、これは夢だと言って……」

耳を塞いで現実逃避しながらも、これはもう認めるしかないと頭の隅で考える。

思い返せば、昨夜から今朝までの出来事だって、獣しか知らないことを殿下は知っていた。そんなことがあるはずはないと、私が認めなかっただけで——

こんなの病気じゃなくて、まるで魔法だ。理解はしても受け入れられずにいる私の横で、ジーノさんが膝を突いた。

「アリッサさん、もしかして、あなたにはダリウス殿下の言葉がわかるのですか？」

「そうなのか、アリッサ！」

ジーノさんと兄さんは当たり前のように、この獣を殿下と認識している。それを認めたくない私の理性のほうが間違っているだなんて、なんという理不尽な状況なのか。

「わかるのかって……おふたりには聞こえないんですか？　さっきから、ご自分が王子だと主張なさってますけど」

獣姿のダリウス殿下が横から割って入った。

『ジーノにもレスターにも、この姿のときの俺の声は聞こえないらしい。だからいろいろと面倒だったんだ。今のところ、この声が理解できるのはおまえだけだ』

「私だけ……？」

光栄に思うべきなのだろうか。獣王子の言葉が理解できる理由は不明だけれど、正直あまり嬉しくはない。

『それもあっておまえを城へ連れてきた。隣で俺の言葉を通訳してくれ』

「……やっぱり」

面倒なことに巻き込まれてしまったとは思う。まだ気持ちが整理できていない部分はあるけれど、私は殿下の望みを聞き入れることにする。周囲の人と会話が成り立たないのは確かに不便だ。私を救いの女神と言ったのは、そういうわけなのだろう。

私と兄さんとジーノさんは椅子に腰を下ろし、殿下は通訳である私の近くの床に座った。無意識の仕草(しぐさ)なのか後脚で耳の後ろを掻(か)いている。そうしていると獣そのものだけど、痒(かゆ)いときはそうするしかないのだろう。

「それで、殿下がこのようなご病気……というか、不思議な体質になってしまったのは、なにが原因なんですか？」

「それがわからないから困っているのです」

誰にともなく尋ねると、答えたのはジーノさんだった。

「最初に変身したのは一月(ひとつき)ほど前のことです。一緒に王宮の廊下を歩いていたところ、ダリウス殿下は急に気分が悪くなったと仰(おっしゃ)って、先にお部屋にお戻りになったのです。コーネル殿を連れて私もお部屋に伺うと、殿下のベッドに見たことのない獣がいて……驚いて衛兵を呼ぼうとしたとき、獣は殿下のお姿に変わりました。そのときの私の心境を言葉にすることは、とてもできそうにありません」

『俺だって慌てたというのに、あのときジーノは俺に剣を向けたんだ』

「それは……おふたりとも心中お察しします」

私はふたりに向かって頷く。けれど、苦悩するジーノさんと、わりとけろりとしている殿下の態度は対照的で、どちらかというとジーノさんに同情してしまった。いきなりこの獣に遭遇して、殿下と気づけというほうが無理だと思う。

「姿が変化するきっかけはなんなのですか？　さっきはわざと私を殿下にぶつけましたよね？」

「殿下は女性と接触すると変身してしまうようなのです」

『要するに、女に触れると変身するということらしい』

殿下とジーノさんが同時に説明してくれた。私にしか聞こえない二重音声というのは厄介だけれど、なんとか聞き取れた。つまり、異性に触れるとこの姿になってしまうということか。

話がますます魔法っぽくなってきた。さっきジーノさんは『呪い』という言葉を使ったけれど、それがもっとも当てはまる。

「先ほどは申し訳ありませんでした。あなたに信じてもらうには、あれしか方法がなかったので」

状況を理解した私に向かってジーノさんが頭を下げた。

「わかっています。それはもうお気になさらず。でも、女性に触れることが変身の引き金になると、どうして気づかれたんですか？」

「最初に変化したときは、廊下で王妃が落とした扇をダリウス殿下が拾われるということがありました。後になってお聞きしたところ、わずかに王妃と指が触れたと。そして、殿下がお忍びで外出されたときに、酒場の女性店員と肩がぶつかった直後に変身したと聞いて、ふたつの共通点に気づきました。これまで変身したのは、今回のものも含めて五回ほどでしょうか。いずれも女性との接触が関係しています」

「なるほど。それにしてもダリウス殿下、お忍びでの外出がお好きなんですね」

昨夜のこともそうだ。王子様の生活に口を出すなんておこがましいけれど、あまりに危機感がなさすぎる気がする。ジーノさんもそれを危惧（きぐ）しているのか、大きく頷（うなず）いた。

「変身してしまった姿を二度ほど人に目撃されて、城下に獣が潜（ひそ）んでいるという噂が立ちました。ダリウス殿下には外出を控えてくださいとお願いしているのですが、聞き入れてもらえず……」

ジーノさんが咎（とが）めるような視線を殿下に向ける。

『この体質になってからというもの、夜になると以前よりも外に出たくなる。俺が思うに、獣の血が解放を求めているんだろう』

私がその言葉を通訳すると、ジーノさんは冷ややかに獣姿の殿下を見下ろした。

「それでは、夜間は檻（おり）にでも入っていただきましょうか。なんでしたら鎖もおつけします」

『聞いたか、アリッサ。ジーノはこういう趣味の男だ。おまえも気を付けろ』

「ええと……」

「殿下がなにか仰いましたか？」

「いいえ、なんにも」

この主従のあいだに入るのは神経がすり減る。殿下の言葉を全部そのまま伝えていたら、無駄な確執を作ってしまいそうだ。

「私と一緒に殿下の獣姿を目撃したコーネル殿とも、この状況について話し合いました。彼は宮廷医師としてここ数年はずっとダリウス殿下を診ていらっしゃいますから、殿下のお体に関しては一番よく知っているはずです。ですが、お手上げだと言われました」

「本当に、医師として力不足を痛感します」

肩身が狭そうに兄さんが呟くけど、今回の場合、医師を頼るほうがどうかと思う。

「殿下の症状を治せる者がいるとすれば、それは『魔女』です。先ほどジーノさんが仰った通り、これは呪い……本人の意思とは無関係にかけられた魔法だと思いますから」

私の発言に三人とも押し黙った。きっと、薄々同じことを考えていたに違いない。

魔女なんておとぎ話みたいだけど、昔はこのクラウス王国にも存在したらしいのだ。実は、我がコーネル家には先祖が魔女だったという言い伝えがある。

今では魔法は廃れてしまい、魔女と呼ばれる者はいない。だから、ダリウス殿下の身に降りかかったこの災難がどこから来たものなのか、それが重大な謎だった。

「他には、誰にも相談しなかったんですか？　たとえば、呪術師とか占い師とか」

私はジーノさんに向かって尋ねる。

「それも考えて探してはみましたが、どれも信用に欠ける輩(やから)ばかりで。殿下のこのような秘密を迂闊(うかつ)に外に漏らすわけにもいきませんから。だいたい、今の時代に呪いなどというものを本気で信じている人間はいないでしょう」

「そうですね」

私の横でお行儀よくお座りしている殿下を見つめた。

黒く長い毛並み。赤く光る瞳。野性的で大型の体つきは、狼のようでも獅子(しし)のようでもある。魔法で変化したのなら、実在する動物と違っていてもおかしくはない。元が殿下だからなのか、とても賢そうで美しい獣だ。それに、こうして改めて見ると愛らしくもある。

田舎で育ったこともあって私は動物が大好きだ。特にこういう犬科の動物はたまらない。王都に来てからのこの一年は、実家にいる愛犬のザムに触っていないので、私はやわらかい毛並みに飢えていた。

『……なにをしている』

ムッとしたような殿下の声で、無意識にその頭を撫(な)でていたことに気づかされる。殿下に対して無礼とは思いつつ、手が止められない。中毒になりそうな至福のもふもふだ。

「すみません、つい……動物の毛や肉球が好きなので」

『すみませんと言いつつ撫で続けるな。俺は好きでこんな姿になったわけじゃないんだぞ』

殿下は煩(わずら)わしそうに頭を一振りして、私の手から逃れてしまう。

できることならもっと触っていたかった……

『俺の体を元に戻すために、おまえにはこれから力を貸してもらうぞ、アリッサ』

「殿下、私になにをしろと？」

殿下の期待に満ちた赤い瞳が怖い。この症状を兄さんが治せないのなら、私にはもっと無理だ。通訳で勘弁してほしい。

『おまえには不思議な力がある。それを魔力と呼ぶのかはわからないが、他の誰にも聞こえない俺の声が聞こえているのがその証拠だ。俺の呪いを解けるのはおまえだけだろう』

「それは買いかぶりというものです。私にはなんの力もありません。殿下の声が聞こえるのは……どうしてなのかはわかりませんが。とにかく、兄ですらどうにもできないのに、私が解決できるとは思えません」

私にだけ殿下の言葉がわかることは確かに不思議だ。けれど、それが呪いを解ける理由にはならない。殿下には断言するだけの根拠があるとでもいうのだろうか。

「アリッサさん、ダリウス殿下となにを話していらっしゃるのですか？」

私の声しか聞こえていないジーノさんがもどかしそうに尋ねた。兄さんも会話の内容が気になるのか、心配そうな表情を浮かべている。

「それが、その……」

私にはとても呪いを解く自信なんてない。だから、殿下の意向を伝えることを躊躇(ちゅうちょ)した。食欲不振や肌荒れの薬を調合することとはわけが違う。魔法なんかなにも知らないのに、安請け合いはできない。

けれど、無下（むげ）に拒絶することもできない私に殿下は言った。

『薬師（くすし）としてのおまえの腕も信頼している。以前から、レスターが処方する薬はよく効くと思っていたが、あれはおまえが調合したものだったのだろう？　昨夜の傷薬もいい出来だったな。今はもうまったく痛みもない。やはりおまえには特別な力がある』

薬を褒めてもらえることは、私にとってなにより嬉しい。私の作る薬で誰かの病気や傷を治せたら……そんな思いで、薬師という仕事をしているから。

殿下が特異な体質で困っていらっしゃることは間違いない。そんな人を見捨ててはおけないと、薬師としての気概がむくむくと湧き上がってきた。その反面、これは怪我でも病気でもないよねと、冷静に突っ込む自分もまだいる。

「アリッサさん、殿下はなんと？」

もう一度ジーノさんに聞かれて、私は殿下の言葉を素直に伝えることにした。

「ダリウス殿下は、私が殿下の言葉を理解していることと、薬師としての腕を認めてくださって、今回の件で力を貸してほしいと仰（おっしゃ）っています」

「殿下は、この呪いがアリッサさんに解けるとお考えなのですか？」

『そうだ』

殿下がこくりと頷（うなず）いたので、返事は通訳するまでもなかった。

この依頼を引き受けるべきなのか、私が迷っている横で、兄さんが神妙な顔つきをしてすっくと立ち上がる。

「殿下、アリッサにはそのような能力はありません。妹はまだひよっこな上に、所詮は世間知らずな田舎娘。殿下のお傍でお仕えするなど、とてもとても……」

無理無理というように顔の前で手を振る兄さんを、横目で睨む。

ひよっこ？　田舎娘？　そこまで言われると、相手が兄さんでも腹が立つ。こんな面倒な問題に私を巻き込みたくないと考えての意見だろうけど、もう少し言い方というものがあるはずだ。

「ですが……殿下の秘密をここまで知られてしまったからには、彼女ももう無関係というわけにはいきません。今、この件を知っているのはここにいる四人だけです。もしも他に漏れたらどんな騒ぎになるかわかりませんし、クラウス王国の王子という立場上、ダリウス殿下は他人に弱みを知られてはならないのです。殿下のお体が元に戻るまでは、アリッサさんにも王宮にいていただき、力を貸していただくのもいいかもしれません」

「えっ、私、ここに住むんですか？　通いじゃなくて？」

「通いでは逆に目立ちますからね。……そうですね、表向きの肩書きは、ダリウス殿下付きのメイドではいかがでしょうか」

『それでいい。細かい手続きはおまえにすべて任せる、ジーノ』

「ちょっと待ってください！　私はまだ承諾するとは言っていません」

王宮に住み込みだなんて、お店はどうなるのだろう。人の都合を無視するやり方に抗議しようとすると、兄さんがいきなり私の頭を下げさせた。

「ちょっ……兄さん？」

「どうかお許しください、ダリウス殿下、カイラル殿！　アリッサはすぐに田舎に帰しますので、殿下の秘密を他言することもございません」

「兄さん、なに勝手なこと言ってるの！　私は帰らないわよ」

ひとりでどこまでできるか試したくて、心配するお母さんを説得して故郷を出てきたのだ。兄さんの独善的な判断で帰るわけにはいかない。

「おまえはなにも知らないだろうが、王宮は恐ろしい場所なんだぞ。華やかに見えて、その裏では常に誘惑と陰謀が渦巻いている。その上、今度は呪いだ。アリッサ、おまえになにかあったら、兄さんはどうしたらいい！」

殿下とジーノさんの前でなにを言い出すかと思えば……

心配性を通り越して、ただの兄馬鹿になり下がっている兄さんを、ふたりが白い目で見ていた。

『おまえのことになると、レスターは人格が変わるな』

「コーネル殿の意外な一面を見ました」

冷めた意見をいただき、私は兄さんに代わって頭を下げる。

「兄が申し訳ありません。どうかお気を悪くなさいませんよう……」

こんな醜態を晒してしまって、今後の仕事に差し支えたりしたら大変だ。田舎に帰るのは私ではなく兄さんのほう、なんてことにならないように気を付けてもらいたい。

『アリッサ、今はおまえだけが頼りだ。どうか俺に協力してほしい。解決できた暁には、いくらでも褒美を出そう』

「私は褒美を望んでいるわけではありません」

『では、なにか望むことはあるか？』

私を引き止めようとするダリウス殿下の熱意に心が揺らぐ。殿下にとって、たぶん私が唯一の希望なのだ。殿下はこのおかしな状態を絶望したり卑下したりしていないけれど、早く元の体に戻りたい気持ちはよく伝わってくる。

それに、この純粋な光を湛える宝石のような赤い瞳。凛々しくも愛らしいシルエット。こんなに美しい生き物を拒絶するなんて、私にはできそうにない。

私は殿下の前に跪くと、掌を上に向けてそっと右手を差し出した。

「殿下、よろしければ握手をしていただけないでしょうか」

『握手？　構わんが……』

殿下が私の掌に右手を載せた。ぷにっという感触に、雷に打たれたような衝撃が走る。

ああ……っ、肉球！

私はたまらずに殿下の首に抱きついた。頬に当たるもふもふの黒い毛並みに、私の口元は自然とゆるむ。もしも天国があるのなら、こういう感じに違いない。

すりすりと頬をすりつけていると、急に殿下の周囲から靄が湧き上がってきた。変身したときと同じような状態になって、私も一緒に包まれてしまう。

そして、さっきと同様にそれは一瞬で消えた。ハッと気づいたときには、私は一糸纏わぬダリウス殿下に抱きつく体勢で……

殿下が私を見てニヤリと口の端を上げた。

「つまり、これは契約成立の握手ということだな？　頼りにしているぞ、アリッサ」

「いやあぁぁぁっ！」

相手が王族だなどと考える余裕もなく、私は殿下を突き飛ばして床にうずくまる。一日のうちに一度ならず二度までも、殿方の裸を見てしまうとは……私はちゃんとお嫁に行けるだろうか。

「ダリウス殿下、アリッサは嫁入り前の娘です。もう少し慎（つつし）んでください！」

兄さんまで立場を忘れて殿下を責めている。ジーノさんがやれやれという顔で上着を脱いで、殿下の肩にかけた。当の殿下だけがまるで動じることなく、悠然と佇（たたず）んでいる。

「俺はべつになにもしていない。抱きついてきたのはアリッサだろう？」

く……っ、私がもふもふとぷにぷにに弱いことを知っていて、なんて意地が悪い。

「では、協力していただけるということでよろしいですか？」

ジーノさんからも期待に満ちた目で見られて、私はもう逃れられないことを思い知る。

「……よろしいです」

きっと不満そうな顔をしているだろう兄さんのほうは見ないようにして、仕方なくそう答えた。ここまで関わってしまったのだから、できるだけのことはしよう。それはいいとして、納得のいかないこともある。

煮ても焼いても食えなさそうな殿下が、あんなすばらしい獣に変身するなんて……魔法ってよくわからない。いっそのことずっと獣姿でいてくれてもいいのにと、少し思ってしまった。

二　王子殿下の専属メイド

結局、私は当分のあいだ、王宮に住み込みで働くことになった。

ジーノさんが提案したように、表向きはダリウス殿下付きのメイドとしてお仕えする。そうすれば、怪しまれずに殿下のお部屋に出入りすることができるからだ。

残念ながら、薬店のほうはしばらくお休みするしかない。王宮に上がる前に、扉にはそのことを告げるはり紙をしておく。常連さんには、兄さんの手伝いをすることになったのだという嘘の理由を伝えて、薬が必要な人には多めに作って渡した。ただ、薬草の管理もしなければいけないので、ときどきは様子を見に戻るつもりでいる。

王宮の生活は、これまでとはまるで違って新鮮だった。

一番わかりやすい違いは服装だ。お店でもドレスの上にエプロンをしていたけれど、王宮のメイドたちが身につけているエプロンは、裾や肩紐などにレースやフリルがあしらわれた洒落(しゃれ)たデザインになっている。頭にはレースで作られたキャップ。エプロンの下は肩のあたりが大きく膨らんだ黒いドレスだ。実用性と華やかさを兼ね備えた格好は、若い娘なら誰もが憧れる制服だろう。

王宮で働くためには、能力だけでなく身元の証明とかも重要なんだけど、メイドに限っては容姿がもっとも重視されている気がする。その証拠に、城内で見かけるメイドたちはみんな若くて美人な上に、お洒落のセンスも上級者だった。仕事中はいつも動きやすさを一番に考えていたけれど、ここでは地味すぎて浮かないように、せめてひとつに束ねていた髪だけでも下ろすことにする。

メイドの主な仕事は、王族の身の回りのお世話や、お客様への給仕などだ。王妃様などは専属の侍女を何人も抱えているけれど、ダリウス殿下にはこれまで特に決まったお世話係というものはいなかったという。でも、獣に変身するという重大な秘密を抱えてしまった今となっては、傍にいるのが側近のジーノさんだけで良かったのかもしれない。

私の場合、メイドの仕事はやっているように見せかけるだけで、実際は殿下の呪いについての調査と解決法を探ることに専念する。今のところなんの手がかりもなく、どう考えても前途多難だけれど……とにかく、慣れない王宮での生活が始まった。

殿下は、クラウス王国中央騎士団の団長を務めていらっしゃる。本来であればいろいろとご多忙の身だけれど今は体の不調があるので、できるだけ執務室にいられるようにジーノさんがお仕事を調整しているらしい。

おふたりが執務室にいるあいだに、いくつか質問をすることにした。

「体が変化するようになった原因については、なにもお心当たりはありませんか？　一月前からと仰いましたよね。その頃に、なにか変わったものを食べたとか、めずらしいものに触れたとか、なんでもいいので覚えていることを教えてください」

殿下は首をひねり、ジーノさんは難しい表情で互いに顔を見合わせる。

「覚えていない」

「記憶している限りでは、特にそういったことはなかったと思いますが……」

残念ながら、おふたりともあまりよく覚えていないようだ。一月も前のことだし、もしもわかりやすい出来事があったなら、とっくに話してくれていただろう。

聞き取った内容を書いておくノートを開いたまま、私は次の質問を振った。

「以前にも少しお聞きしましたが、最初に変身なさった日のダリウス殿下の行動を、できるだけ詳しく教えていただけますか？　ずっと王宮の中にいらっしゃったのか、外出されたのかによっても、調べる範囲は変わりますし」

「ジーノ、頼む」

思い出すことが面倒になったのか、殿下はジーノさんに押しつける。ジーノさんが仕方なさそうに手帳を開き、一月前の殿下の行動を辿り始めた。

「あの日もいつもと同様に、朝食前にダリウス殿下と騎士団の剣術稽古に出向きました。訓練場でしばらく汗を流してから水浴びして、食堂に行って朝食を取り、執務室へ向かう途中で王妃とお会いしたと記憶しています。これが変身する前の殿下の行動です」

「ありがとうございます、カイラル様」

聞いた限りでは普段通りの生活のようだ。べつに怪しいところもない。

「アリッサ、おまえはこれが最初から俺を狙った呪いだと思うか？　だとしたら、それは俺が気づかないうちに、遠く離れた場所から実行できるものなのか？」

ダリウス殿下の質問は、私自身も考えていたことだ。ただの偶然でこんな不思議な現象が起きるとは思えない。そこには何者かの意思が関係していて、明らかに殿下を狙ったのだと思う。

「私が知っているのは古い言い伝えでしかありませんが、魔法には様々な材料が必要とされます。植物や鉱物、時には動物の骨や血などが使われることもあると聞きました。ある特定の人物に魔法をかけたい場合、直接会ってかけることができないのなら、その人の髪の毛や持ち物を介して、離れた場所から魔力を注ぐんです。ですから、殿下とまったく接触がないまま、呪いをかけることは不可能だと思います」

「そうなると、この件には俺の身近な人物が関わっているということか。そいつが犯人なのか、それとも協力者なのかはわからんが」

殿下は肘掛けに肘をつき、なにか思案するように顎に手を当てた。

知り合いを疑うのは辛いことだろう。それでも、解決を依頼された私としては、踏み込んで尋ねなければならない。

「殿下にこんなことをお聞きするのは失礼かと思いますが、誰かから恨まれるようなことに、お心当たりはありますか？」

「そうだな。強いて挙げるとすれば、王都警備隊の元隊長サイモン・ディール……この男は勝手に休暇を取って愛人と旅行していたことが発覚したので、俺の権限で辺境の地に左遷した」

「それは、容疑者と考えてもいいかもしれませんね」

ノートに名前を書き留めるあいだも、ダリウス殿下は話を続けた。

「それから、南部騎士団の団長イーディス・ボルトは、去年の剣術大会で俺にボロ負けしたことを未だに根に持っているらしい。財務大臣は会うたびに騎士団の予算が多すぎると文句を言うし、王宮の侍従長は俺がひとりで気ままに出歩くことにいい顔をしない。騎士団の部下たちは、日頃の厳しい訓練に不満を抱いているかもしれん。他にも心当たりを探すか？」

「……もう結構です」

私はあまりの容疑者の多さに頭が痛くなる。

「殿下はいつも強引すぎるんです。もめ事が起きるたびに説明して回るのは私なんですよ」

ジーノさんが溜め息まじりにぼやいた。いつもお疲れ様です、と心から言いたくなる。

殿下の性格なら、反感を買うことも少なくはないだろうと思ってはいたけれど、これでは容疑者をひとりに絞れない。名前が挙がった中で一番恨んでいそうなのは、やはり元隊長さんあたりか。

一応、犯人かもしれない人たちの名前と簡単な経緯を、私はすべてノートに記す。

「最初に変身したのは、王妃様の扇を拾った後だと仰いましたよね。そのとき、なにか気づいたことはありますか？」

その質問に口を開いたのは殿下だった。

「特にない。もともと王妃とはあまり口を利かないからな。そのときも簡単に礼を言われたくらいだ。ただ、普段王妃とは会食のときに顔を合わせるくらいで、廊下で出会うことなど滅多にない。だから覚えていたんだ」

クラウス王国の王妃様のお名前は確かパメーラ・フィン・クラウスベルヌという。

クラムに来てすぐの頃に新年を祝う公式行事があって、王宮のバルコニーから国王様と王妃様が手を振っていらっしゃるのを見かけた。結い上げた栗色の髪に王冠を載せて、深紅のドレスが印象的だったことを覚えている。遠目でお顔はよく見えなかったけど、町ではとても美しい方だという評判だった。

「パメーラ王妃様は、ダリウス殿下のお母様なのですよね？」

「いや。俺の母は側室で、既に亡くなっている。王妃は俺の兄上であるルイス第一王子の母親だ」

「……失礼いたしました」

うっかり立ち入ったことを聞いてしまい、気まずくなる。殿下の表情は変わらないけれど、その隣にいるジーノさんの表情は心なしか険しくなった。王家の複雑な家庭事情を垣間見た気がする。

私は話題を変えることにした。

「女性に触れると変身してしまうというのは、深刻ですよね。このままではご結婚もできませんし、いろいろなお付き合いがある王子様としては大変でしょう」

「俺は第二王子である分、兄上よりもそういった責任は軽いが、これでも王子としての務めはあるからな。一月後には誕生日の夜会もある」

「そうなんですか。もうすぐですね」

「ダリウス殿下は今年で二十六歳になられます。クラウスベルヌ王家代々のしきたりで、二十五歳を過ぎた男子の誕生日は毎年盛大に祝うのです。多くの有力貴族や他国からの賓客たちとの繋がりを持つことと、一度に大勢の良家の子女を招くことでお妃候補を選びやすいという利点もあります。

夜会の最中に誤って変身したりしては大事件ですし、主役の殿下が欠席となれば心証を悪くするでしょう。既に招待状の発送は済ませましたから、取りやめにすることもできません。ですから、あなたにはなんとか、夜会までにこの呪いを解いてもらいたいのです」

　たたみかけるようにジーノさんに言われて、私は思わずソファの上で身を引いた。

「できればそうしたいのは山々ですが……まだなんの手がかりもないので、お約束はできません。私もこんな依頼は初めて受けましたし……」

　言いたくはないけれど、本当に解決できるという自信だってない。引き受けたのは殿下の災難に同情したことと、獣姿の愛らしさに絆(ほだ)されてしまったせいだ。一月でなんとかしろだなんて、そんな無茶な注文には応えられない。これがおとぎ話なら、真実の愛の口づけで簡単に元に戻るのだろうけれど。

　消極的な返答をしたせいか、ジーノさんは暗い顔で俯(うつむ)いてしまった。

「……そうですよね。こんな不可解な現象、あなたの手にも余ることはわかっているのです。それでも、一介の薬師(くすし)に頼らなければならないほど、我々は追い詰められているのですよ」

　そう言って、ジーノさんは片手を額(ひたい)に当てる。顔色も良くないし、かなりお疲れのご様子だ。なんだか遠回しに侮辱(ぶじょく)された気がするけど、聞き流してあげよう。

「お疲れのご様子なので、滋養強壮に効果があるお薬でも調合しましょうか。呪いはともかく薬に関しては自信があります」

「ありがたく思いますが結構です。薬で一時的に元気になったところで、根本的な解決にはなりませんから」

「そうですか。必要ならいつでも言ってくださいね」

殿下もジーノさんを気遣うように言った。

「ジーノ、あまり気に病むな。最悪の場合、夜会などすっぽかしても構わん。心配しすぎるのはおまえの悪い癖だ」

「殿下は少しは心配してください。こんな体になってもおひとりでお出かけになるなど、危機感がなさすぎます。クラウス王国の王子が獣姿で捕獲などされたら、他国からどんな目で見られるか……」

「安心しろ。俺を捕獲できる者などいない。変身時は通常よりも運動能力が高くなるんだ。馬からも逃げ切れる自信はある」

「あなたという方は……」

残念ながら殿下がなにか言うたびに、ジーノさんの心労は増すようだ。呪いにかかっている本人が呆れるほどにあっけらかんとしているものだから、傍にいるほうがやきもきしてしまうのだろう。

ジーノさんはかわいそうだけど、私は殿下のこの強さが嫌いではなかった。呪われていると悲嘆に暮れていても、なにも始まらない。

「私もさすがにお忍びでの外出は、控えたほうがよろしいかと思います。たとえ誰かに捕まらなかったとしても、ダリウス殿下のお体に不測の事態が起きないとも限りませんから」

「その通りです」

私が味方をしたせいか、ジーノさんが得意顔になる。二対一となって、殿下はいささかばつが悪そうだ。

「まあ、呪いが解けるのは早いに越したことはない。できれば一月でなんとかしてくれ、アリッサ」

「先ほども言いましたが、努力はしますが約束はできません。一月どころか、一年かかっても解けないということも、覚悟なさってください」

「それは厳しいな。俺はこのままずっと半人半獣というわけか」

「安易に喜ばせるようなことは言えませんから」

「おまえのそういうはっきりしたところは気に入っている」

殿下がニッと笑う。強気な性格が女らしくないと言われることはあっても、気に入られたのは初めてで、面映ゆくなった。

「俺の命運はおまえに預ける。好きにやれ」

命運を預かるのは重いけど、そんなふうに言ってもらえるのは信頼されているからだろう。そのことは嬉しく、がんばろうという気持ちになる。

人をやる気にさせるというか、この人の力になりたいと思わせる魅力が殿下にはある。それが、この方が持つ王子としての才能なのかもしれない。

殿下の横で胃痛に耐えているようなジーノさんを見て、苦笑しながらそう思った。

ダリウス殿下からは、王宮の中では自由に行動していいという許可をもらった。

国王様や王妃様がいらっしゃる場所を除いて、ほとんどの施設に入れる通行証をいただいたので大切に携帯する。広い城内で迷子にならないようにと、ジーノさんが手頃な大きさの見取り図まで作ってくれた。

「それで、あなたはどちらへ行かれるのですか？」

騎士団の本部に用があるというジーノさんと一緒に執務室を出た。私は歩きながら彼にもらった見取り図を開く。

「まずは、図書室へ行ってみようと思います。王宮の図書室なら蔵書も充実しているでしょうから、魔法に関する古い文献を探してみます」

「クラウス王国で出版された本はもちろん、異国の本も収蔵されていますから、その可能性はありますね。ただ、探し出すのは大変でしょう。私も時間があればお手伝いします」

「ありがとうございます、カイラル様」

「ジーノで構いません」

ジーノさんの肩書きは、クラウス王国中央騎士団団長補佐となっている。

この国の騎士団は、中央と東西南北の合計五つの組織から成り立っていた。王国を守るのが任務であり、騎士団の下には犯罪などを取り締まるための警備隊が存在する。

王都の防衛を司る中央騎士団の中で、一番位が高いのはもちろん団長のダリウス殿下だ。団長の補佐役であるジーノさんは、殿下の次に偉い。肩書きとしては宮廷医師である兄さんよりも上で、さらには伯爵家の跡継ぎでもある。

　そんなに地位も身分も高い方なのに、私が王宮に来てからというもの、いろいろと気遣ってくれたり、気さくに接してくれたりもした。

「では、ジーノさん。私のことはアリッサと呼び捨てで結構です」

「わかりました、アリッサ」

　第一印象は堅苦しくて少し怖かったジーノさんだけど、とても親切で常識的な人だ。ダリウス殿下のことではいつも気苦労が絶えないようなので、私は彼の健康面をやや心配している。でも、ジーノさんが殿下を心から尊敬して慕っていることは、私の目から見ても明らかだった。

「ジーノさんはいつからダリウス殿下にお仕えしているんですか？」

　王宮の廊下を進みながら、私の歩調に合わせて歩いてくれるジーノさんを見上げる。

「ほとんど生まれたときからです。私の父が殿下の母上と従兄妹（いとこ）で、うちにもときどき遊びにいらしてましたから。私は殿下よりひとつ年上で、年が近いこともあって勉強や剣術の稽古（けいこ）などもよくご一緒しました。今は主従関係ですが、幼なじみのようなものですね」

「だから、おふたりのあいだには強い絆（きずな）が感じられるのですね」

「絆……ですか。そんなものがあるといいのですがね」

「大丈夫です。殿下は少し強引で事を急ぎすぎるところがおありのようですが、それもジーノさんを信頼なさってのことだと私は思います」

「ありがとうございます、アリッサ」

ジーノさんはやや照れたように微笑んで、またすぐになにか心配事を思い出したように表情を引き締めた。

「先ほどの、呪いをかけた犯人は殿下に近しい人物ではないかという話ですが……」

廊下の途中でジーノさんが足を止め、周囲に視線を走らせながら声を潜めて言う。私も立ち止まって、同じく小声で尋ねた。

「お名前が挙がった方の中で、なにか思い当たることがありましたか？」

「いえ……」

「では、それ以外の方とか？」

ジーノさんはやや間を置いて、思い切ったように告げた。

「パメーラ王妃です」

「ええっ、王妃様が？」

静かにというふうにジーノさんが自分の唇の前に人差し指を立てたので、私は口に手を当てる。

王妃様のお話をしたときの、執務室での微妙な空気を思い出した。今考えてみれば扇の話もどこか不自然だし、王妃様が殿下の義理のお母様だと知ってからは、私もなんとなくもやもやした思いを抱えてはいたのだ。ジーノさんは疑っているというよりも、確信しているように感じる。

「実は……パメーラ王妃は、以前からダリウス殿下を快く思っていません。というのも、王妃の実の息子である第一王子のルイス様はややぼんやりとした性格の方でして——王宮の中には、側室が産んだ第二王子であるダリウス様のほうが優秀だと評価をしている者がいることを、王妃はご存知だからです」

「なるほど……王位継承の問題に繋がってくるわけですね？」

私が問い返すと、ジーノさんは頷いた。

「今のところ我が国は平和ですし、王太子であるルイス様が順当に王位に就くと思われています。ですが、現国王陛下が退位される頃には、周辺諸国との関係がどうなっているかはわかりません。関係が悪化した場合、統率力があり武勇にも秀でているダリウス殿下を国王に望む声が高まるでしょうから、王妃が今のうちに、ダリウス殿下を排除したいと考えてもおかしくないでしょう」

王妃様は殿下を脅威ととらえているということか。第一王子のルイス様についてはよく知らないけど、もしかしたら実の母親も、息子より殿下のほうが優秀だと考えているのかもしれない。

「実際に、ダリウス殿下を支持する貴族は少なくありません。かくいう私も、殿下にぜひ王位に就いていただきたいと考えています」

思い切ったようなジーノさんの告白は、さほど意外ではない。普段なにかと口うるさいのは、それだけ殿下に期待しているからだ。振り回されているようでいて、殿下のお世話役もすすんで買って出ているのだろう。

「あの方は困ったところも多々ありますが、指導者にふさわしい資質をお持ちです。ダリウス殿下はこのままいけば、いずれ騎士団すべてを統括する総帥の座に就かれるでしょう。ですが、私は殿下にクラウス王国の頂点に立っていただきたいのです」

熱く語っていたジーノさんは、そこで我に返ったように軽く咳払いをした。

「パメーラ王妃の話に戻りますが……そもそも最初に変身したのは王妃に会った後です。王宮内で殿下と王妃が鉢合わせすることは滅多にありません。それが、殿下の執務室へ向かう途中で供も連れずに歩いている王妃と偶然出会うなど、殿下を待ち伏せしていたとしか思えません。殿下に呪いをかけたのが本当に王妃なら、こちらもかけ返してやりますよ。あなたがもしもその方法を知っているなら、ぜひ私に教えてください」

殿下への忠誠心はわかるけど、ジーノさんの目が本気なのが少し怖い。

「何度も言うように、私は魔法に詳しいわけではありません。それに、それはおやめになったほうがよろしいかと。呪術はそれを行った者にも災いをもたらすと言いますから」

感情的になっているだけなのだろうと思いながらも、私はややきつい口調で忠告する。けれど、ジーノさんはまだ悪いことを考えている顔だ。

「では、毒を盛って病気に見せかけるという方法はいかがです？　あなたの専門分野でしょう」

「私の薬は人を癒すものなので、そんなことには使いません」

「……そうですね。私としたことが、つまらない戯れ言を言いました。忘れてください」

ようやくいつものジーノさんに戻ったけれど、戯れ言にしてはずいぶん熱心だった気がする。それはともかく、王家らしいドロドロとした展開になってきたものだ。

「犯人が王妃様だとしても、ダリウス殿下を排除するために獣に変身する呪いをかけるというのは、少し的外れな気もします」

「確かに間が抜けていますが、あの王妃なら勢いだけでやるかもしれません」

ジーノさんはパメーラ王妃様を犯人だと思い込んでいるというか、とにかく嫌いらしい。ここまで悪者扱いされる王妃様に少し興味が湧いた。

「この件に関して、ダリウス殿下も王妃様を疑っていらっしゃるんですか？」

「どうでしょう。ご自分が王妃から良く思われていないことは察していらっしゃいますが、あの方は私情で人を評価しませんので」

一応は義母に当たる方なのだし、疑いたくはないだろう。家族間でそんなふうに憎み合うなんて悲しすぎると思うのは、私が平凡な庶民だからかもしれない。

「それにしても、魔法が古い伝説となってしまったこのご時世に、こんな事件に遭遇するとは思ってもみませんでした」

ふたたび歩き出してから、私は軽い気持ちで言った。けれどなぜか、それを聞いたジーノさんは口元に暗い笑みを浮かべる。

「呪いというものは現在も残っていますよ。なにを隠そう、私の一族は呪われた家系なのです」

「それは、どういう……」

また呪いとかやめてほしいと思いつつ、つい気になって聞いてしまう。ジーノさんも聞いてほしそうに見えた。

「我がカイラル家には古くから、女子ばかりが生まれるという呪いがかかっていたのです。クラウス王国では男女関係なく爵位を継ぐことができますので、爵位を持っていたのは祖母や母で、祖父も父も婿養子でした。そして、数世代ぶりに産まれた男子が私です」

それはまことにおめでたい。つまり呪いが解けたということではないのか。でも、ジーノさんが発する空気があまりに重苦しくて、迂闊にそんなことは口にできそうにない。

「両親からは大切に育てられました。久しぶりの男子後継者としての大きな期待もかけられましたが、幸いにして私は文武両道で、さほどの苦労もありませんでした」

「はぁ……」

さらりと自慢したジーノさんに、とりあえずあいづちを打つ。

「問題は、私の世代にも呪いは続いていて、私には姉が五人もいたことです。女子ばかりの中に産まれた男子がどういうものか、あなたには想像できますか？」

「いえ、残念ながら想像力に乏しいもので」

「玩具ですよ、玩具！　姉たちは私を着せ替え人形の代わりにして、ドレスを取っ替え引っ替え、あげく化粧まで……思い出すだけでゾッとします。おかげで私には無駄な知識が増えて、王宮のメイドとすれ違うたびに、心の中では化粧法についてダメ出ししてしまう有様で……いえ、すみません、取り乱しました。今の話は聞かなかったことにしてください」

「……そうします」

皆さん、いろいろとご家族のことで人には言えない苦労をされているのだ。兄さんの溢れんばかりの愛情にはやや胸焼けするときもあるけれど、私なんて幸せなほうだと痛感する。

「そういう生い立ちなので私は女性が苦手なのですが、その点あなたは気が楽です。洒落っ気がまったくなく、あまり女性らしさを感じないので」

「……それは、良かったです」

笑顔を引きつらせつつ私は答えた。

洒落っ気がまったくない、ダメ出し以前の女ですみません。


王宮はとにかく広くて、入り組んだ構造になっている。

建物はいくつかの棟に分かれ、それぞれが回廊などで繋がっていた。ジーノさんの見取り図によると、その中でもっとも大きな場所を占める中央棟の二階に図書室はある。

丁寧な図面のおかげで、迷うことなく図書室に辿り着けた。彫刻が施された木製の扉を開けると、古い紙や革の匂いが鼻先をかすめる。そこは、ダリウス殿下の執務室よりもさらに広い部屋になっていた。

司書の方がいらっしゃると聞いていたけれど、誰かがいる気配はない。無断で入っていいものかと迷いつつも、目の前の光景に誘われるように私は足を踏み入れた。

壁には、天井のほうまでぎっしりと本が収納されていた。上段の本を取るために使うのだろう、車輪のついた背の高い踏み台がいくつか置かれている。

部屋の中央には会議に使えそうな大きな机があって、その周りには座り心地の良さそうな椅子が並んでいた。邪魔にならない場所に天球儀や彫刻なども飾られていて、落ち着いた空間の中にも豪華さが感じられる。

ジーノさんの話では奥には書庫もあるそうだ。全部でどれくらいの本があるのか、私には見当もつかない。書物から薬学を学ぶだけでなく基本的に読書は好きなので、ここを好きに利用できることに私は胸がわくわくした。

「ここは物語の棚ね。『七人の騎士』……これ、読んでみたかったのよ。あ、『暴れん坊王子』もある。王宮の図書室って、意外と娯楽作品が充実してるのね。ここに置く本は誰が選ぶのかしら」

独り言を口にしながら棚に並ぶ題名を読んでいると、カタンと物音が聞こえる。

「君は？　ここでは見たことのない顔だな」

どこからかそんな声が聞こえてきた。あたりを見回すと、車輪付きの踏み台の陰に誰かが立っていた。濃い青色のゆったりとしたローブを纏った男性だ。誰もいないと思っていたので、私は慌てて殿下からもらった許可証を出す。

「勝手に入ってしまって失礼いたしました。ダリウス王子殿下にお仕えしておりまして、図書室を利用する許可をいただきました」

「そうか。ということは、君は本が好きなのかね？」

こちらに向かって歩きながら男性が尋ねる。五十代から六十代くらいだろうか、白髪交じりの髪を後ろで束ね、眼鏡をかけた洒落たおじ様だ。学者のような雰囲気なので、この人が本の管理をしている司書なのだと思う。

「はい。今回は調べ物をするために来たのですが」

「それはいい心がけだ。人は誰でも、書物から大いに学ぶべきだと私は常々思っている。若い人は特にね。王宮の人間は誰でもここに入っていいことになっているが、残念ながらあまり利用者は多くない。ほとんど私の書斎のようになってしまっていてね」

「そうなんですか。私は素敵な場所だと思いました。ずっとここにいたいくらいです」

「気に入ってもらえて良かった。ここの本のことなら私が一番よく知っている。なにかお探しなら手伝うが？」

「それは助かります。魔法について書かれた本があればお借りしたいのですが」

「魔法か……めずらしいジャンルだな」

　司書は理由も聞かずに、目当ての書棚へと歩いて行った。

　魔法はもともと魔女と呼ばれる一部の人だけが使えた術で、そのほとんどが口伝だという。だから、文献などはあまり多く残ってはいない。昔は魔法で病気を治したり、天候を操ったりもしたというから、それなりに重宝がられていたのだろうけど、一般の人にとってはあまり馴染みのないものだった。今時それを調べたいなんていう物好きも、そういないだろう。

「クラウス王国の歴史について書かれた本だが、この中に魔法に関する記述があったはずだ」

　戻ってきた司書が渡してくれたのは、分厚い革表紙の本だった。どの本にどんなことが書かれているかまで熟知しているなんて、さすがは王宮図書室の司書だと感動する。

「他には、このあたりかな」

　さらに三冊も出してきてくれる。ただ、机の上で開いて確認したところ、どれも私が思っていたような内容ではなかった。魔法の理論や技法について詳しく書かれているわけではなく、昔どんなことがあったかを簡単に伝えているものしかない。王宮の図書室ならなにか手がかりが見つかるかと期待していたのに、当てが外れたようだ。

「どういった魔法を調べているんだね？」

私の落胆が伝わったのか、司書が尋ねてくれた。

「魔法による呪いについてです」

「呪い？」

怪訝（けげん）な顔で聞かれて、私は慌てて言い訳をする。

「すみません、呪いだなんて物騒ですよね。ただ、ある人を助けたくて……」

ダリウス殿下が呪いにかかっているのです、とは言えない。けれど、なんとなくこの人には嘘をつきたくなくて、私はどうにか説明しようとした。

「呪いだなんて、おかしな話だと思われるかもしれません。ですが、とても不思議な現象に苦しんでいる人がいて、私に助けを求めてきたんです。私に解決できるかはわかりませんが、少しでも力になりたいと思っています」

漠然としたことしか言えないけれど、正直な思いだけは伝える。じっと私を見つめていた司書は、「ここで待っていなさい」と言い残し、図書室の奥にある扉の向こうへ消えた。

あの扉の奥が、ジーノさんが言っていた書庫だろうか。しばらくして戻って来たその手には、一冊の古びた本がある。

やや不気味（ぶきみ）な黒い革表紙で、なんと厳重に鍵付きだ。表紙に文字はないけど、薄く消えかけている植物のような模様が見える。特徴的なトゲのある葉の形には覚えがあった。

「これは、ヴァルアラの葉ですか？」

「ほう、よく知っているな」

司書が感心したように呟く。

「私は……いえ、母と祖母が薬師でして。私もその影響で植物全般に詳しいんです」

ヴァルアラ……それは、魔女の象徴と呼ばれた植物だ。

どんな季節でも緑の葉を茂らせている常緑樹で、大昔にはオレイン村にも生息していたという。今ではかなり数が減ってしまったらしく、既に絶滅したという話もあるほどだ。私も実物を見たことはない。

魔女の象徴と呼ばれるだけあって、魔法の材料として多く使用されたと聞く。一方で魔力を持たない人間にとっては、なんの意味もない植物らしい。

「そうか、家族が薬師ならば知っていてもおかしくはないな。ヴァルアラには不思議な力があって、茎から切り離されても枯れないそうだ。私は見たことはないが、葉は稀に発見されることもあるらしい」

「それは、見てみたいですね」

そんな不思議な植物、薬師として興味をくすぐられる。

司書が銀色の鍵を取り出して、本の鍵穴に差し込んだ。カチッと音がして本が開かれる。そこには、読みやすい文字と図が手書きで書かれていた。一見したところ、魔法の理論や方法について説明されている。まさにこういう本を探していたので、私は興奮気味に尋ねた。

「これはどういった本なんですか？　とても貴重な品のようですが」

「王家に一冊だけ伝わっている魔法書だ。その昔、王家はとある魔女と縁があり、その魔女から譲り受けたと伝えられている」

「魔女から……？」

王家が魔女と縁があったなんて、とても意外だ。司書のおじ様は悪戯（いたずら）っぽく笑う。

「そうだよ。これも呪いに関する話だが、聞きたいかい？」

「ぜひ！」

座りなさいと椅子を引いてくれたので、そこに腰を下ろした。司書も私の隣に座り、長い話の準備をするように、机の上に両肘をついて顔の前で指を組む。

「これは、この本が書かれた当時の話だから、今から五百年近く前になる。当時の国王には王子がひとりいたが、ある日、その王子が奇妙な病（やまい）に冒（おか）された。病と言っていいものかどうか……頭には角が、そして背中に羽根が生えるという異形の姿に変わったのだ」

一瞬、絶句する。形は違うけれど、今のダリウス殿下にも通じるところがあるからだ。

「角と羽根……ですか」

「恐ろしいかい？　まるで、魔物のようだからね」

「いいえ、とても興味深い話です。その病の原因はなんだったんですか？」

「魔女が呪いをかけたのだと言われている。理由はわからないが、王家になんらかの恨みがあったのかもしれない。王子は人前に出ることもできず、表向きは病ということにされて城の一室に隠された。国王も従者も元の姿に戻す方法を探したが、魔法に対抗する術は魔法しかないという結論になったんだ」

「それでどうなったんですか？」

「そこで、ある別の魔女が、呪いを払拭すると名乗りをあげた。その魔女は見事に王子を救い、国王からの感謝の印として、クラウス王国の貴族に列せられたという。そして、魔女が王家への信頼の証として、魔法について自らが書いた本を進呈したと伝わっている。これが本物の魔法書かどうかは調べようがないが、めずらしい貴重な品であることには違いない」

黒の革表紙からは、歴史の重みと神秘が感じられる。本当に魔女が記した本なのだとしたら、私が知りたいことはこの中にあるはずだ。

「だが、今の話が事実かどうかは定かではない。呪いにかけられたことが不名誉だからなのか、事件が正式な記録として残っているわけではないんだよ。この本に信憑性を持たせるためのでっちあげだとも考えられる。ただ、ちょうどその頃に、当時の国王から功績を認められて子爵の位を授けられた女性が存在することは確かだ。しかし、彼女はそれを辞退して姿をくらましたという」

「そんなことが……」

真実味がある気もするけれど、この本の価値を高めるための作り話とも考えられる。一体、どっちなのだろう。

魔法書とにらめっこしていると、司書が静かに席を立った。

「気に入ったようだね。この本は君に貸そう」

「いいんですか？　こんな国宝級の本をお借りしても……」

　本の由来を聞いてしまった後では、厚意に感謝するよりも恐れ多くて尻込みしてしまう。本を持つ手も震えそうだ。そんな私の心境を察してくれたように、司書は微笑んで首をゆるく振る。

「貴重な資料ではあるが国宝ではないから安心しなさい。本気で助けたい人がいるのだろう？　どんな本も、人に読まれなければ価値はないと私は思う。ここでただ埃をかぶっているよりも、君に貸したほうがその本も幸せだ」

「ありがとうございます！　本当に、心から感謝します」

　私は立ち上がり、心からのお礼を込めて頭を下げた。

「私は用があるので行くが、ここは自由に使ってくれて構わない。本を返すのもいつでもいい。君に貸したことは他の者にも言っておくから、私がいなくても心配いらないよ」

　出口に向かって歩き出した司書は、ふと私を振り返る。

「そういえば、君の名は？」

「アリッサ……アリッサ・コーネルと言います」

「コーネル……？」

　司書は私の家名を小声で呟くと、少しだけ考え込むように目を伏せた。

「アリッサ、また君に会えるのを楽しみにしているよ」

　すぐに私に視線を戻し、司書は図書室を出て行く。閉まりかけた扉に向かって、私はふたたび深くお辞儀をした。

魔法書が本物かどうかはわからないと言うけれど、表紙にヴァルアラの模様が描かれてあることには説得力がある。なにかしら魔法について知っている人が書いたことは確かだろう。今は少しでも手がかりがほしいのだ。一月でダリウス殿下を元に戻すなら、私に迷っている時間はない。

それにしても、知的かつ紳士的で素敵な司書のおじ様だった。こちらから尋ねるのも失礼な気がして、お名前を聞けなかったことが心残りではある。私が王宮にいるあいだに、本当にまたお会いできればいいなと思う。


私が魔女や魔法について知っているのは、お祖母ちゃんから聞いた我が家に伝わる話だけだ。

クラウス王国に魔女がいたのは、数百年から千年も昔のこと。魔女というのはそれ自体が職業のようなものでもあり、魔法という不思議な術で、病気や恋愛や商売に関することなど、人々のあらゆる悩みに応えたという。魔法がどういうものなのかは、はっきりとはわからない。魔女に備わっている魔力と、自然の中に宿る力が融合すると、人知を超えた威力が発揮されるらしい。

それが、時代が進むにつれて廃れていったのは、文明の発展とともに魔法が必要とされなくなったせいだとか、魔法そのものが弱くなったせいだとも言われている。魔法についての記録も魔女たちはほとんど残さなかったので、その実態は謎に包まれていた。

けれど、わずかながら、魔女の知識は今も生きている。特に、薬の主な材料として使われる薬草や鉱物などは、魔女がもたらしたものが多い。代々薬店を営んでいるコーネル家が魔女の末裔であると伝えられているのも、そんなところからなのかと思う。

もしそれが本当なら、ご先祖様が薬店を始めたのは、魔女の知識を少しでも後世に残すためでもあったのだろう。古くから伝わる調合方法を受け継いで、お祖母ちゃんもお母さんも私も薬に携(たずさ)わる仕事をしている。

魔女は女性ばかりだったことが関係しているのかはわからないけれど、薬師(くすし)には女性が多い。我が家でも、医師である兄さんよりも、私が作る薬のほうが効き目がいい。それは私に魔女の血が流れているためなのか、本当のところはわからない。

でも、魔法は心の力から生まれるという。人の病気や傷を癒(いや)したいと願う気持ちが、薬の効果を高めることもあるのかもしれない。

ひとりきりの図書室は静かで心が落ち着き、調べものに集中することができた。

貸してもらった貴重な本を開いて、ざっと目を通す。実践的な魔法書のようで、これを見れば魔法を使えそうな気さえした。

魔法についての大まかな説明を読んだ後、最初のページから順番に見ていった。

『作物を豊かに実らせる魔法』『身体能力を高める魔法』などという基本的なことから、『上司から気に入られる魔法』『好きな相手との縁を結ぶ魔法』といったちょっと狡(ずる)いものまで、いろいろな魔法について説明されている。中には『動物に変身する魔法』のような、かなりの魔力を必要とする大技にまで言及されていた。その対象は鳥や犬や猫……蛙なんていうものもある。

変身するには、まず満月が映った井戸水に、銀蜥蜴(ぎんとかげ)とサラサ石の粉、ヴァルアラの葉を入れて煮込む。そうしてできた魔法薬を飲み、呪文を唱えて……と、手順も書かれてあるけれど、これを読めば実践できるわけではない。

　銀蜥蜴は満月の晩だけ現れるという伝説の生き物だと聞いたことがあるし、サラサ石は人が登れないような険しい山の頂でしか採取できない。そしてなにより、魔力がなければ呪文を唱えたところでなにも起こりはしないのだ。

　表紙にもなっているヴァルアラの葉は、大がかりな魔法には必ず使われていることがわかった。魔法を構成する材料というより、葉が魔女の力を増幅する役割を果たしていると推測される。だからたぶん、魔力を持たない者にとってはあまり意味がないものなのだろう。

　呪術全般について書かれたページがあったので、私はそこを注意深く読んだ。

【――呪いとは、相手の意思に関わりなく強制的に魔法をかける、闇の力を利用した術である。些細な災いをもたらすものから命を奪うものまで様々だが、いずれも対象者の髪や爪など体の一部を仕掛けとして用いることが多い】

　やっぱり、殿下に呪いをかけた者は、どこかで髪や爪などを入手したのだ。髪の毛なら、殿下の寝室を掃除するときにでも簡単に手に入る。となると当初の予想通り、犯人もしくは協力者が王宮の内部にいることは間違いなさそうだ。

　残念ながら、ダリウス殿下がかけられた『女性に触れると獣に変身する呪い』については書かれていない。薬の作り方と同じで、魔法にもたくさんの種類があるし、もしかすると魔女によっても異なる部分があるのかもしれない。

　呪いを解く方法は書かれていないかと、さらに紙面に目を走らせる。

【――呪いを解除する方法はひとつではないが、ここに代表的なものを記す。まずは術者を特定し、呪いを受けた者の血を術者に触れさせる方法である。それによって、闇の力を術者へと跳ね返す。代償として、術者の額には死ぬまで黒い星が刻まれることになる】

これは惨めだ。呪いをかけて失敗したという証を顔に刻まれて、一生それを晒して生きるというのは、魔女にとってかなりの屈辱だろう。

解除方法には続きもあった。

【――しかし、もっとも簡単で確実に呪いを解く方法は、術者の命を奪うことである】

呪いなんていう血なまぐさい魔法だから、そういう流れも予想はしていた。やはり安易に呪いなどかけるものではない。だけど、相手が誰だとしても、できればこの方法は取りたくない。顔に黒い星が浮かぶほうがまだ平和的な解決法だろう。

ジーノさんの話が確かなら、一番怪しいのはパメーラ王妃様だ。王位継承問題に絡んで殿下を敵視しているという。けれど、私は王妃様がどんな方なのか知らないし、殿下との関係についても本当のところはわからない。今の段階で犯人と決めつけることはできなかった。

かといって、王妃様に面と向かって「ダリウス殿下に呪いをかけましたか？」とは聞けない。犯人だとしてもしらを切られるだろうし、王妃様を侮辱した罪で何年も牢屋に入ることになりそうだ。まずはなんとかして王妃様に近づいて、様子を探ることから始めよう。

「なにか手がかりは見つかったのか？」

突然、背後から声をかけられて、椅子から飛び上がりそうになった。殿下が私の後ろから本を覗き込んでいたのだ。

「殿下、いきなり声をかけないでください。驚くじゃないですか」

「俺が入ってきたことにも気づかないとは、ずいぶん集中していたようだな。感心だ」

本当は私を驚かせようと思って、こっそり近づいたんじゃないだろうか。素知らぬ顔でそういう悪戯をしそうな方だ。

「それは？　ずいぶん年季の入った本だな。鍵付きとは変わっているが、題名がどこにもないぞ」

殿下は隣の椅子に腰を下ろして、本の表紙をめくる。触れると変身してしまうというのに、こんなに近づくなんて困った方だ。危機感が欠けていると嘆くジーノさんの苦労が偲ばれる。

もう少しで肩がくっつきそうなので、私のほうが体を離すように椅子を動かした。

「その昔に魔女が書いたという、とても貴重な魔法書だそうです。司書の方が書庫から出してくださいました」

「ああ、あの婆さんか。彼女こそ魔女のような風貌だと思わないか？」

「いえ、男性でしたけど」

「ここに男の司書なんていたか？」

殿下は心当たりがないと言わんばかりに首をひねる。私は身振りを入れて、男性司書の外見について説明した。

「眼鏡をかけていて、白髪交じりの髪をこう後ろで束ねた……年齢は五十歳から六十歳くらいでしょうか。知的で素敵な方でした」

「ああ、なるほど。そういえばそんな男もいたな」

殿下は軽く何度か頷いてから、口元に意味深な笑みを浮かべる。

「おまえはあの男に気に入られたようだな」

「気に入られたかどうかはわかりませんが、とても親切にしていただきました。あの方、お名前はなんと仰るんですか？」

「今度会ったときに自分で聞け」

「教えてくれてもいいじゃないですか」

「べつに、わざわざ教えるほどの名前じゃない」

殿下のこの反応はなんだろう。とっておきの悪戯を画策している子供のような目をしている。いくら聞いても教えてくれそうにはないので、私はそれ以上は尋ねなかった。

「俺の呪いに関しては、なにかわかったことはあるか？」

やっぱり、それが気になってわざわざ図書室までいらっしゃったらしい。尋ねた声にはわずかな焦燥も感じられて、私はやるせない気持ちになる。

女性に触れると獣に変身するなんて、まともな男性にとっては絶望的な呪いだ。いつもあまり深刻そうに見えないのは、たぶん周りを心配させないためのダリウス殿下の配慮なのだろう。

「はい。呪いをかけた人物がわかれば、解く方法はあるようです」

その方法については、今は詳しく語らずにおく。それでも、手段のあるということに殿下は安堵したようだ。いつも涼しげな表情が少しやわらかくなる。

「そうか。だが、犯人捜しは一筋縄ではいかないな。王宮内で俺に近づく機会のある者は数え切れないし……」

「どこで恨みを買っていらっしゃるかもわからないですしね」

「おまえな……」

殿下の鋭い横目を受け流して、私は気になっていることを切り出した。

「一応確認させていただきますが、城内のメイドには手を付けたりしていませんか？　あるいは、厨房(ちゅうぼう)にいる料理人とか、王宮に出入りしている花屋の娘とか」

「おまえは、俺がそこまで節操のない男に見えるのか？」

「というか、結構、多くの女性を勘違いさせている気がします。殿下は女性受けするご自分の外見や、溢れ出るフェロモンを自覚なさっておいでですか？　それはある種の女性たちにとっては凶器ですよ」

「それは褒められているのか？」

「事実を言っただけです」

これだけの美男子でしかも王子様だから、トラブルがあった元隊長さんや団長さんたちよりも、失恋した女性たちから買う恨みのほうが、多くて深いのではないかと思ったからだ。

殿下はその質問には答えず、流し目を送るように目を伏せて、私のほうへと顔を近づけてくる。

いつになく甘い声が、私に尋ねた。

「で？　おまえにとって俺の外見は凶器になり得るのか？」

「え……それは……」

「試してみるか？」

殿下のお顔が近い。完璧な美貌がさらに迫ってきて、黒い瞳に心臓を射貫かれた気がした。

私は反射的に殿下を押しのけようと両手を伸ばす。殿下がそれを素早く避けたとき、うっかり変身させてしまうところだったと気づいた。

「す、すみません、殿下！」

「危ないところだった。こんなところで変身するなど洒落にならんぞ」

「それは、殿下がおかしなことを仰るからです！　……つまり、私が言いたかったのはこういうことです。殿下は無駄に女性の敵を作っているかもしれません、と……」

説明の途中で、殿下が噴き出す。机の上に顔を伏せて、くつくつと肩を揺らしながら笑い続けていた。涙が滲むほど笑う殿下に私は面食らう。

「おまえは本当に面白い女だな。それどころか、俺に対してそこまでずけずけと言ったやつは初めてだ。頼もしい。やはり俺の目に狂いはなかった」

「……笑いすぎです」

どちらかと言うといつもクールな方なので、今の姿が新鮮に映る。

私だって一応は女だ。ふたりきりの図書室で、こんなに近くで見つめられたら、ときめいてしまっても仕方がない。綺麗な顔は兄さんで見慣れていたはずだし、私はべつに面食いではないつもりだけれど。

深く息を吐いて気持ちを切り替えると、まだ笑いを堪えているダリウス殿下に聞いた。

「殿下、もうひとつ立ち入った質問をお許しください。今回の件について、パメーラ王妃様を疑っていらっしゃいますか？」

やはりこの質問は避けて通れない。疑う理由は今のところジーノさんの証言だけだけれど、もし殿下も同じようにお考えなら、王妃様への疑いはもっと強くなる。

殿下はようやく笑うのをやめて、胡乱な目つきで私を見つめた。

「ジーノからなにか聞いたのか？」

「それほど詳しくは聞いていません。ただ、ジーノさんはとても殿下を心配なさっています」

「それはわかっている。ジーノを責める気はない。確かに、王妃にも俺を呪うだけの動機はあるからな」

「王妃様はどんな方なのか、お聞きしてもよろしいですか？」

「美人だ」

「そういうことではなく、性格や日頃の行動などをお聞きしたいのですが」

「良くも悪くも、外見がすべてといっても過言ではないかもしれん。兄上の王位継承問題を除いては……あるいはそのこと以上に、若く美しくあることが王妃の関心事だからな。努力の甲斐あって年齢よりははるかに若々しいぞ。好きか嫌いかと言ったら、もっとも嫌いなタイプの女だ。もちろん、向こうも俺に対して好意など欠片も持っていないだろうが」

王妃様に対する殿下の批評は、ジーノさんのものよりも辛辣に聞こえる。ただ、それが王妃様に対する疑いを強くするかというと、まだよくわからない。

　たとえ義理だとしても母親が息子に呪いをかけるなんて、私にはとても信じられない。早く犯人を見つけたいと思う反面、それが王妃様でなければいいとも思う。

「王妃様が殿下に呪いをかけるとしたら、その理由はやはり、王太子殿下が関係しているのでしょうか」

「だろうな。兄上の王位継承に関して、あの人は勝手に俺を敵視している。俺にとってはいい迷惑だ。クラウス王国の王位は第一王子が継ぐと法律でも定められている。誰がわざわざそんな面倒なものを横取りしたいと画策するものか」

「殿下は王位には興味はないんですか？」

「当然だろう。最高権力者となって得るものなど、重圧と不自由以外ないぞ。俺は騎士団を率いて兄上を支えるほうが性（しょう）に合っている」

「そうなんですか」

　なんだか少し拍子抜けしてしまう。次期国王としてダリウス殿下を推す声があるとジーノさんは言っていたけれど、本人にはまったくそんな気はないのだ。殿下が嘘を言っているようには、感じられない。

「しかし、もしも王妃が犯人だとすると、彼女がこれだけの魔法の知識を持ち、なおかつ実行できる力があったということになる」

「私もそれは気になります。王妃様が魔女の末裔（まつえい）だとしても、今の時代の人が魔法を使えるほどの魔力を持っているとは思えないのですが……」

けれど、殿下が呪いを受けたということは、今の世にもどこかに魔法の使い手が存在するということだ。

「とにかく一度、私が王妃様にお会いして探りを入れるしかありませんね」

「証拠もなく王妃を取り調べることなどできないし、接触することもそう簡単ではないぞ」

「私にひとつ考えがあります」

殿下の話を聞いて思いついたことがあった。たぶん、王妃様に近づくことは可能だろう。問題は、どうやって呪いの証拠を見つけるかだ。

解決にはまだほど遠いけれど、それでも私にできることが見えてきた気がする。いつの間にか、殿下を呪いから解き放つという役目に、私はやり甲斐(がい)を感じ始めていた。

三　王妃様の秘密

翌日、お茶を運ぶふうを装って、私はダリウス殿下の執務室へと赴く。

殿下はこのところお忍びでの夜遊びも（殿下に言わせれば夜警だけど）、控えているようだ。そのせいか、以前よりもジーノさんが眉間にしわを寄せる回数が減っている。

「私がブレンドした香草茶です。お口に合うかわかりませんが」

殿下とジーノさん、兄さんの前に、香草茶を注いだカップを置いた。殿下とジーノさんは桃色のお茶に一瞬たじろいで、おそるおそるカップを口に運ぶ。意外と美味いという顔になったので、満足して私もソファの端に腰掛けた。

「王妃のもとへ忍び込む計画についてだが、なにか策はあるのか？　この前、考えがあると言っていただろう」

殿下がお皿にカップを置いて尋ねた。兄さんがなにか聞きたそうに私を見たので、それには気づかないふりをする。

「私の本職である薬師として近づこうと思います。もちろん偽名です。幸い、私は城内で他のメイドと顔を合わせる機会はほとんどありませんので、私が殿下の専属メイドだとわかる人はまずいないでしょう。王妃様は美容に関心が高い方だと伺いましたので、そのへんにつけいる隙があるかと思いまして」

「美容と薬とどういう関係があるんだ？」

美容に関心のない殿下には、ピンと来ないようだ。私に代わってジーノさんが説明してくれる。

「薬師は薬だけでなく、肌につける基礎化粧品や香水といったものも作るからですよ。薬師の資格がなくては、そういった商品の製造や販売はできない決まりです。……なるほど、健康と美容の知識を持ち合わせているあなたなら、王妃を信用させることができるかもしれません。いい方法だと思います」

美容の知識にも詳しいジーノさんが、すぐに私の考えを見抜いた。薄く黄色味を帯びた液体が入った小瓶をテーブルに置くと、男性三人の視線がそれに注がれる。

「これは私が作った化粧水です。保湿にも美白にも効果がある薬草を贅沢(ぜいたく)に使用した、最高級の品質といっていいでしょう」

「おお……」

ジーノさんが感嘆の声を上げた。このすばらしさがわからない殿下と兄さんは、つまらなそうに聞いている。

「まずは王妃様付きの侍女たちに取り入って、王妃様にも興味を持っていただけるように根回しをしようかと。……ただ、この原料となる薬草がとても高価なものでして、しかも試供品用に大量に作らなければならないから、材料費が結構かかってしまうんです。どうしたものでしょうか、ダリウス殿下……」

ちらりと上目遣いで見ると、殿下はこちらの意図を察してくれた。

「経費として支払えばいいんだろう？　わかった。好きなだけ買え」

「ありがとうございます、殿下」

この薬草の価値を、殿下は本当にわかっていない。後で馬一頭分くらいの請求書が届いて、驚く殿下の顔が目に浮かぶ。

「それはともかく、王妃の部屋に入れたとして、なにをするつもりなんだ？　美容談議をして帰ってくるわけではないのだろう？」

「もちろんです。王妃様を知るためにもお話はするつもりですが、一番の目的はお部屋に呪いの証拠がないか探すことです」

そう言うと、殿下がぎょっとした表情になった。

「部屋には王妃だけでなく、常に数人の侍女も待機している。彼女たちの目を逃れて、勝手に部屋を動き回ることは不可能だ」

「そこはまあ、奥の手があります」

「どんな手だ？」

「とにかく私にお任せください」

なにか不穏なものを感じたかのように、殿下が眉をひそめる。実は人道的に少し問題がないこともないので、あまり大っぴらには口にできないのだ。

「あの王妃は抜け目がない上に、勘が鋭い。少しでも怪しまれていると感じたら、適当な言い訳をしてすぐに部屋を出ろ。くれぐれも、深入りして危険なまねをするな。わかったか？」

「わかりました」

ダリウス殿下は思いのほか心配性のようだ。それとも、パメーラ王妃様はそれだけ手強い相手なのだろうか。私も心してかからなければと気を引き締めた。

殿下とジーノさんは概ね賛成してくれたようだけど、ただひとり兄さんだけはやけに思い詰めた表情で口をつぐんでいる。その兄さんが、なにか発言するように殿下に向かって手を挙げた。

「殿下、ひとつ提案がございます」

「なんだ、レスター」

「王妃様のお部屋へは、私もアリッサと一緒にまいります」

兄さんの発言に今度は私が驚く。

「兄さん、無理に決まっているでしょう。美容の話をするのに男性が同席してどうするのよ。それに、兄さんは宮廷医師として城内で顔を知られているんだから」

「では、女性に変装しましょう」

「却下します！」

「面白い、許可する」

「殿下まで……ふざけないでください！」

ご自分の命運に関することなのに、どこまで本気なんだか。兄さんに至ってはどこまでも本気そうで怖い。女装という言葉に古傷をえぐられたらしいジーノさんは、苦虫をかみつぶしたような顔をしている。馬鹿な兄ですみませんと謝りたい。

「アリッサ、おまえがひとりで王妃様のもとに乗り込むなど……そんな危険なまねはさせたくないんだ。もしもこちらの計画がバレたら、どうなるか……」

私に関しては異常なほどの心配性だけど、兄さんが心から私を思ってくれているからだと知っている。私は安心させるように兄さんの手を握った。

「もしもなにか勘づかれても、殿下が仰（おっしゃ）ったように適当に退室するわ。王妃様だって、なんの証拠もなく私を衛兵に突き出したりできないだろうし。大丈夫よ、兄さん。私を信じて」

「アリッサ……」

兄さんはまだ賛成できないという顔だったけれど、私の強い言葉に渋々受け入れてくれる。

「変装といえば、アリッサ、あなたはどのような格好で王妃に近づくつもりですか？」

ジーノさんにそう聞かれて、そこまで考えていなかったことに気づいた。

今着ている制服では王宮のメイドとわかってしまう。手持ちの服といえば、いつもお店で着ている普段着のシンプルなドレスに、なんにでも着回しの利く黒のドレスくらいだ。

「最初にここへいらしたときのような地味な服装では、王妃はおろか侍女たちからも相手にされませんよ。それに、あなたは薬師（くすし）なだけあって肌は綺麗（きれい）ですが、化粧という点では問題外です。彼女たちは、頭は悪くても美意識だけは高いですから。取り入ろうと思うのなら、相応の身なりでなくては」

「……そうですよね」

丁寧な口調でキツイことを……王妃様の侍女だけでなく、私まで厳しく批判されている。打ちのめされて反論できずにいると、ジーノさんはなんだか鼻につく笑顔になった。

「では、そこは私にお任せください。あなたをどこへ出しても恥ずかしくない淑女に変身させてみせますよ、アリッサ」

ジーノさんの瞳がキラリと輝く。

つまり、今の私はどこにも出せない恥ずかしい女だと、そういうことか……


王宮内で商売をするには、内務を取り扱う事務官から許可証を発行してもらわなければならない。

王宮へは多くの御用商人が出入りしている。野菜や肉、小麦などの食品だけでなく、王妃様やメイドたちが喜ぶ衣類や小物、宝石などを扱う商人と多彩だ。かくいう私も、本来は薬屋として出入りを認められている。

それには、商品の質がいいだけでなく、身元がはっきりしていることも大事な条件だった。

今回は偽名を使って潜入するので、身元が割れないように殿下が裏で処理してくれている。私はアリッサ・コーネルではなく、アリーナ・シーズという架空の人物になりすますのだ。アリーナは薬師であり王都で美容サロンも経営している、若き女性実業家という肩書きにする。

「こんにちは、少しお話をさせていただいてもよろしいですか？」

回廊で待ち伏せしていた私は、通りかかったふたり連れのメイドに親しげに声をかけた。やや警戒している様子だけれど、私がお城に勤めるメイドだとは気づいていないと思う。

私が着ているのはいつものメイド服ではなく、全体的に細身で腰を絞ったデザインのシックな色合いのドレスで、ドレスと同系色のつば広の帽子をかぶっていた。これまでの人生で一度も着たことがない大人っぽくて品のいいこの衣装は、王都の最新ファッションらしい。

顔にはしっかりとお化粧が施されて、髪は丁寧に結い上げられている。衣装や小物の選択から、化粧と髪のセットまで、ジーノさんがやってくれた。流行にも詳しいし、こんなにも高度なお洒落技術を持っているなんて女として彼を尊敬する。師匠と呼ばせていただきたいくらいだ。

不思議なもので、格好が変わると気持ちも変わる。鏡に映ったいつもとは違う自分に刺激されるのか、妙な自信が湧いてきた。今の私はどこに出ても恥ずかしくない淑女なのだと――

腕に下げた籠の中から小瓶をふたつ取り出すと、私はそれをふたりに渡した。

「薬師のアリーナと言います。王都で美容サロンを経営しているのですが、このたび新しい化粧水を販売することになりましたの。もしよろしければ、こちらをお試しいただけませんか？　後で感想をお聞かせくださいませ」

言葉遣いもいつもと違い、淑女っぽくを心がける。

「まあ……美容サロンの？」

私の努力の甲斐あって、ふたりのメイドは興味を持ってくれたようだ。

化粧品を薦める商人が、地味すぎたり貧相な格好をしていては説得力に欠ける。言ってみれば、私の姿そのものが宣伝にもなるということだ。実際に売り込んでみて初めて、ジーノさんが正しいと思い知らされる。女の私よりも女心を理解しているなんて、やはり師匠とお呼びしたい。

声をかけたふたりは、どちらも王妃様のメイドだった。もちろん、あえて狙ったのだが。

王宮には、掃除、洗濯、食事の給仕など、それぞれの仕事を受け持つ大勢のメイドたちがいる。

王族の方々には専属のお世話役がいたりするけれど、中でも王妃様付きのメイド……いわゆる侍女たちは特別だ。全部で二十～三十人くらいいて、主に王妃様の着替えやお化粧、ドレスや宝石の管理などを任されているらしい。制服も他のメイドとは違っていて、エプロンやキャップなどにひときわ華やかなレースやフリルが使われているので一目でわかる。

そんな華やかな侍女たちは手にした小瓶を真剣な目で眺め、次々に質問してきた。

「これはどんな効果があるんですか？」

「私、肌が敏感ですぐに荒れてしまうんですけど、大丈夫でしょうか？」

たいていの女性は美容に関心があるものだ。いい感じに乗ってきてくれたふたりの前で、私は瓶の蓋(ふた)を開けて自分の手に数滴かける。

「保湿と美白の効果を備えています。刺激の少ない薬草を調合していますので、敏感な肌の方にも安心してお使いいただけますよ。香りづけも邪魔にならない程度ですし」

「本当ね、いい香りだわ」

「気に入っていただけたのでしたら、もう何本か差し上げます。お友達にも教えていただけるとありがたいですわ」

さらに二本ずつ、ふたりに渡す。試供品は籠(かご)にいっぱい入っていて、これがなくなってもまだ部屋にたくさんある。使っている原料はどれも高価な薬草なんだけれど、このドレスも含めて支払いはすべてダリウス殿下が持ってくれるので大盤振る舞いだ。

「ありがとうございます。使わせていただきますね」

「ええ、私も」

「よろしくお願いいたします。明日も王宮にまいりますので、そのときにぜひ、使用後の感想などお聞かせくださいね」

私は満面の笑みで、去っていくふたりの侍女たちに手を振る。

こんな調子で、女性が通りかかるたびに私は化粧水の試供品を配りまくった。王妃様専属の侍女だけでなく、他のメイドの方や料理人にもしっかりと宣伝しておく。噂が王宮全体に広まれば、それだけ王妃様の耳に入る機会も増えるだろう。


翌日の昼に前日と同じ場所に立っていると、王妃様の侍女がやって来た。王妃様が私に会いたいと仰（おっしゃ）っているらしい。化粧水の噂が王妃様に伝わるまで数日はかかると覚悟していたので、あっさりと乗ってきたことに少し驚く。

化粧水の品質には絶対の自信があるし、私の淑女的な振る舞いもきっと説得力があったに違いない。王妃様はそれだけ美容に関しては敏感で、貪欲な方だということだ。

すぐにでも会いたいということだったので、私はそのまま侍女に案内されて、王妃様の部屋へと向かうことになる。あまりに急なことで緊張するけれど、そのためにこんな小細工をしたのだ。ここは覚悟を決めなければならない。

「昨日あなたがお配りになった化粧水が、私たち侍女のあいだでかなり好評で、誰かが王妃様にも薦めたようなんです」

赤い巻き毛の侍女が、王宮の廊下を歩きながら教えてくれた。

「王妃様は美容にとても気を遣う方で、お使いになる化粧品やお手入れ方法など、常に最高のものをお求めになるんです。もしも王妃様に認められたら、アリーナさんのお店も大繁盛すること間違いなしですわ」

私はにっこりと笑って答える。

「パメーラ王妃様に興味を持っていただけるなんて、本当に光栄に思います。王妃様はとてもお美しい方だと、町でも評判ですから」

階段を上ると、廊下が細長いギャラリーのようになっていた。一方にはアーチ型の窓が並び、反対の壁一面にたくさんの絵画が飾られている。絵の題材も風景画や肖像画だけでなく、抽象的だったり幻想的だったりと、多様だ。

ギャラリーのちょうど真ん中あたりに、一番大きな肖像画が飾られている。結い上げた栗色の髪に宝冠を載せ、裾が大きく広がった深紅のドレスを身につけた美女が描かれていた。

もしやこの方が……？

「パメーラ王妃様の肖像画です」

絵に見入っていると、王妃様の侍女が教えてくれる。

目鼻立ちのはっきりした気の強そうな顔立ち。誇張している部分もあるかもしれないけれど、迫力を感じる絵だ。なんというか、魔性の女のように見える。

赤毛の侍女は次に、王妃様の隣の小さな肖像画を掌で指し示した。

「こちらは王妃様のご子息、王太子のルイス様です」

「この方が王太子様……」

丸顔でおっとりとした雰囲気の青年の胸像画だ。立ち襟の赤い上着の下にパフタイを巻いて、大きな金細工のブローチでそれを留めている。丸いのは顔だけでなく、肩やお腹のあたりもややぽっちゃり気味……運動は苦手そうだ。

不細工とまでは言わないけれど、決して美男子ではない。本当にあの王妃様の実の息子なのかと、疑いたくなるほど平凡な人相だった。

「そして、こちらが第二王子のダリウス様でして……」

ルイス様の隣の絵を、侍女がうっとりとした顔で見上げる。そこには、このところ毎日お会いしている美男子の中の美男子が、いつにも増して麗しいお姿で時を止めていた。

「ダリウス様はルイス様の異母弟なんですが、それはもうお美しい方なんです。この神秘的な黒い瞳と黒髪……実物はこの絵よりも数倍、いえ数十倍は素敵ですわ。おまけに、頭も良くて剣術の腕は王国でも一、二を争うほど。現在は中央騎士団の団長をされています」

知っています、とは言えないけれど、王太子のときとのこの落差……ルイス様については一言で終わったのに、ダリウス殿下についてはこんなにも熱く語るとは。たぶん、彼女に限ったことではなく、殿下は王宮中の女性からこんな目で見られているに違いない。

これはやっぱり、本人が知らないうちに泣かせている女性は星の数ほどいそうだ。

「私がこんなふうに言っていたことは、王妃様には内緒にしてくださいね」

勢いで口走ってしまったことを反省するように、侍女は肩を竦めた。わざわざそんなふうに言うなんて、王妃様の殿下嫌いは侍女たちにも知れ渡っているということだろう。

「王妃様とダリウス殿下との関係は、あまりよろしくないのでしょうか？」

なにも知らないふりをして尋ねると、侍女は「ここだけの話ですけど」と声を潜める。噂好きな女性には辟易することもあるけれど、こういうときにはありがたい情報源だ。

「よろしくないどころではありません。口には出しませんが、王妃様はダリウス様を嫌っておいでです。その理由はおそらく、王妃様の実の子供であるルイス様よりも、ダリウス様のほうがずっと優秀でいらっしゃるからというのが多くの者の意見ですわ。王妃様はできるだけダリウス様に会わないよう避けておいでですが、たまに王宮内で遭遇されたときなどは目も合わせません」

「まあ、そうでしたか。それはお世話をする皆様も気を遣いますね」

できるだけ避けているのに、殿下が最初に変身した日に限っていつもは会わない場所にいらっしゃったなんて、やっぱり偶然とは思えない。これで、王妃様の疑惑が強くなった。

「王妃様の前ではダリウス様のお名前も口にしないよう気を付けています。本当は私……いえ、王宮で働くメイドのほとんどは、ダリウス様のお世話をしたいと願っているんです。でも、殿下は気取らない方なので、身の回りのことはなんでもご自分でなさいます。メイドがお傍に行けるのはお部屋のお掃除くらいで。でも、最近妙な噂が……」

侍女の声がだんだん低くなり、不快そうに表情が歪んでいく。

もしや、呪いのことが外に漏れたのだろうか。内心で焦っていたら、彼女はギリギリと歯ぎしりするように言ったのだ。

「このところ、いつも同じメイドがダリウス様の執務室に出入りしているそうなんです。私の同僚も、とても地味で冴えないメイドがお茶を運ぶ姿を目撃したそうですわ。あのダリウス様が専属のメイドを付けるなんて……愛人ではないかともっぱらの噂です。そうだとしたら、あれほど完璧なダリウス様でも女の趣味だけはお悪かったのですね」

地味で冴えないメイドの私は、大いに落ち込みながら言葉を絞り出す。

「誰にでも欠点はあるものですから……ね……」

愛人？　趣味が悪い？　私は一体どっちに怒ればいいの！

侍女の話が呪いの件でなかったことにはほっとしたけど、どっと疲れていた。こんなに噂が早く広まるなんて、兄さんが言った通り、王宮は恐ろしいところだと思う。

ばっちりお化粧して着飾っていて本当に良かった。もしも普段通り地味にしていたら、私が殿下専属のメイドだと気づかれた可能性もある。これからはもっと人目に気を付けなければいけない。殿下の近くにいるということは、それだけこっちも目立つということなのだ。

ダリウス殿下の隣には、王妃様のものと同じくらい大きい立ち姿の肖像画がかかっていた。殿下と同じ黒髪、黒い瞳の若い男性だ。身につけている黒い上着は騎士のものとは少し違うけれど、同じように機能的な形をしていて、上にはマントを羽織っている。精悍な雰囲気が殿下と少し似ている気がした。

「こちらはどなたですか？」

「カルロス国王陛下の若い頃の肖像画です。三十年ほど前、国境付近で隣国と小競り合いがあった頃に、自ら騎士団を率いて戦われたそうですよ」

現在のクラウス王国を治める国王様の絵なのか。ということは、殿下のお父様だから似ているのも頷ける。

陛下の肖像画は王国の至る所に飾られていて、私も村の学校で見たことがあった。そのときの肖像画もわりと昔のものだったけれど、これはもっとお若い頃の姿だろう。武勇に秀でていて、隣国との争いにもすべて勝利したと習った。その後すぐに即位されて、既に三十年近くも王位に就いていらっしゃる。今のクラウス王国が平和で豊かなのは、カルロス陛下のおかげだと言われていた。

でも、このお顔、ダリウス殿下以外にも誰かに似ているような……

そんなことを考えているうちに、いつの間にか王妃様のお部屋の前に着いていた。


王宮の中でもひときわ豪奢で凝った造りのその扉は、全体が白く塗られていて、所々に金箔が使われている。

初めて足を踏み入れた王宮の東棟、そこの三階に王妃様の私室はあった。殿下から聞いた情報では、王妃様のお部屋には専用の応接室があり、続きの間に寝室と衣装部屋があるらしい。

「王妃様はこちらでお待ちです」

そう言って侍女が静かに扉を開けると、ふわりと甘く爽やかな香りが漂ってくる。

これは、ルミナスの香りだ。ルミナスは低木種で、いくつにも分かれた細い枝に小さな白い花をたくさん付ける。まだ花が咲く季節ではないから、乾燥花か香水だろうか。

私も蒸留器で花のオイルを抽出することがある。季節が限られる花の香りを一年中楽しむには、それが一番の方法だ。

「その娘が、例の化粧水を配っていたという美容サロンの経営者なの？」

ルミナスの匂いを堪能していると、部屋の奥からそんな声が聞こえてくる。

甲高くて少し鼻にかかったような、ツンとした口調だ。改めてそちらに目をやると、長椅子の肘掛けにもたれて、こちらを見ている女性がいる。情熱的な深紅のドレス、艶やかな栗色の髪に気の強そうな瞳。肖像画そのままのパメーラ王妃様だった。

「はい、王妃様。彼女がアリーナ・シーズさんです」

「お目にかかれて光栄です、王妃様」

反射的に帽子を取ると、深く膝を折って頭を垂れていた。なぜか、自然とそうしてしまうような威圧感がある。殿下とは少し違うけれど、やはりこれが王族の貫禄なのか。

「もっと近くへいらっしゃい」

王妃様は横に投げ出していた足を下ろして、手にしていた扇でそこを示す。私に座れということらしい。この豪華絢爛な女性の隣に座るなんて、気圧されて息もできなくなりそうだ。

「早く」

「はいっ、失礼いたします」

逆らったら殺されそうな凄みを感じたので、そそくさと歩み寄る。

でも、それはそれとして本当に綺麗な人だ。整った顔の造作だけでなく、化粧の仕方や髪の結い方、ドレスや小物の選び方など、自分をいかに美しく見せるかということを完璧に心得ている。女性の私でも見とれてしまうほどだ。

ダリウス殿下より年上の第一王子の母親だから、五十歳くらいだと思うけれど、もっとずっとお若く見える。きっと、この美貌を保つために日々努力していらっしゃるのだろう。

よく見れば、部屋にはバルコニーに通じる大きな窓があった。王妃様が座っている場所には日光が当たらないようになっている。日焼けしないようにという配慮だとすぐにわかった。

「あなたが作ったという化粧水をメイドからもらったの。あれにはどんな薬草が使われているのか、お聞きしてもいいかしら？」

誰もが口をそろえて王妃様は美容に関心があるとは言っていたけれど、まさか化粧水の成分まで聞かれるとは思わなかったので驚く。

私は籠から小瓶を取り出すと、掌に載せて王妃様に見せた。

「これのことですね？　商売に関することですので、細かいことは申し上げられませんが……新鮮なセドナとキールの根を独自の配合で混ぜてあります。そして、仕上げにはルミナスの花で香りづけを……」

私の言葉を最後まで聞かずに、王妃様は小瓶を手に取り、蓋を開けて鼻を近づける。

「セドナは保湿、キールの根は美白の効果があるわね。使用感は大手の薬店から発売されている高価な化粧水と遜色はないわ。それにこのルミナスの香り……とても上品だし絶妙な配分ね」

「ありがとうございます」

王妃様の目の付け所にも、知識にも感服する。薬草の特徴がすらすらと出てくるなんて、薬師並みだ。この方には絶対にごまかしが利かない。

王妃様の白魚のような手が、無言で私の顔へと伸びてきた。避けるわけにもいかず、王妃様に顔を撫でられるという名誉（？）に私は緊張する。

「あなた、おいくつ？」

「は、二十歳です」

「やっぱり若いのね。でも、その年齢の他の子とくらべても綺麗な肌だわ。色白できめが細かくて、まるで絹のような手触り」

「あ、あ、ありがとうございます」

動揺するあまり声が震えた。今でも薬草採取のために野山を散策するけれど、思ったより焼けていなくて良かった。

王妃様の美貌を間近で見て、いい匂いに包まれる。おまけにこんなふうに触られて、うっかり惚れてしまいそうになった。

「王妃様はルミナスの香りがお好きなんですね」

「ええ、大好きよ」

そう答えた王妃様の頬が、ほんのりと赤くなる。気になる反応だった。

ルミナスのような可憐な花が好きだと知られるのが、照れくさいのだろうか。

魔性の女の、意外に可愛い一面を覗き見てしまった気分になった。

「あなた、アリーナと言ったわね。若いのにいい腕をしているわ」

「王妃様にそんなふうに言っていただけて光栄です」

「あなたを見込んで相談があるの。最近、とても悩んでいるのよ。……ねぇ、ここに小じわがあるでしょう？　どんなにお手入れしても消えなくて……どうしたらいいかしら」

王妃様は部屋の隅にいる侍女を手招きして手鏡を持って来させると、それを覗き込んで目尻を指さした。言われてみればそれらしきものはあるけれど、本人が気にするほど目立ってはいない。だいたい、このお年でこれだけお美しいというのに、なんという贅沢な悩みだろう。

でも、王妃様にとっては生死を左右しそうな一大事らしい。

「このまま年老いてしまうのかと思うと、不安になって夜も眠れないのよ。はぁ……悩み事ばかりで気が滅入るわ」

王妃様の声は切実で、相談に乗ってあげたいという気持ちにさせられた。

「王妃様はとてもお綺麗ですよ。夜も眠れないほどお悩みになると、逆にお肌には悪いですから、あまり気に病まれませんように」

「では、どうすればいいのかしら？　美の秘訣について専門家の意見を伺いたいものだわ」

「そうですね……正しいお肌のお手入れはもちろんですが、まずは規則正しい生活です。それから、栄養を考えた食事の他に、なにより重要なのは、毎日を笑顔でお過ごしになることです。意外に思われるかもしれませんが、心というものは体に大きく影響するものですから」

「アリーナ、あなたはやっぱりいい薬師だわ。クラムで美容サロンを営んでいると言ったわね。今度ぜひ伺うわ。親しい貴族の奥様方にも紹介してあげるわね」

王妃様は感激した様子で私の手を握り、美しく微笑んだ。なんだかこちらまで嬉しくなって「よろしくお願いいたします」と言いそうになり、私は言葉を呑み込む。王妃様の魔性ぶりに理性を失いそうになった。

「ああ、王妃様、なんと感謝していいかわかりません。ですが……実はこれからお店のほうはお休みをいただくことになりそうなんです。私、美容だけでなく健康に関しても様々なご相談をお受けしているのですが、つい先日ある方から、難しいお薬を頼まれてしまいました。そちらの仕事に少し時間がかかりそうなので」

「あら……そうなの、残念ね。でも、お店を休んでまで薬の調合に時間をかけるだなんて、それに見合うほどの報酬があるの？」

「先方は、休んだ分の損失や薬の材料費を含む諸経費、そして報酬まで、こちらが望むだけの金額を支払うと仰っています。ですが、お引き受けしたのはそんなことよりも、とてもお困りのご様子だったからなんです。詳しいお話をお聞きするために、つい先ほども王宮内で面談を……と、申し訳ありません。余計なことをぺらぺらと……」

「その依頼主は王宮内にいるの？」

失言したように装って口にした言葉に、王妃様が食いついてくれる。

依頼主というのはもちろんダリウス殿下のことだ。王妃様の興味を引くためにわざと思わせぶりに説明して、けれどこれ以上は言えないというふうに私は視線を落とす。

「申し訳ございません。お客様に関する情報は他言できないのです」

その返答に、王妃様はますます興味をそそられたようだった。社交界は特に人の噂話が好きだと聞いたことがあるけれど、この王妃様も例外ではなかったことに安堵する。それを期待した上での今回の潜入調査だ。

「私は誰にも言わないわ。だから教えて。あなたに薬を依頼したのは、この王宮の中にいるのね？　メイドかしら？　それとも、王宮に出入りする貴族の誰か？」

「ご本人の名誉にも関わることなので、噂が広まっては困るのですが……」

私は言葉を濁し、部屋の隅に立っている三人の侍女たちにちらりと視線を投げる。すぐにこちらの意図を察した王妃様が、侍女たちに扇を振って出て行くように指示した。

「あなたたち、少しアリーナとふたりきりにしてちょうだい」

侍女たちは黙礼すると、しずしずと出て行く。広い部屋には私と王妃様だけが残された。

「さあ、いいわよ。誰から頼まれたのか教えてちょうだい」

なにがなんでも聞き出そうとする王妃様の勢いに呑まれそうになりながらも、私はさらにもったいぶって告げた。

「では、王妃様だけに申し上げますが、くれぐれも他言無用に願います」

「ええ、いいわ。それで誰なの？」

「私に健康上のお悩みをご相談されたのは、ダリウス王子殿下なのです」

細く形のいい眉が大袈裟なくらい上がり、王妃様は目をまん丸にする。このときばかりは、魔性ぶりも貫禄もどこかへ消えてしまっていた。

「ダリウスが？　一体どんな薬を求めているというの？」

「それが、仰っていることがよくわからないところがありまして。呪いを打ち消すような薬がないか、とかなんとか。大昔に魔法が使われていたことは確かに記録で残ってはいますが、今の時代にそんなものがあるとは思えません。おそらく、殿下は精神的なご病気で、ご自分がなにかの呪いにかかっていると妄想されているのです。お気の毒に……王妃様、殿下がどうしてそのような妄想に取り憑かれてしまったのか、お心当たりはございませんか？」

「私が知るわけないでしょう！」

王妃様が突然、人が変わったように声を荒らげた。それがあまりに不自然だったことに気づいたのか、王妃様は視線を逸らして扇で口元を隠す。

「……ダリウスとはあまり話す機会もないから、まったく心当たりはないわ。でも、一応義母として気にかけておくわね」

「はい、よろしくお願いいたします」

ダリウス殿下の呪いという話題に王妃様がどんな反応を示すか、少し試すくらいのつもりだったのだけれど、こちらが予想した以上の動揺で、王妃様の犯人疑惑が高まった。犯人と断定はできないまでも、王妃様は殿下の異常についてなにか知っている。

ならば、それを裏づけるような証拠を探さなくてはならない。殿下の呪い解消に向けて糸口が見つかった気がして、私は逸る心を抑えつつ、籠からまた瓶をひとつ取り出した。試供品とはやや違う形の特別な瓶で、中にはマローネで薄く色づけされた薄桃色の液体が入っている。

「王妃様、お話は変わりますが、こちらの化粧水もお試しいただけませんか？　先ほどのものと微妙に配合を変えてあるのですが、どちらがいいか迷ってしまいまして。薬草にお詳しい王妃様のご意見をお聞かせいただけると、大変参考になります」

「構わないわ。見せて」

王妃様は気を取り直したのか瓶を手に取ると、中身をほんの少し手の甲に垂らした。反対の手で軽く擦り込んで、香りを確かめるために鼻を近づける。

「つけたときの感触は、さっきのものとほぼ同じよ。この香りはマローネね。これも悪くはないけれど、私はルミナスの香りのほうが好みだわ」

感想を述べる王妃様のお顔を食い入るように見つめた。どんな変化も見逃すまいと目を見張る。

実は、この化粧水には殿下の血が一滴だけ入っている。わざわざマローネで色づけしたのは、絶対に気づかれないためだ。

呪いを受けた者の血を術者に触れさせることによって、闇の力を術者へと跳ね返す――図書室で借りた魔法書にはそう記述されている。王妃様が呪いをかけた犯人ならば、額に黒い星が浮き出るはずだ。

けれどいつまで待っても、王妃様の額にはなにも変化はない。これは、王妃様が呪いをかけたわけではないということなのか、それともあの魔法書が本物ではないのか……

「アリーナ、どうかしたの？　私の顔になにか付いていて？」

王妃様の怪訝(けげん)そうな様子に、ずっと凝視していた私は慌てる。

「いいえっ、申し訳ございません！　王妃様があまりにお美しいので、見とれてしまいました」

「まあ、それならいくらでも見ていていいわよ」

「では、失礼して……」

隠し持っていたスプレー式の瓶で、ご満悦な王妃様のお顔にシュッと一吹きした。もう一方の手にハンカチを持って、自分の口と鼻を押さえる。

驚いたように瞬(まばた)きした王妃様は、すぐにとろりとした瞳になって頭がふらついた。

「アリーナ、これは……なんなの……？」

私のほうへ倒れてきた体を受け止めて、長椅子に横たえる。

「これは、速攻で眠りに落ちる睡眠薬です。申し訳ありません、王妃様。美肌のためにもゆっくりとお休みください」

一瞬で獣さえ眠らせるほど強力な睡眠薬だ。でも、害はまったくない。ちょっと乱暴かもしれないけれど、今は手段を選んでいられなかった。

呪い返しの術では、王妃様が犯人だという結果にはならなかったけど、ダリウス殿下の話にかなり動揺していたし、彼女が疑わしいことには変わりない。せっかくこんなに手の込んだ準備までしてここまで来たのだ。当初の予定どおり王妃様のお部屋を探ることにする。

王妃様が眠っていることを確認すると、私は足音を忍ばせて奥の間へ急いだ。

もしも呪いに関する品物があるとすれば、常に侍女がいる応接間ではなく、王妃様がひとりになれる寝室か衣装部屋だろう。もちろん、証拠が残っているという保証はなかった。徒労に終わるとしても、今はとにかくできることをやるしかない。

扉を開けるとそこは寝室だった。応接間よりは狭く、それでも寝室としては広くて豪華な造りになっている。王妃様は赤がお好きなのか、ベッドの天蓋(てんがい)もカバーもすべて赤で統一されていた。落ち着かない気分になるんじゃないかと思うけれど、これは好みの問題なのだろう。

ベッドの他には、長椅子にベッド脇の小テーブル、壁際には洗顔用のボウルが置かれた鏡台……と、家具はあまり多くない。なにか隠すとしたらどこだろうかと考えながら室内を見回す。

ベッドを整えるのは侍女の仕事だし、鏡台にも近づくことが多いはずだ。そんな場所に怪しげな呪いの道具を隠すとは思えない。

侍女が共犯という可能性は、今のところ低いような気がする。彼女たちの多くがダリウス殿下に心酔しているようだし、殿下と王妃様の不仲も知れ渡っているから。

もしも、王妃様が殿下に呪いをかけたなどという噂が侍女たちから広まれば、王妃様にとっては大きなダメージになる。そんな計算もできないほど愚かな人ではないだろう。

念のためテーブルや鏡台などの引き出しを一通り確認しても、それらしいものはなにもなかった。部屋の中は綺麗(きれい)に整頓(せいとん)されているので、他に隠し場所になりそうなところもない。

応接間から入ってすぐ右側の壁には暖炉が設えられてある。ふとそこに目を向けたとき、なんだか違和感を覚えた。もう暖炉を使う季節ではないのに、最近、火を入れたような形跡がある。

傍にあった火掻き棒で灰を探ると、石炭とは違うなにかの燃えかすが現れた。

「これって、ヴァルアラ……？」

一部が焼失しているけれど、黒く焼け焦げたままその特徴を残している。奇妙なトゲのあるこの葉の形は、魔女の象徴とされるあの植物に間違いない。

今でも、葉そのものが見つかることがあるとは聞いたけれど、それにしたって入手は困難だろう。魔女以外が持っていてもあまり意味のないこの植物を、王妃様はどうやって手に入れて、なにに使ったのか……と考えれば、やはり例の呪いと結び付く。

王妃様に呪い返しの術は効かなかった。その理由はわからないけれど、これはかなり重要な証拠になるのではないだろうか。

ヴァルアラの葉を丁寧にハンカチに包んでから、次に衣装部屋に向かう。

衣装部屋と思われる扉は、応接間に続く扉とは反対側の壁にあった。その取っ手をつかんだとたん、なにか説明しがたい感覚に囚われる。不安や焦燥に駆られるように私は扉を開けた。

衣装部屋は寝室の半分くらいの広さにもかかわらず、私はその光景に圧倒される。壁際にはずらりと豪華なドレスがぶら下がり、反対側の棚には靴が並んでいた。靴の棚の隣にある扉付きの棚には、宝石でも収納されているのだろうか。

女性として、美しいドレスや靴には惹かれるものがある。けれど私はそれ以上に、こんなに衣装があったら毎日なにを着るか選ぶだけでも大変そうだと、げんなりした。

ドレスを横目に見ながら奥へ進むと、いきなり現れた人影に心臓が止まりそうになる。落ち着いて見れば、それは壁に立てかけた大きな姿見に映る自分の姿だった。

衣装部屋に鏡があるのは当然だけれど、その鏡はいささかそぐわないように思える。王妃様は華やかで煌（きら）びやかなものを好むようで、部屋にある家具や調度品はどれもはっきりとした明るい色彩のものが多かった。寝室の鏡台などは真鍮（しんちゅう）に金が塗られている。

それなのに、その姿見に使われているフレームはただの木製で、なにか植物をモチーフにした彫刻が施（ほどこ）されているものの全体的に古めかしくて、鏡の表面には傷もついていた。王妃様の趣味にしては地味というか、この鏡がここにあるということがまったく解（げ）せない。

それに、じっと見ていると心の奥がざわついてくるのはどうしてだろう。

鏡の表面にそっと触れてみると、そこが水面のようにゆらりと揺れて見える。

――……さない…………

か細い女の人の声が聞こえた気がしてドキリとした。

衣装部屋の中を見回してみても、私以外は誰もいるはずはなく、人が隠れる場所もない。王妃様が予定よりも早く目覚めたとか、侍女が戻ってきたのかと焦る。でも、声は応接間のほうから聞こえたわけではなかった。

――……誰にも……渡さない…………

今度はさっきよりもはっきりと聞こえてくる。他の部屋からではなく、すぐ近くで。

この、鏡の中からだ……！

鏡に映る自分の顔が他人のように思えて、背筋がぞくりとした。私はスカートをたくしあげると、駆け足で衣装部屋を飛び出す。

なんて気味が悪いんだろう。あの鏡には悪魔か幽霊でも取り憑いているのかもしれない。

暗く思い詰めたような声だった。『誰にも渡さない』ってなんのことだろうか。人の姿を映す鏡には、魔が宿りやすいと聞いたことがある。魔女にとっても、大事な魔法道具になることもあったらしい。

声が聞こえる不気味な鏡が王妃様の部屋にあったことと、ダリウス殿下にかけられた呪いに、なんの繋がりもないとは思えなかった。あの鏡がなんなのか調べたいけれど、潜入捜査はもうできないから、なにか他の手を考えなくては。

応接間へ戻ると、王妃様はまだ気持ち良さそうに眠っている。

「それでは、今日はこのへんで失礼いたします。ご機嫌麗しく、王妃様」

返事の代わりに健やかな寝息を聞きながら、私は王妃様の居室を後にした。

王妃様のお部屋にいた時間はそれほど長くはなかったのに、廊下に出るともの凄い疲労感に襲われる。夢中だったから自覚はなかったけど、王妃様と対峙することにとても緊張していたのだ。

危険を冒して王妃様に近づいたことで、重要な手がかりが見つかったと思う。暖炉に残っていたヴァルアラの葉の燃えかすだ。けれど、呪い返しの術が王妃様は犯人ではないという結果をもたらしたことには、ガッカリしている。

今後は、王宮内で王妃様や侍女たちに出会わないよう注意しなくてはならない。偽名を使って近づき、睡眠薬で眠らせて退散したのだ。もしも見つかればなんらかの罪に問われることは間違いなく、ダリウス殿下の件が人に知られてしまう危険性だってある。

王妃様が呪いの犯人なのかはまだわからない。ただ、あの方の美を追求する一途な姿勢には感心させられたので、騙(だま)してしまったことに関しては少し心が痛む。きっと王妃様には、彼女にしかわからない信念があるのだ。

「アリッサ」

廊下に置かれた等身大の彫像の陰から、小声で誰かが私の名を呼ぶ。アリーナという偽名ではなく本名だったので、返事をせずに警戒してそこを覗き込んだ。

「えっ！　ダリウス殿下、こんなところでなにを……」

つい大きな声で名前を呼んでしまい、慌てて口をつぐむ。

「……こんなところでなにをなさっているんですか。誰かに見つかったら困るでしょう」

声を潜(ひそ)めて周囲に視線を走らせた。幸い他には誰もいない。私と一緒のところを王妃様の侍女にでも見つかったら、いろいろと厄介(やっかい)なことになりそうだ。

殿下は手近な扉を開けると、部屋に誰もいないことを確かめて、私に中に入るよう促(うなが)す。そこはどうやら使用されていない応接間のひとつのようだ。

中に入って扉を閉めてから、殿下はようやく口を開いた。

「おまえが王妃のもとで、なにかヘマをやらかさないかと思って様子を見にきた。無事に出てきたということは順調に事が運んだのか」

「まさか、心配して来てくださったんですか？」

「まさかとはなんだ。俺が来て迷惑か？」

「いいえ、意外だったので」

心配して来てくれたことは素直に嬉しい。殿下は強引で俺様だけど、部下のことは大切に思っている人だ。

「それで、どうなんだ」

「なにも問題はありませんでした。でも、二度とこの手は使えません。薬でお眠りいただいて、その隙にお部屋の中を調べてきたので」

「奥の手があると聞いたときにそんなことじゃないかと思ったが……本当に薬を盛るとは、恐ろしい女だな」

「薬を盛るだなんて人聞きの悪いことを仰らないでください。お顔に一吹きしただけです。それに、あの薬には体にはまったく害はないどころか、心も体も癒す効果があるんです。王妃様はすこぶる機嫌良くお目覚めになることでしょう。もし殿下も不眠症などでお悩みでしたら、いつでも調合いたしますよ」

「遠慮する」

親切に提案したのに、素っ気なく断られてしまった。

「だが、二度とこの手が使えないのならそれでいい。俺としては、こんな無茶な計画を許したことを後悔していたからな」

やや苛立っているように、ダリウス殿下は腰に手を当てて大きく息をつく。私に対して怒っているのかと思ったけれど、そうではないようだ。

「あの王妃のことだ。もしも少しでも怪しいと感じたら、どんな手を使ってでもおまえの目的を吐かせただろう」

「それって……拷問とか？」

「あり得ないと思うか？」

私は小さく首を横に振る。あの王妃様なら、そういうことをやるかもしれない。その場面が容易に想像できたので、私は怖くなってそれを振り払った。

「ですが、多少の危険は覚悟の上です。殿下の身に起きたことは、普通の方法では解決できそうにありませんから」

「こんな大胆な手段を取らなくても、もっと他にやり方があっただろう」

「そんな悠長なことを言っている余裕はありません。王妃様の身辺を探るには、私がもっとも適任だということは、殿下も理解していらっしゃったはずです。今後も必要があれば、変装でも潜入でも私はやりますよ」

殿下に信用されていない気がして悔しかったせいか、ついムキになって言い返してしまう。

だから私は可愛げがないと昔からよく言われるのだ。思えば、村で通った学校でも、男子からは好かれるどころか恐れられていたっけ。……なんて、灰色の青春時代まで思い出してしまう。

殿下も、私の気の強さにはいいかげんうんざりしているかもしれない。でも、私は殿下に気に入られるためにここに来たわけじゃない。助けるために来たのだから。

「……俺も、おまえにすべて任せると言ったのだったな。おまえはおまえの信じたように行動しろ。だが、責任は俺が取る。万が一、危険な立場に立たされたときには、躊躇せずに俺の命令だと言え」

思いがけないお返事に、私はぽかんとして見上げると、殿下は眉をひそめた。

「どうした。間抜けな面になっているぞ」

「……どうして最後に一言多いんですか」

せっかく主の思いやりに感動していたのに、台無しだ。

でも、どうしてこの殿下の力になりたいと思ったのか、なんとなくわかった気がする。それはきっと、ジーノさんや兄さんが殿下にお仕えするのと同じ思いなのだろう。最初はとんでもない仕事を引き受けてしまったと思ったけれど、いつの間にか私はここでの生活に充実感と喜びを感じていた。

「それで、危険を冒しただけの収穫はあったのか？　俺の血を採取したことにはなんの意味があったんだ？」

ダリウス殿下からの質問に、私は一瞬口をつぐんだ。収穫がないことはないけれど、無駄になったこともあるからだ。でも、殿下には本当のことを伝えなくてはならない。

「それについては、思っていたような結果にはなりませんでした。せっかくご協力いただいたのに申し訳ありませんでした」

「謝る必要はない。この件に関してはおまえに任せると言ったはずだ。俺にできることがあれば、なんでも言えばいい。それに、まだやれることはあるだろう。王妃についてはどう感じた？」

「王妃様は……犯人ではないような、犯人かもしれないような」

「どっちなんだ」

「ある試みでは犯人ではないという結果だったのですが、お部屋でこんなものを見つけたんです」

私は籠の中からヴァルアラの葉を包んだハンカチを取り出して、殿下の前で広げて見せた。

「これはなんだ？」

ヴァルアラについて簡単に説明をすると、殿下は興味深そうに聞いてくれた。

「現在、これを手に入れることはかなり難しいと思います。王妃様がどこで、なんのために入手なさったのか、知る必要がありますね」

「これを使って俺に呪いをかけたということか？」

「この葉だけでは断定できませんので、問いただしても言い逃れされるかもしれません。それと、ダリウス殿下が呪いにかけられた妄想に取り憑かれていると、あえて話題に出して揺さぶってみたら、かなり動揺されていたのが気になります」

「俺は妄想に取り憑かれたことにされたのか……まあいい。やはり王妃は怪しいということだな」

殿下は明らかに不満げにそうこぼした。それから、なにか躊躇うように私を見つめて尋ねてくる。

「おまえは普通の人間よりも魔法に詳しいようだな。それも薬師としての知識なのか？」

「それもありますが……」

隠していたわけではないけれど、殿下にはまだ話していないことがあった。こんな形で関わってしまった以上、やはり伝えておいたほうがいいのだろう。

「実は、コーネル家の先祖は魔女だったという言い伝えがあります。本当かどうかはわかりませんが、祖母からはいろいろと話を聞いて育ちました。私が作る薬はときどき効き目がありすぎるくらいなので、魔女の力が働いているせいだと言われたものです」

今では、魔女なんて架空の存在みたいだけれど、昔は確かに存在していて不思議な術を使っていたのだ。殿下に降りかかった呪いの力——それと同じものを私の先祖も持っていたのだと知られたら、どんなふうに思われるだろうかと怖かった。

「気味が悪いですか……？」

上目遣いで見上げると、殿下はふっと微笑む。

「いや、頼もしいと思う。やはり、あの夜に偶然おまえと出会えたことは運が良かった。こういう巡り合わせを運命と呼ぶのかもしれんな」

胸の中がじんわりと温かくなった。ダリウス殿下からこんなふうに言ってもらえただけで報われた気がするなんて、我ながら単純でおかしい。

「それから、殿下。王妃様の衣装部屋に置いてある古い姿見について、調べていただくことはできますか？」

「姿見がどうかしたのか？」

私の質問を奇異に感じたらしく、殿下が逆に質問で返す。

「王妃様の持ち物にしては地味で古びた鏡で、どうしてここにあるのかと違和感を覚えました。それに……鏡の中から女の人の声が聞こえたんです」

「……」

殿下は疑わしそうな目で私を見る。

「本当ですよ！　そんな馬鹿にした目で見ないでください」

「まあ、獣に変身する魔法があるくらいだ。鏡がしゃべったとしてもべつに驚くことではないな」

しゃべる鏡と獣に変身する殿下、どちらがより奇怪かといえば殿下のほうだ。

「おまえが怪しいと思うのなら、鏡についても調べてみよう。王妃の買い物についてはすべて購入記録があるはずだから、ジーノに言っておく」

「お願いします」

購入経路を辿ることで、手がかりが見つかることを期待する。

ダリウス殿下がふと黙り込んだので、どうしたのかと目で尋ねた。殿下は顎に手を当てて、しげしげと私を眺めている。

「おまえのめかし込んだ格好は初めて見たが、悪くないな」

もしかして、褒められたのだろうか。殿下からそんなふうに言われるのは初めてで、私はどんな態度を取っていいのかわからなかった。もの凄く嬉しいんだけど……はっきり言って恥ずかしくて素直になれない。

そんな動揺を表に出さないように、澄ました笑みを返した。

「そうですか？　それほどでもありま……」

私の言葉が終わらないうちに殿下が呟く。

「磨けばそれなりに女に見えるんだな」

「……私は歴とした女です」

やっぱりこの王子様は女心がわかっていない。それともわざと私をからかって遊んでいるのだとしたら、魔女の血を駆使して呪いたい。

実際のところはどうなのか、殿下はとても楽しそうにくつくつと笑い続けるだけだった。

四　慌ただしい一日

　私が王妃様のお部屋に潜入した一件以来、王妃様の侍女たちが、アリーナ・シーズという名の薬師を知らないかと聞いて回っていたと、ジーノさんから教えられた。私もうっかり彼女たちとすれ違ってしまったけれど、気づかれることも怪しまれることもなかった。ジーノさんの化粧術のおかげとはいえ、複雑な気分ではある。

　ダリウス殿下の呪いについては、少し解決に近づいたように見えたものの、まだわからないことも多い。

　王妃様が呪いを実行していないのなら、魔法を使える何者かが王妃様に協力をしたと考えるのが妥当だ。けれど、そこでまた行き詰まる。この時代に、現役の魔女はひとりも確認されていない。それに加えて、衣装部屋にあったしゃべる謎の鏡が、今度の一件をますますややこしくさせた。あれはどういう代物なのか、殿下の呪いに関係があるのか……

　一度、オレイン村に戻ってお祖母ちゃんやお母さんに助言を求めたほうがいいかもしれない。ふたりなら薬師として私よりも経験豊富だし、魔女に関する知識だってあるはずだから。

　王妃様とお会いした翌日、ちょっぴり弱気になってそんなことをつらつらと考えながら、王宮内の自室でひとり薬研をごりごり動かしていた。薬研というのは、薬草やその他の材料を細かく砕くための車輪型の道具だ。長年の習慣のせいか、こうしていると気分が落ち着く。年頃の娘にしては地味で変わった趣味だと我ながら思う。

王宮に来たときに殿下が用意してくれた部屋は、なるべく他のメイドたちと顔を合わせずに済むように、女性使用人たちが住む区域の中でも少し外れに位置している。

下っ端の使用人は本来二人部屋だけど、私は特別に個室を使わせてもらっていた。そのおかげで、薬を作るための道具や材料を持ち込めるし、人の目を気にすることなく魔法書を開くこともできる。

王宮での生活にもだんだん慣れてきていた。王宮にはメイドや料理人、庭師に騎士、医師など、様々な人がいる。朝早くから深夜まで誰かしら働いているため、食堂もお風呂も基本的に一日中使用可能だという。私は他のメイドたちと一緒に行動しなくていいので、目立つことなく、使用人のひとりとして紛(まぎ)れられた。

あとで兄さんに渡そうと思い、痛み止めの薬を作っていたところ、材料のローブが足りなかったことに気づく。べつに頼まれたわけではないので急ぐことはないけれど、途中でやめるのもすっきりしない。

ローブは一般的な薬草なので、王宮の薬草園でも栽培しているだろう。そう思って、私は気分転換も兼ねて外へ出ることにした。

王宮には観賞用の庭園や温室以外にも、菜園や、薬に使用する薬草を育てる場所もある。

兄さんはいつも私が作る薬を患者さんに処方するけれど、王宮の医療部には宮廷医師の他に、もちろん看護士や薬師も在籍していた。調合に使う薬草は珍しい種類なら商人から購入し、痛み止めや胃腸薬などのよく使われる薬の材料は、専用の薬草園から調達しているらしい。

　ダリウス殿下からいただいた通行証は、薬草園にも出入りが可能だ。後学のために一度見学したかったこともあって、私は期待してその庭へ向かう。

　王宮を歩くときは、王妃様や侍女たちに会わないように注意しなければならない。でもまさか、薬草園で遭遇することはないだろう。綺麗な花が咲く中庭ならともかく、薬草園は畑みたいに単調な景色だ。とても王妃様が足を運ぶ場所とは思えない。

　ジーノさんが書いてくれた見取り図によると、薬草園は王宮の南側の一角にあった。温室なども合わせると結構な面積で、外の囲いには数々の薬草が綺麗に並んで植えられている。

　庭師の格好をした管理人らしき男性に通行証を見せて、囲いの中に入れてもらう。仕入れのために薬草農家に行くこともあるので、王宮の薬草園が充実していることは一目でわかった。

「ネトルにセルピムに……イルマーナまであるんですね。凄い、貴重だわ。これは鎮静作用があるので、不眠症の薬にもお茶にも使えるんです。あら、ジルベリーまである。この七色の実が可愛いんですよね。お菓子にも使えますし、最近では観賞用としてもよく売れるみたいです」

　案内のためについて来てくれた庭師のガストンさんに、私は独り言みたいに語りかけていた。たくさんの植物に囲まれていると気分が上がるのだ。私があまりに夢中になっているからか、ガストンさんが不思議そうに呟く。

「お嬢ちゃん、メイドのわりにやけに植物に詳しいな。若い娘がこんな場所に来るのもめずらしいし、ここまで喜んでる人は初めて見たよ」

「田舎育ちなもので……自然と覚えたんです」

私は取り繕うように笑う。ただの園芸好きの女子で通すには無理がありそうな、専門的なことまで口走ってしまった。今は薬師ではなくメイドなのだと、気持ちを引き締める。

「ローブの実を少し分けていただきたいのですが。……もちろん私が使うのではなく、宮廷医師のコーネル先生の指示なんです」

「ああ、構わないよ。ローブの木ならこっちだ」

ガストンさんについて歩いていたら、どこからかルミナスの香りが漂ってきた。今は花の季節ではないので不思議に思って見回すと、いくつかある温室のひとつにそれらしき低木が並んでいる。

「ルミナスを温室栽培しているんですか？」

温室はすべて寒さに弱い薬草を育てる設備かと思ったら、ルミナスのためだけにひとつ使っているようだ。木に咲く花だから場所を取るし、なんという贅沢だろうか。

「そこは王妃様のご命令で作った温室だ。王妃様はルミナスの花がお好きだそうで、一年中香りが楽しめるように温室でも栽培しているが、結構管理が面倒な植物なんだ」

「……ということは、もしかして王妃様はこちらに足を運ばれるんですか？」

「いいや、王妃様はいらっしゃらないよ」

ガストンさんの答えにホッとする。

「それにしても、王妃様はそんなにこの花がお好きなんですか？」

お部屋にもこの香りが漂っていたし、本人も好きだと仰っていたけれど、わざわざ温室で育てさせるほどとは思わなかった。そこまでの思い入れがあるのだろうか。

「ああ、理由があるんだよ。これは昔、王妃様付きの侍女から聞いた話だが……王妃様が国王陛下に最初にお会いしたときにルミナスの香水をつけていて、それを陛下がたいそう喜ばれたとか。王妃様にとっては忘れられない大切な思い出なんだろうね。今では王妃としての威厳があるが、ご結婚当初は王妃様も可愛らしい姫君だったたってわけだ」

「それは、素敵なお話ですね」

王妃様がそんな思い出を大切になさっていたとは、意外だった。

香りは記憶と深く結びついていることが多い。ルミナスの花への思い入れは、王妃様にとってはそのまま国王陛下への愛情なのだろう。

なんといっても、ルミナスの花言葉は『純愛』だ。あれほど美容に関心が高いことも、自己愛ばかりでなく、国王様に喜んでもらいたい、愛されたいという希望でもあるのかもしれない。

突き詰めれば、ダリウス殿下を憎らしく思うのも、そのへんにも理由があるともいえる。殿下のお母様は側室だったということだけれど、殿下のお顔を見れば、どれほど美人だったかは想像がつく。

王妃様の中でどんな葛藤があったのかは、私には知るよしもない。そこに強い嫉妬心があったとしたら、呪術へと走らせてしまってもおかしくはない。呪いの魔法は、人間の歪んだ感情と闇の力が混ざり合って生み出されるものだと、魔法書にも書かれてあった。

「あの、つかぬことをお聞きしますが、ヴァルアラなんてありませんよね？」

「ヴァルアラ？　……ああ、昔、魔除けとかまじないとか、そんなときに使われてたっていう、あれか。どこかに生息してるなんて話は聞いたことがないが。なんでそんなものがほしいんだ？」

ガストンさんが立ち止まり、帽子をかぶり直しながら逆に尋ねてくる。

「いえ、そんな植物の名前を耳にしたので、見てみたかっただけなんです」

これだけたくさんの植物があるため、もしかして栽培されているかもなんて思ったのだけれど。そう簡単に手に入るものではないからこそ、焦げたヴァルアラの葉が今は唯一の貴重な手がかりとなっている。

ローブをはじめとする低木が集められたコーナーに来ると、先に誰かが来ていた。私以上に熱心に植物を観察していたらしく、こちらが近くに行ってようやく足音で気づいたらしい。

服装がガストンさんと同じような丈夫そうなシャツとズボン、それにつばの付いた帽子だったので、最初は王宮に勤める庭師のひとりだと思った。でも、振り返ったその顔には見覚えがある。

なんと王太子のルイス様だった。

低木にすっかり隠れてしまう小柄なぽっちゃり体型で、人の好さそうな丸いお顔……肖像画そのままの凡庸な風貌に庭師の格好が似合いすぎる。

「ガストン、君に聞きたいことがあったんだけど……」

「なんでしょう、ルイス様」

ガストンさんはべつに驚くことなく自然に対応している。このやり取りから見て、ルイス様はよくここへいらしているということだろう。

「最近、虫たちがあまり元気がなくてね。餌にしている葉っぱになにか変化があったのかもしれないと思って」

虫……？　今、虫って聞こえたんだけど……

ガストンさんはルイス様のこの発言にも平然と答える。

「このところ気温の変化がありましたから、そのせいですかね。動きに異常はないですか？」

「特に気づいたことはないが……」

私そっちのけで、なにやら真剣に話し合いが始まってしまった。ふたりでああでもない、こうでもないと意見を交わした後、ルイス様が私に目を向ける。慌てて目を伏せて黙礼した。

「待たせてしまってごめんね。ガストン、僕のほうはいいから、彼女の用事を先にしてあげて」

「いいえ、私は大した用ではありませんし、どうかお構いなく、ルイス殿下」

「……君は最近入ったメイドかな。初めて会うね」

「はい、アリッサと申します。ダリウス殿下にお仕えして雑用などを仰せつかっておりますので、他のメイドの方とはあまりご一緒する機会がなく……」

「そうだったのか。ダリウスは忙しいから、君もいろいろ大変だろう」

ルイス様はあれこれと探りを入れてくることもなく、そのほがらかな表情にも嫌味がない。ダリウス殿下をどう思っているのか気がかりだったけれど、特に兄弟仲が悪いということはなさそうだ。

「ダリウスをよろしく頼むよ、アリッサ」

「はい、誠心誠意お仕えいたします」

相手は王太子だというのに、このほのぼのとした空気はなんだろう。癒（いや）される心地だ。

この方があのパメーラ王妃様のご子息とは……どこかで取り違えられたんじゃないのかとさえ考えてしまう。本当に実子だとしたら、どういう突然変異なのかと失礼極まりない発想をしていた。

「アリッサ、君、虫は好きかな」

ルイス様が唐突にそう聞いてくる。やっぱり、さっき聞こえた言葉は空耳なんかではなかったようだ。私だからいいけれど、普通は女子にする質問ではない。

「虫、ですか……特に考えたことはないですが、苦手ではないです。田舎育ちなものですから、子供の頃から周りにたくさん飛んでいましたし」

「それは良かった。これ、見てくれる？」

ルイス様はポケットから小さな箱を取り出すと、蓋（ふた）を開けて私に見せてくれた。中には、緑の葉が敷かれていて、その上でなにかの白い幼虫が動いている。

「これは……カイコ、ですか？」

「よくわかったね。僕の趣味は養蚕（ようさん）なんだ」

「は……？」

思わず間の抜けた声を発してしまった。王太子の趣味が養蚕……それはある意味、狩猟なんていうよりもずっと生産的で知的な活動ではあるけれど、意外すぎる。

「こんなに可愛いだけでなく、絹まで作ってくれるなんて、すばらしいと思わない？」

カイコを見る目を愛しげに細めた。名前まで付けているんじゃないかと思うほど、愛情を持って接していることが伝わってくる。ルイス様の穏やかな声を聞いていると、なんて素敵なご趣味だろうと感動しそうになった。

ダリウス殿下と半分は血が繋がっているはずなのに、まったく似ていない。殿下が「趣味は養蚕」と仰ったら、頭がおかしくなったのかと本気で心配すると思う。

「よく見ると可愛らしいですね」

そう言うと、ルイス様はぱっと嬉しそうな顔になった。

「君は面白い女の子だね。僕の母上は虫が大嫌いで、会うたびに文句をつけるんだけど、そのくせ絹は大好きだなんて、おかしな話だろう?」

パメーラ王妃様にカイコの感想を求めるほうが、間違っている。こっちの親子関係も、意思の疎通が上手くいってるとは言い難いみたいだ。

ルイス様よりも、ダリウス殿下のほうが王妃様の息子だと言われても信じられる。気の強さとか自信家なところとか、案外似ていると感じるから……なんて、殿下に怒られそうだ。

「この子たちは羽化して卵を産むと死んでしまうんだよ。でも、子供たちは延々と命を繋いでいく。儚いけれど力強い、自然や生命の神秘というものを教えてくれる存在だ」

真摯にそう語るルイス様は、きっと気持ちがやさしい方なのだろう。ジーノさんが気を揉むように、次期国王陛下としては少し頼りなくも感じるけれど、私はこの方が嫌いではない。

「ルイス殿下のご趣味はすばらしいと私は思います」

「そうかな」

率直に思ったことを告げると、ルイス様は照れたように微笑んだ。

「じゃあ、そろそろ行かないと。またどこかでね、アリッサ」

「はい」

手を振るルイス様に、思わず振り返しそうになって慌てて頭を下げる。

またお会いできるかはわからないし、王妃様のことを思うと気は重いけれど、薬草園での偶然の楽しい出会いに私は感謝した。


ルイス様とお会いしてから三日後。有能なダリウス殿下の右腕であるジーノさんは、王妃様の鏡の購入先を割り出した。王宮に残っていた記録では古物商からとあったのに、調べてみるとその店は存在しなかったそうだ。実際はある占い師が売りつけたもので、領収証を偽造したのは、占い師から買ったことを隠そうとしたためらしい。ただ、ヴァルアラについての記録は残っていなかった。

王妃様が鏡を手に入れたのは一月半ほど前だということも判明する。殿下が呪いに見舞われる直前のことなので、時期的にもぴったりだった。

「パメーラ王妃は月に一度、ある占い師を王宮に呼びつけています。クラムでは有名な女占い師で、貴族の中にも多くの客がいるそうです。商売内容は占いだけでなく、お守りや魔法に関連した商品の販売も含まれます。かなり高額な値段設定のようで、はっきり言って占い師というより詐欺師でしょうね。ただ、どこからも訴えが出ているわけではありませんし、この手の商売は取り締まりが難しいのです」

調べたことをジーノさんが報告してくれた。

占いは娯楽と割り切っているうちはいいけれど、それに縋るようになると心がおかしくなってしまう。占いの通りにしなければ不安だし、その通りにして上手くいかなくても不安になるのだ。タチの悪い占い師は、そんな人の弱さにつけ込んで、高価なお守りを買わせたりする。

だけど、あの強そうな王妃様が占いに夢中になるだなんて、私には少し意外だった。なんでも自分で決めて、自分の運命は強引に切り開く方だと思っていたのに。人には外から見ただけではわからない一面があるものだと感じる。

すぐにその占い師のもとへ行って話を聞くことになり、殿下と兄さん、私が馬車で町へ向かう。本当は殿下には王宮で留守番をしていただきたかったけれど、子供のように行くと言い張って譲らなかったのだ。

自分のことを人任せにはできないなんてもっともらしい理由を口にしても、本当は王宮に閉じこもっていることにいいかげん飽きたのだということは、みんな察している。

もともと外出好きな殿下のストレスは相当溜まっているようで、仕方なくジーノさんが折れたらしい。

さらにジーノさんは、中央騎士団団長補佐として、今日中に提出しなければならない書類の作成があったので王宮に残った。殿下のことをとても心配して、くれぐれも無茶はさせないようにと、兄さんと私に何度も念を押していたジーノさんのためにも、しっかりとお守りしなければならない。

そんな思いを込めて、馬車の窓から町並みを眺めているダリウス殿下をじっと見つめる。久しぶりの外出に上機嫌の殿下は、小さく鼻歌まで歌っていた。

「殿下、足を組まないでください。私につま先が触れるだけでも変身するんですから」

向かいに座っている殿下が、長い足を組んでつま先をぶらぶらさせるので、私は座席の端に身を寄せた。兄さんは拙い手綱さばきで御者役を務めている。

目立つ行動は避けたいので、今日はいつものように煌びやかな馬車ではなく、できるだけ地味な馬車にしてもらった。

それでも、高級感漂う黒塗りで、所々に金が使われているお金持ち仕様ではある。内部も普通の馬車より広いけれど、殿下とふたりきりだとなんだか緊張して息苦しく感じられた。

「占い師の件だが、王妃の占い好きの噂は俺も聞いたことがある。出かける日にちや、髪型やドレスの色まで占いで決めているとか。あまりにばかばかしいので事実とは思えなかったが」

殿下がそんな話題を振ってくれたおかげで、本来の目的について改めて考えることができた。例のしゃべる鏡について調べに行くのだと、私も気持ちを集中させる。

「占いに心酔するお金持ちはいいカモですからね。幸運をもたらすと言えば、どんなつまらない品でも高値で売りつけることができますし。王妃様のお部屋にあったあの鏡も、そんなところかもしれません」

「占い師と繋がりがあったのなら、王妃が魔法に興味を持ったとしても不思議ではないな」

「どうしてですか？　占い師と魔法となにか関係が？」

「占い師として商売しているやつらは、魔女の末裔（まつえい）を名乗っていることが多いからだ。自称のやつがほとんどだろうがな。魔女の血を引いていると聞くと、客も占いが当たる気がするんだろう」

「そういうものでしょうか」

薬師（くすし）という仕事にも魔女の知識が役立っているはずだ。でも、魔女の末裔なんていうと変わり者だと思われそうだから、私は自分から名乗ったりはしない。

「そういえば、薬草園でルイス殿下に初めてお会いしました」

薬のことで思い出して、つい話してしまった。

もしかすると、ダリウス殿下はルイス様のお話なんて聞きたくないかもと思ったけれど、そんな心配は無用だったと、殿下の表情ですぐにわかる。

「そうか。兄上はよく庭にいらっしゃるからな。なにか話したのか？」

ダリウス殿下はいつになく穏やかで、大切な家族を思う目をしてそう聞いた。

ルイス様との会話からも兄弟仲が悪い印象は受けなかったし、性格はまったく違うけれど、お互いに認め合っているように思える。以前、殿下は王位に就く気はないと仰（おっしゃ）っていた。騎士としてお兄様を支えるほうが性（しょう）に合っていると——あの言葉は本心からのものだろう。

「虫のお話を聞かせてくださいました」

ダリウス殿下が苦笑する。

「兄上らしいな。俺も子供の頃からよく聞かされた。変わった人なんだ」

「でも、とてもいい方ですね」

「そうだろう」

誇らしげに言う殿下の声が、耳にくすぐったく心地良く響いた。

ジーノさんが調べた占い師の店は、クラムの繁華街から少し外れた場所にある。あたりには酒場や飲食店などが軒(のき)を連ねていて、表の馬車通りにくらべて道幅は狭い。軒先に帆布(はんぷ)で屋根を作り、その下に椅子やテーブルを並べている店も多かった。

近くの馬車置き場に馬車を停めて、そこからは歩くことにする。食事時は過ぎていたので、通りにはそれほど人は歩いていない。夕食時間帯まで休憩に入っている店もあった。

殿下は占いの店の場所が頭に入っているのか、地図を見るわけでもなくすたすたと歩いていく。その後に私と兄さんが続いた。

「殿下、そう急がないでください。誰かに……女性にぶつかったりしては大変ですから」

既に息切れしそうな声で兄さんが忠告すると、殿下はわずかに振り返って笑う。

「そんなヘマはしないから安心しろ。レスター、おまえは馬車で待っていても良かったんだぞ。日頃、俺の健康状態にあれこれ口を出すくせに、おまえのほうこそ、体力に問題があるようだな。アリッサより足が遅いじゃないか」

「アリッサは昔から野山を駆け回って鍛えて……痛ッ」

余計なことを言おうとした兄さんの鳩尾(みぞおち)を、肘(ひじ)で思い切り突いた。

店が立ち並ぶ通りからまたいくつか横道が伸びていて、そのうちのひとつに殿下は入っていく。

狭く、少し薄暗い道にぽつんと、ひとつの看板がぶら下がっていた。

木の看板に飾り文字で『バネッサ・メリー占いの館』とだけ書かれている。バネッサは人の名前だろう。わかりやすい店名の付け方に親近感を覚える。

「ここだ」

殿下が店の扉を開けると、中から癖（くせ）のある香りが漂（ただよ）ってきた。

店内は狭く、光沢のある紫の布が、壁や窓をすべて覆っている。背の高い燭台（しょくだい）が等間隔に配置され、蝋燭（ろうそく）の明かりが紫の布の上でゆらゆらと蠢（うごめ）いていた。香木を焚（た）きすぎているのか、扉を閉めると少し煙（けむ）い。

正面には壁と同じ紫の布がかけられた丸いテーブルがあり、黒いフード付きのマントを着た女性とも男性とも判別つかない人物が、水晶玉を前にして座っていた。よく見れば、マントの下から見える口元にはくっきりと口紅が引かれているので女性だろう。

「おまえが占い師のバネッサか？」

殿下が尋ねるとバネッサと思われる女性は曖昧（あいまい）に頷（うなず）いて、すっとテーブルの上に紙とペンを差し出した。

「いらっしゃいませ、占いをご希望ですか？　それでしたら、ここにお名前と生年月日と……」

「占いに用はない。おまえがパメーラ王妃に売った鏡のことで、聞きたいことがある」

「パメーラ王妃様の、鏡……？」

目の見えないフードの下で、バネッサが動揺したのがわかる。占い師は突然立ち上がると、扉に向かって……つまりこちらに突進してきた。

「殿下、避けて……っ！」

バネッサのちょうど真ん前に殿下が立っている。ぶつかったら変身してしまうと焦る私の目の前で、殿下はすっとバネッサを避け、鞘を嵌めたままの剣で彼女の足を引っかけた。

どったーん！　と激しい音を立てて、バネッサが前のめりで倒れる。

ほんの一瞬の間に行われた流れるような動作に、私は感嘆した。殿下の剣術の腕は王国で一、二を争うと聞いていたので、反射神経が優れていると思っていたけれど、これほどとは。だけど……

兄さんがバネッサを助け起こすのを見ている殿下に、私は胸の内に湧いた疑問をぶつけた。

「そんなに素早い身のこなしをされるのに、なぜ町で女性にぶつかったりなさるんですか？　私の家に来た夜も……」

「あれは、酒場に寄ったときに不意を突かれて、女の酔っぱらいに抱きつかれたせいだ。五人同時にな。変身するときはだいたいそんな感じだ」

しれっと答えた殿下に、なぜか無性に腹が立った。そんな呪われた体質で、酒場なんかに行かなければいいだけの話ではないか。

「モテすぎるのも困りものですね」

「嫉妬か？」

「はぁっ？　どうして私が嫉妬するんですか！　勘違いも大概になさってください」

不機嫌そうな咳払いが割って入り、兄さんがジロリと殿下を眺める。

「殿下、準備ができました。早く尋問を始めてください」

「……わかった」

なぜか微妙な気まずさが流れる中、バネッサへの尋問が始まった。

テーブルの傍の椅子に座らされたバネッサが黒いフードを外す。中身は縮れた黒髪の中年女性で、痩せこけた頬は浅黒く、ギョロリとした瞳は怯えたように殿下を見ている。

そんな彼女の前で剣をちらつかせ、殿下は口元を歪めた。

「バネッサ・メリー、さっきはなぜ逃げようとした？　後ろ暗いところがあると、自ら認めたようなものだぞ」

威圧感のある声に、バネッサは震え上がる。

「ひぃっ……申し訳ありません！　どうか逮捕だけは……っ、家には子供が四人もいるのです！何卒お許しくださいませ！」

バネッサが突っ伏したテーブルの端に、殿下は軽く腰掛けた。

「それはおまえの態度しだいだな。こちらが聞いたことに素直に答えれば、その件は許してやらんこともない」

「あのー、あなた様は一体……その制服は騎士団ですよね？　殿下ってまさか……」

「俺の素性などどうでもいい。無事に子供たちのもとへ戻りたければ、言われた通りにしろ」

「はいぃっ……！」

凄んだ殿下に対して、バネッサは椅子の上で飛び上がるように背筋を伸ばしている。

このやり取りを見ていると、殿下のほうが悪役っぽい。悪徳占い師を脅して情報を聞き出すという設定を楽しんでいるようなので、尋問は殿下にお任せして、私はその光景を見守ることにした。

「パメーラ王妃に古い姿見を売ったことは覚えているか？」

「はい、売りました」

「それはもともと、おまえのものだったのか？　それとも、どこかで手に入れたものなのか？」

「近所の骨董店から買いました。魔法の品と言っても客が信じそうな品物を探して、何点かまとめて購入した中のひとつですが……」

バネッサはあっさりとインチキ商売の裏側を暴露した。そんな嘘に騙されるほうも騙されるほうだと思う。

「いつもそうやって、なんでもないガラクタを、さもなにかありそうに見せかけて高値で売りつけるわけか。おまえには王妃だけでなく、貴族の顧客もいるんだろう？　相当荒稼ぎしているようだな」

「それほどでも……」

「感心しているわけではないぞ」

「もっ、申し訳ありません！」

バネッサは体を縮こまらせて頭を下げる。相当、殿下のことが怖いみたいだ。

殿下はテーブルから離れると、威嚇するように剣でコツコツと床を突く。

「どんな鏡だと偽って王妃に売った？」

「これを毎日覗き込めば、さらに美しくなれると」

「……あの人なら、それは即買いだろうな」

殿下は同意を求めるように私をちらりと見つめてから、バネッサに尋ねた。

「おまえ自身はあの鏡にはなにも感じなかったのか？」

「感じるとは……？　まさか、本当に美しくなれる鏡だったとか？」

「そんな都合のいいものがあると思うか？　おまえ、魔女の末裔と称しているそうだが、嘘なんだろう？」

「はい、嘘です！　申し訳ありません！」

バネッサは条件反射みたいに謝って、殿下の質問には素直に答えている。

すべてが嘘で成り立っているなんて、酷い詐欺占い師がいたものだ。四人の子供がいると聞いて同情してしまったけど、こうなるとそれも疑わしい。

「おまえが鏡を買った骨董店は、どこでそれを仕入れたのか聞いたか？」

「はい、もともとは何年か前にどこかの貴族から買ったものだとかで、もう長いこと売れ残っていて、ずいぶん値下げされていたんです。人によっては、その鏡はなんだか気味が悪いと言っていたそうですが、魔法の鏡として売るならそのくらいのほうがいいと思いまして」

あの鏡になにかを感じる人は私以外にもいたようだ。けれど、バネッサには魔力の欠片もないどころか普通の人より鈍いらしい。魔女の末裔であることを騙っていたくらいだから、それなりに魔法に関することを調べていたのだとは思う。

「ヴァルアラという植物について、なにか知っていますか？」

殿下には悪いけど、どうしても気になったので割り込んで尋ねた。バネッサが私のほうを見る。

「ええ、知っています。と言っても、それが魔女の象徴と言われていたことだけですけど。以前、知り合いの薬草商を通じて幸運にも手に入れることができたので、ヴァルアラの葉を飾っておけば少しはそれっぽく見えると思って、しばらく店に置いておいたんですが……」

「では、あなたが王妃様にヴァルアラの葉を売ったんですか？」

「王妃様はお得意様ですから、特別にお譲りしました。私が葉を持っていることをなぜかご存じで、かなり必死なご様子でお求めになってましたから。あのー、葉っぱに関してはお代はいただいていないので、そこは罪になりませんよね？」

バネッサがおどおどとした視線を向けると、殿下はうんざりしたように顔を背けた。

バネッサの怯えた態度はとても演技には見えない。彼女自身は呪いとは無関係で、鏡とヴァルアラの葉について本当になにも知らないのだろう。

「俺の災難はこの女のせいでもあるんだが……怒る気も失せた。バネッサ、おまえ、占いもすべて適当に言ってるんだろう。それにありがたがって大金を払っているのか、あの王妃は」

王妃様を哀れに感じたのか、殿下は深い溜め息をついた。私もこっそりとそれに倣う。

もともと王妃様は、覗けば美しくなる鏡を買ったつもりでいた。それが、本当は呪いの鏡だったと気づき、ダリウス殿下に呪いをかけることにした。そういうことなのだろうか。

私が聞いた声がなんなのかはわからないけれど、きっとあの鏡に取り憑いていたものなのだと思う。それが王妃様をそそのかして呪いをかけさせたとしたら……その推測が一番しっくり来る。

鏡に憑いているものの正体や、ヴァルアラ以外の材料はどこから調達したのかということなど、まだ謎はたくさん残っている。やっぱり、あとは王妃様から直接聞き出す以外にないのかもしれない。

「あのー、私は逮捕されるんですか？　それと、この件は王妃様には……」

気が抜ける声が思考を邪魔した。バネッサが縋るような眼差しで殿下に訴えかけている。

王妃様には黙っておいてくれということなんだろう。占いも魔法の鏡も嘘だったと知られたら、あの王妃様にどんな仕返しをされるかわかったものではない。

殿下は険しく目を細めて、自称占い師を見下ろした。

「王妃に教えてやる義理はないが、あの人が使う金はクラウス王国のものだからな。今後はこんな散財ができないよう管理させなくては。……偽占い師、二度と王妃のもとへ出入りしないと約束するなら、この話はここだけにしてやる」

「はい、二度と王宮へは上がらないと誓います！　ですから、どうかご内密にお願いいたします!!」

それと逮捕の件も……」

「……わかった。逮捕は勘弁してやる。だが、この商売はもうやめろ」

「やめます！　ありがとうございます！」

バネッサはようやく笑顔になって、テーブルの上で殿下に向かってひれ伏した。

もしかしたら反省している態度は嘘かもしれない。明日になればケロッとして、また詐欺占い師を再開しそうな気もする。でも、今後やりすぎるようなら、殿下も黙って見過ごしはしないだろう。

「ちなみに、おまえは鏡をいくらで買って、いくらで王妃に売ったんだ？　黙っていてやるから言ってみろ」

「三リルで買って、三千リルで売りました」

「千倍か！」

「申し訳ありませんっ！」

占い師のたくましい商売根性に、私たち三人とも開いた口が塞がらなかった。

それから、バネッサが鏡を購入したという骨董店にも足を運んだ。

店構えはしっかりしていて、並んでいる品物もガラクタなどではなく、由緒正しい値打ち物といった感じの調度品や絵画ばかりのように見える。

占い師のバネッサから譲り受けた鏡が気に入り、他にもめぼしい骨董品がないか探していると告げると、店主は喜んで鏡について知ってる限りのことを教えてくれた。

「あれは何年か前に、シャルム子爵様からいらなくなった家具や調度品をまとめて処分したいという申し出がありまして、買い取ったものです。子爵様は骨董好きで、今でもときどき取り引きさせていただいています」

店主の話を受けて、ダリウス殿下が私と兄さんに小声で告げる。

「シャルム子爵なら知っている。べつに変わったところはない、ただの気のいい年寄りだ」

身分は確かで、今でも取り引きしているくらいだし、子爵様には怪しいところはなさそうだった。

「子爵はどこから鏡を手に入れたのか、なにか聞いているか？」

「子爵様は骨董市などにもご自分で足を運ばれる方でして、あの鏡は三十年ほど前に教会のバザーで売れ残ったものを引き取られたとのことです。ですから、以前の持ち主など、詳しいことはなにもわからないんだとか。傷み具合から推察すると、作られたのは三百年か四百年前……あるいはもっと前かもしれません。素朴な意匠ではありますが材質はいいですし、当時としてはそれなりに高価な品だったと思います」

「あの鏡について、なにか謂れはないのか？　人によっては、気味が悪いと言って購入を躊躇ったらしいと、バネッサから聞いたんだが」

「それは……」

それまでよく舌が回っていた店主の口が、急に重くなった。店の評判に関わると思ったのか、おかしな鏡を売ったと訴えられることを危惧したのだろう。

殿下もそれを察したらしく、明るい声で続けた。

「実は、俺はその手の話が好きでな。夜な夜な幽霊が出てくる絵画などがあったら、面白いと思わないか？」

「いやぁ、そうでしたか。それならば……」

店主はふたたび朗らかな笑顔に戻り、おもねるように両手をこすり合わせる。

「仰る通り気味が悪いというお客様もいらっしゃったのでなるべく伏せていたんですが、あの鏡、子爵家では『魔女の鏡』と呼ばれていたそうです。お屋敷の使用人や客人にも、鏡から嫌なものを感じるという方が何人かいらっしゃったようで。女のすすり泣きのようなものが聞こえるという証言まであったらしいですよ」

「ほう、それは聞いてみたいものだな」

「まあ、それが事実かどうか、あの鏡が本当に魔女と関係があるのかどうかも調べようがありませんがね。ただ、子爵様ももともと気に入って購入されたわけではなかったので、そんな不気味（ぶきみ）な鏡は処分してしまおうとお決めになったようです。全体的に傷みが激しく、裏側にはなにか文字を消したような跡もありますし、売り物としては大した価値にはなりませんでしたが」

魔女の鏡なんてあの鏡にぴったりの名前だと思う。教会のバザーは誰が出したかわからないし、これ以上過去を辿（たど）るのはむずかしそうだ。

「ところで、当店には魔女をイメージして作られた絵画や彫刻などもございまして。お客様のお気に召すと良いのですが」

「その話はまた次の機会に。おかげで参考になった。礼を言う」

上客をつかまえたと思っていただろう店主の期待を一瞬で打ち砕いて、殿下は颯爽（さっそう）と立ち去る。呆然とする店主を尻目に、私と兄さんも足早に続く。

骨董店を出てから、殿下自ら近くのカフェに入ろうと言い出した。庶民の店に気軽に入ることに驚いたけれど、考えてみればこの王子様はお忍びでの外出が大好きなのだ。

私も歩き回って疲れていたし、殿下にお話ししたいこともあったのでちょうどいい。

夜はバーにもなる洒落た構えの店で、外には小さな丸テーブルを並べたテラス席もある。午後の遅い時間だからか客は少なく、私たちは誰もいない外の席に落ち着いた。

「『魔女の鏡』という呼び名はともかく、あの鏡になにかがあるということは間違いないようだな。それがおそらく、この呪いに関係している。あとは、王妃に直接会って脅してでも吐かせるしかないか」

注文した炭酸水のグラスには一度も口をつけず、殿下は少し疲れた声で言う。

私と兄さんは同じブレンド茶を頼んだ。一口か二口ほど飲んだものの、いつもと違い香りも味も楽しむ余裕はなく、ただ喉の渇きを潤す。

「それは無謀です。せめて、どうにかして鏡を盗み出すとか、もう少し慎重に事を運びませんと」

「それもかなり無茶な案だぞ。見つかったら余計に悪い」

兄さんの案を殿下が撥ね付ける。重要な手がかりであり証拠にもなるかもしれない鏡は、王妃様の部屋の奥深くにあるのだ。王宮内にあるのに手が出せないもどかしさに、殿下がやや苛立っているのがわかる。

「だいたい、鏡を盗み出したところでどうすればいいのかもわからん。このままでは、誕生日は仮病を使うことになりそうだな」

いつになく後ろ向きな殿下の呟きに、私は切なくなった。なんだかんだ言っても、強引で自信に満ちた殿下は魅力的なのだ。弱気なんて似合わない。

「殿下……なにを弱気なことを仰っているんですか。ご自身のお誕生日なんですよ？」

「アリッサ……」

「たとえ呪いが解けなくても、夜会には堂々と参加してください。いっそ開き直って秘密をぶちまけてしまえば気が楽になります。変身できるのもひとつの個性です」

「ふざけるな。俺はこの体で生きていく気はないからな」

「ふふ、冗談です」

「おまえは……」

殿下は苛立ちを紛らわすように炭酸水を一気に呷り、噎せた。

このくらいのほうがダリウス殿下らしくていい。今回の騒動に私をむりやり巻き込んだときの、あの根拠のない自信で、必ず呪いは解けると信じていてほしい。

「では、私は先に行って馬車を用意してきます。この先の馬車通りに出たあたりで、お待ちしておりますので」

重い空気にいたたまれなくなったのか、兄さんが慌ただしく席を立つ。その姿が馬車置き場のほうへ消えてから、私は殿下に語りかけた。

「どんな呪いがかかっていても、殿下がこの国の王子であることには変わりありません。ジーノさんや兄さんのように、殿下を慕っている方が大勢います」

「わかっている」

「それに、私も殿下の呪いを解くために力を尽くします」

明確な手段はまだわからないままだけれど、それでも自分自身に誓うように言葉にする。それは、ある種の魔法だ。魔法は心の力、心からの言葉は力を発揮する。

「おまえのことは信じている。俺が不甲斐ない姿を見せるわけにはいかないな」

ダリウス殿下の迷いのない声で、私の心は力を増した。殿下のために私にできることはまだあるのだ。

「ところで、おまえにはなにか次の計画でもあるのか？」

「そのことなんですが……」

考えていたことを話そうとしたとき、遠くのほうから様々な音が重なり合って近づいてくる。人の悲鳴やなにかが倒れる音、そして馬の蹄の音だ。

馬車通りのほうから、一頭立ての二輪馬車がもの凄い速さで迫ってくる。誰も乗っていないようなので、馬が暴走したのだろう。この通りは馬車が走れるようには作られていない。のん気に立ち話していた人々も、テラスにいた客たちも、みんな大声で喚きながら逃げ出した。狭い道の両側に置いてある植木や飲食店の椅子やテーブルが、馬車になぎ倒されていく。

急いで逃げなければと思うのに、足が竦んで動けない。

車輪と馬の蹄の音以外聞こえなくなった中で、殿下が叫ぶ。

「アリッサ……！」

それは、ほんの瞬きにも満たない時間だった。

馬がこちらに突っ込んでくる寸前に、私の体は殿下に抱えられる。そのまま一緒に地面の上を転がりながら、周囲でなにかがガラガラと崩れる音と衝撃が響き渡った。テラス席の屋根だった白い帆布（はんぷ）が落ちてきて、あたりは薄暗くなる。

外では人々が口々になにか叫び合っていた。状況がまるでわからないけれど、とりあえず自分の命に別状がないことだけはわかる。

転がったときに腕を擦（す）りむいたくらいで、痛みも体の異常もなさそうだ。仰向けに転がったまま首だけ動かすと、周りにはテーブルや椅子が散乱している。

「ダリウス殿下……？」

「……ここだ」

帆布の下で名前を呼ぶと、すぐ近くで返事が聞こえた。私に覆いかぶさるようにして殿下の腕が載っていることに気づく。私を暴走馬から助けてくれて、一緒にテーブルや椅子に突っ込んだのだった。

「アリッサ、怪我はないか」

殿下が私のほうへ顔を向ける。どこか苦しそうな様子なので、もしや怪我でもしたのかと、一気に不安が押し寄せた。

「殿下、大丈夫ですか？　申し訳ありません、おかげで助かりました。……どこか痛いところはありませんか？　あ、動かないでください。頭を打っているかもしれませんし……」

「怪我はない……が、困ったことになったぞ」

殿下はゆっくりと体を起こし、頭を振って額（ひたい）に手を当てた。

気が動転してすっかり忘れていたけれど、殿下は私に触れている。つまり、恐れていたことが起きてしまうということだった。

すぐにここから逃げても、きっと馬車に辿り着く前に変身してしまうだろう。むしろ、変身が完了してから何食わぬ顔で「これは私のペットです」みたいに立ち去るとか……。でも、殿下の獣姿ってとても犬には見えないし、目が赤いし、人を取って喰いそうな牙だし……ごまかすには無理がありすぎる。

「今ここに人がいなかったか？　おーい、大丈夫か？」

帆布の外から話しかける声が聞こえたので、倒れたテーブルや椅子を避けて布の端から顔を出した。

「はい、大丈夫です」

そこにいたのは店のご主人で、私を見て安堵の笑みを浮かべる。

「良かった。怪我はないか？　ひとりで歩けるか？」

「歩けます。どうかお構いなく」

店の人に非がないとはいっても、ここでお客さんが亡くなったり怪我をしたりしたら、お店の評判にも響くだろう。外の席には他にお客さんはいなかったし、見える範囲には幸い、大した怪我人はいなさそうだ。

そっと後ろを見ると、殿下は既に変身を完了している。帆布の下になっているテーブルの向こうから、赤い瞳がこちらを見ていた。

『おまえはひとりでここから出ろ。おまえが出て行った後で俺は逃げる。追われたとしても振り切れるから心配ない』

「夜ならともかく、今は昼間ですよ。通りには大勢の人がいます。逃げ切れる保証なんてありません」

ご主人に聞こえないよう小声で返す。けれど、いつまでもここにいるわけにはいかない。なんとかして殿下を馬車までお連れしなければ。

『俺と一緒にいればおまえまで怪しまれるぞ。どう説明する気だ？』

「それは……」

王都のどこかにいるという黒い獣の噂は、町中に広まっている。今ここで殿下が姿を現せば、誰もがその獣だと思うだろう。

「もうひとりいなかったか？　あんたと一緒に、黒い服を着た若い男が」

ご主人に質問されたので、私はとぼけた顔で目を動かす。

「えーと、いたような、いないような……」

「お嬢ちゃん、本当に大丈夫か？　頭でも打ったんじゃないのか？」

心配そうにこちらを覗き込んでくるご主人から、ダリウス殿下の姿が見えないように体で隠すようにする。そのうちに、隣の店を片づけていた男の人がこちらにやって来て、帆布の上から殿下のいるあたりを指さした。

「こっちでなにか動いたぞ。誰かいるんじゃないのか？」

「待って、開けないで！」

私が止める間もなく、男の人が大きな帆布をばさりと持ち上げた。

『アリッサ、俺につかまれ』

殿下の声が聞こえたかと思うと、奥から黒い塊が出てきて私の横をすり抜ける。咄嗟に、その背中に飛び乗ってしがみついた。

「うわわわ……っ、殿下、ちょっ……もっと速度落として……っ」

『馬鹿を言うな。この状態で捕まってどう言い訳するつもりだ？　面倒なことになりたくなければ落ちるなよ』

「きゃあぁぁぁっ！」

大型の狼並みの大きさなので、殿下は私ひとりを背負うくらい簡単なのだろう。でも、こっちは猛スピードで走る背中には鞍も手綱もなく、首に両手を回してつかまっているしかない。振り落とされないようにと必死だ。

通りにいる人々が次々に振り返ったけれど、誰もがぽかんとして見送っている。暴走馬の恐怖と興奮も冷めないうちに、今度は正体不明の黒い獣が女を乗せて駆け抜けるのだから、混乱して対処できずにいるのだろう。

飲食店が並ぶ通りを駆け抜けて、もっと広い馬車通りへと出た。黒塗りの高級馬車がすぐに目に入り、そこへめがけて殿下がさらに加速する。幸い人通りは少ない。

「に、兄さん……っ、兄さん、お待たせ……っ」

「やっと来たのかアリッサ……と、で、殿下……っ！」

馬車の横に立って待っていた兄さんは、私たちの姿を見るなり素早く扉を開けた。その中に私ともども殿下が飛び込むと、すぐに扉がばたんと閉められる。見事な連携だった。

やがて、馬車は行きよりもずっと速いスピードで走り出す。

「つ、疲れた……」

私は座席になんとか這い上がると、クッションの利いた背もたれに倒れ込む。自分が全力疾走したわけではないのに、たぶん疲労感はそれ以上だ。

殿下はといえば、息も切らさずに向かいの座席に座っている。殿下はもともと強い方だけれど、この姿のときはさらに体力が増すらしい。さっきの走り方も凄かったし、王宮の高い塀も飛び越えられると前に言っていた。

『なんとか切り抜けたな』

表情は読めないけれど、その声には安堵が滲んでいる。

「また黒い獣の噂が町に広まりますね。今度は昼間に現れた、と」

『女をさらって行ったと、さらに恐れられるだろうな。きっと、おまえは俺の餌になって消えたことにされるぞ』

いつにも増して殿下の口が軽いのは、緊張と高揚感がいろいろ混ざっているせいだろう。そうでなくても獣に変身したときは、気分が開放的になるという。

「殿下、先ほどは助けていただいてありがとうございました。そのせいでこんなことになってしまい申し訳ありません」

座席にきちんと座り直してから、改めてお礼とお詫びを言う。行きの馬車の中で、殿下をお守りしなくてはと意気込んでいたのが、逆に助けられてしまった。

『おまえのせいではない。あれは事故だ』

素っ気ない口調も、私に責任を感じさせないように言ってくれているのだとわかる。殿下は根はやさしい方だ。

『おまえ、その傷はどうした』

「え？　あ、これですか？　転がったときに少し擦りむいて……」

ドレスの袖が破れて、さっきできた擦り傷が見えていた。もう血も止まっているし、痕が残るほどでもない。

『腕ではなく、左の頬だ』

「頬……？」

言われてそっと指先で触れると、ひりひりとした痛みがある。血は出ていないようだから、こちらも大した傷ではなさそうだ。

「大丈夫です、そんなに痛みもありませんし」

『なにが大丈夫だ。女が顔に傷をつけるなどもっての外だ。見せてみろ』

殿下がぴょんとこちらの座席に移動してきた。

「大した傷じゃありませんってば」

『いいから見せろ』

獰猛そうな獣の顔で凄まれて、私はしぶしぶ殿下のほうに顔の左側を向ける。殿下は私の顔に鼻がつきそうなほど近づいて……ぺろりと舐めた。

「ひっ……！」

生暖かい感触に背筋がぞくりとして、私は身を竦める。

「殿下、いきなりなにをなさるんですか！」

『とりあえず消毒だ。後でちゃんと治療しておけよ？』

「言われなくてもやりますよ」

『どうだか。おまえは、自分の体のことは手を抜きそうだからな』

仰る通り、どちらかというと自分のことは手抜きしたり後回しにしたりするほうだ。顔の傷だからといって神経質になることもない。

だけど、自分の代わりにこんなふうに心配してくれる人がいるというのは（兄さんは例外として）、嬉しいような照れくさいような気分だった。しかもそれが王子殿下だなんて恐縮してしまう。

そういえば、この獣は殿下なのだと改めて認識する。

普段、頭では理解していても、感覚としてはべつの存在としてとらえていて、あまり気にしていないけれど……さっき、殿下は私の頬を舐めたのだ……！

頭の中で突然、獣姿だった殿下が普段の美男子にすり替わり、さっきと同じ行動を取る。その瞬間、顔も頭も沸騰しそうなほど熱くなった。

両手で顔を押さえ、体をふたつに折って悶絶する私を、殿下が心配そうに覗き込む。

『アリッサ、どうした？　どこか痛むか？』

「いえっ、なんでもありません。ご心配なく」

爆発しそうな羞恥心を勘づかれないように、さり気なくべつの話題に切り替える。

「そういえば殿下、このお姿は久しぶりですね」

相変わらず凛々しくて可愛らしい。こっちの姿のほうが見ていて落ち着く。人間の殿下は目の保養になるけれど、ときどき刺激が強すぎて心臓に悪いのだ。

「やっぱり可愛らしいです」

『可愛いと言うな』

「可愛いです」

『やめろ』

不機嫌そうな声の殿下だけれど、尻尾はぱたぱたと動いている。嬉しいときの犬の反応だった。


「……で、どうしてまたそのお姿になっていらっしゃるのか、説明していただきましょうか」

王宮に戻り、隠し通路からダリウス殿下の執務室へ入ると、待っていたジーノさんは明らかに怒っていた。山のような書類仕事をひとりで片づけていたら殿下が獣化して帰って来たのだから、これは当然の反応と言える。

私は覚悟してジーノさんの前に進み出ると、頭を下げた。

「申し訳ありません、これは私のせいなんです。町で暴走馬車に遭遇して、殿下が庇ってくださいまして、そのせいで変身してしまわれました」

「そういえばアリッサ、その顔の傷はなんだ？」

説明の途中で兄さんが割り込んできた。左頬の傷に気づいたらしく、私の顔を両手で挟んでまじまじと見つめる。

「女の子が顔に傷など作って！　来なさい、今すぐに治療しなければ」

「大した傷じゃないし、自分でできるからいいわ」

「そんなことを言って、もしも顔に傷痕でもできてお嫁に行けなくなったら……それはそれでいいか」

私を一生独身でいさせるつもりらしい。妹愛もここまでくると軽く殺意を覚えてしまう。

私が従わないので、兄さんは薬箱を取りに部屋を出て行った。ようやく静かになったので、ジーノさんと話を続ける。

「変身はそういう理由ですので、殿下を叱らないでください。酔っぱらった女の人に抱きつかれたとかではありませんので」

『……おい』

「そうですか。あなたがそう言うなら、仕方がありませんね」

『このまとめ方は釈然としないんだが』

「それで、占い師のほうはいかがでしたか？　なにか手がかりがつかめているといいのですが」

殿下の突っ込みが聞こえていないジーノさんは、さっさと本題に入った。私がソファに腰を下ろすと、殿下も不本意そうに隣に飛び乗る。殿下の声はジーノさんに伝わらないので、ここはやっぱり私が代表して報告するべきだろう。

町で得た情報を簡潔に伝えると、ジーノさんは頭の中でそれらを整理するように何度か小さく頷いた。

「では、やはり王妃の鏡になにかあると考えて間違いないようですね」

「そう思います。鏡になんらかの魔力があると考えると、王妃様はそれに影響を受けているのではないでしょうか。具体的にどうやって呪いをかけたのか、それはまだわかりませんが」

「そこまでわかっただけでも、聞き込みに行った甲斐はありましたね。……それはそうと殿下、今日は変身時間が長いのでは？」

ジーノさんの視線が殿下に移り、私は初めてそのことに気が付いた。

殿下が獣姿になってから、既に三時間は過ぎている。変身時間はバラバラで、自分でもいつ元に戻るかわからないと殿下は仰っていたけど、ジーノさんまでそう感じるということは今回はいつもより長いのだ。

ソファに座った殿下を見つめていると、急に不安に襲われた。

殿下が元に戻らなかったらどうしよう。いくらこの姿が可愛くても、ずっとこのままでいてほしいなんて本気で思ったわけじゃない。

魔法書に書かれていたある文章がふいに蘇ってくる。それは、魔女の変身魔法についての項目にあった。

【――これは極めて危険な魔法である。変身を繰り返すうちに、どちらが真の姿かわからなくなり、完全に獣と化してしまうこともあるからだ――】

それは自分の意思で他の生き物に変身する場合だけれど、殿下にも同じ危険がないとは言い切れない。現に、変身時の殿下はいつもより体力も運動能力も向上して、それに適応している。それは、もうひとつの自分の姿を無意識に受け入れているということではないのか。

「アリッサ、なにを考えている？　顔が暗いぞ」

「いえ、なんでもありま……」

考え事をやめて顔を上げると、たった今まで黒い獣がいたソファには、人間に戻った殿下が全裸で座っていた。私も慣れたもので、肌色が目に入った瞬間、顔を背けながら言う。

「殿下、服をお召しになってください」

「今戻ったばかりなんだから、仕方がないだろう」

「お部屋から着る物を取ってきます。おとなしくなさっていてくださいね」

ジーノさんがやれやれという表情で部屋を出て行った。仕方がないので、できるだけ殿下のほうは見ないようにして、ずっと話そうと思っていたことを切り出す。

「殿下、お願いがあるのですが……」

「なんだ」

「実家に……オレイン村に戻って魔法について聞いてこようと思っているのです。許可をいただけますか？　祖母や母なら、私より詳しいかもしれません」

「そうか、おまえの先祖は魔女だったな。いいだろう。それで、いつ発つつもりだ？」

「今からです」

殿下が驚いたのがなんとなく気配でわかった。

「今から？　じきに日が落ちるぞ。明日の朝発てば、夜には着くだろう」

「今日中に行けるところまで行って一泊しても構いません。少しでも急ぎたいんです」

殿下が完全に獣と化してしまう前に必ずなんとかしたい。誕生日の夜会までに呪いを解くなんて無茶だと思ったけれど、今はそれすら悠長に感じる。

「わかった、行って来い。こっちのことは心配するな」

「ありがとうございます。では、行ってまいります」

殿下を見ずに一礼すると、私は逃げるように執務室を後にした。

五　月宮亭（げっきゅうてい）での一夜

王都クラムからオレイン村までは、途中で馬車を乗り換えて丸一日かかる。早朝、日の出とともに出発するとその日の夜に着くくらいだ。

私が王都に出てきてから一年、里帰りするのは初めてとなる。お母さんとお祖母ちゃんには毎月手紙を書いていて、この前もらった返事にはふたりとも元気だと書いてあった。私がいきなり帰ったらびっくりするだろうけど、今から手紙を書いたとしても私のほうが先に着いてしまう。

クラウス王国は隅々まで街道が整備されていて、たいていの町や村へは馬車で行くことができる。個人で馬車や馬を所有している人以外は、遠方への交通手段は乗合馬車に限られていた。その停留所は王都の外れにある。

各街道を走る乗合馬車が一カ所に集まっているので、ここにはいつも王都中から、あるいは他の土地からの旅人が集まって混雑していた。各方面への馬車の出発時刻は決まっていて、行き先によって一日の便数は異なる。

ただし、乗合馬車の形状はどれも同じ作りだ。木製の箱型で後ろの扉から乗り降りする。座席は両側に向かい合う形で作られていて、窓の上には荷物用の網棚が設置されていた。

多い時には二十人くらいが詰めて座席に座り、通路に腰を下ろす人もいる。座席はただの木のべンチなので、長旅になるとお尻や腰が痛くなることがしばしばだった。だから、旅慣れている人は、あらかじめコートや毛布を畳んでお尻の下に敷いている。

一日か二日実家に帰省するだけなので、旅の支度は簡単にして、急いで南部方面行きの最終便に飛び乗った。今日のところは、一番近い宿場町で、乗り換えの駅でもあるケインまで行く予定でいる。明朝、馬車を乗り換えて、明日の午後にはオレイン村に着けそうだ。

王都の中はほとんどが石の舗装路なので、馬車の揺れもたいしたことはない。けれど、ひとたび町の外へ出るとその落差は酷いものだ。車輪はガタゴトと大きな音を立てて回り、ときどき体が浮き上がるほどの振動に身を任せることになる。

ケインへ向かう馬車の乗客は私を入れて十人もいない。夫婦らしき男女連れが二組に、恰幅のいい中年の男性、私よりいくらか年上に見える派手な服装の女性と、年齢も格好もいろいろだ。

空いていたおかげで座席は広々と使えて、乗客たちは各々くつろいでいる。私も誰かと世間話することもなく、ぼんやりと窓の外を流れていく平坦な景色を眺めた。

この前、乗合馬車に乗ったのは、オレイン村からクラムへ行くときだったと思い返す。薬師として王都で働くことに不安と期待を抱きながら、あのときもこんなふうに車窓を眺めていた。

王都で薬店を開店したのが昨日のことのように感じる。資金は、ずっと自分で貯めていたお金でどうにか間に合わせ、兄さんに身元保証人になってもらった。

ひとりで店を切り盛りするのは大変だったけれど、わりとすぐに地域に馴染むことができたし、常連さんも増えて毎日が充実している。

それでも、まさか一国の王子様から呪いを解くための依頼を受けることになるとは思わなかった。

その関係でこうして帰郷することになるなんて、一年前の私に話しても信じないだろう。

呪いだなんて……魔法が廃れて久しい時代に、とんでもない置き土産があったものだ。

我が家のご先祖様が本当に魔女だったとしても、私にとっては魔法なんて、はるか昔の伝説でしかない。それなのにこの半月ほどの経験で、不本意ながら魔法について詳しくなってしまっていた。

ヴァルアラの葉、しゃべる『魔女の鏡』、美を追い求める王妃様……

ダリウス殿下の呪いを解くための鍵は少しずつそろってきたけれど、はっきりした答えはまだ見えない。殿下を励ましつつも、私自身に不安がないと言えば嘘になる。急遽実家に戻ることにしたのは、誰かに縋りたい気持ちもあったからだ。

絶対に呪いを解くと殿下に告げたのは、自分自身への誓いでもある。

私は殿下のお力になりたい。強引で自分勝手だし、意地悪なところもある王子様だけど、最初から不思議と惹きつけられた。顔がいいとか強いとかそういうこと以上に、殿下には人を魅了するなにかがある。

とても優秀でありながら、第二王子としての複雑な立場をわきまえていて、王太子のルイス様に対しても愛情を持っていらっしゃる。傍で見ているうちに、そんな殿下を私も心から尊敬するようになっていた。

顔も名前も知らないご先祖様、私の中に本当に魔女の血が流れているのなら、どうか殿下を救う力をお与えください――

夕日の下で黄金色に輝く草原を見つめながら、私はそう強く願った。

雲ひとつない空は、いつしか茜色から夜の藍色へと変わりつつあった。通路の天井には小さなカンテラが二つ吊るされていて、馬車の中は乗客の姿が見渡せるほど明るい。ケインまでもう少しかなと考えていたとき、窓の外を何頭かの馬が走り過ぎていった。

「止まれ！」

荒っぽい男の声が聞こえたと思ったら、急に馬車が停止した。

なにが起きたのかと乗客たちがざわめく中、後方の扉が外から勢いよく開けられる。御者が突き飛ばされるように転がり込んできて、次にふたりの男たちがドカドカと乗り込んできた。途中乗車の客でないことは、彼らの格好ですぐにわかる。

ふたりともどこか薄汚れた服を着て、つばのある帽子をかぶり、顔の下半分を黒い布で覆っていた。しかも、手にむき出しのナイフを握っている。

これって、馬車強盗じゃないの！

長距離の乗合馬車がときどき襲われたりする話は聞いたことがあるけれど、あまり馬車に乗らない私には縁がないものと思っていた。まさか自分の乗っている馬車が……という気持ちは、誰にでもあるものだろう。

だからなのか、こんな場面に遭遇していることにあまり実感がなく、まるでお芝居でも見ているような気がどこかでしていた。

ちょうど私の向かいに座っていた中年男性が、自分の横に置いてあったトランクを急いで両手で抱える。それに気づいた強盗のひとりが、男性にナイフを向けた。

「動くな！　有り金を全部出せば命までは取らねえ。全員、鞄を開けろ」

強盗のがなり声に乗客たちは震え上がり、それぞれがベンチや網棚に置いてあった鞄に手をかける。

私も言われた通り、網棚から鞄を下ろすと、膝に載せて蓋を開く。荷物は革製の小さなトランクがひとつだけで、中には少しの衣類と、お金を入れた革袋が入っている。

所持金は大した金額じゃないけれど、全部持って行かれたら宿代や乗り換えの運賃もなくなってしまう。でも、ここで抵抗するのは無謀だ。

ふたりの強盗たちは左右に分かれると、座席の端から鞄の中を物色し、財布や宝石などを、手に持った麻袋に放り込んでいく。女性が身につけているネックレスや指輪、男性の時計などを、目についた金目の品物は片っ端から奪っているようだった。

すっかり暗くなった窓の外では、強盗の仲間らしきもうひとりの男が、カンテラを手にして馬車の周囲を見張っている。

なんて浅ましくて卑怯なやつらだろう。言いなりにならなきゃいけないことが腹立たしいけれど、武器を持った男三人にはとても敵いそうにない。こんなことなら、睡眠薬でも爆薬でも鞄に詰めておくべきだった。

今はとにかく、誰も傷つけられることなく、早くこいつらが出て行ってくれるといい。それだけを一心に祈りながら、私は息を殺して自分の前に強盗が立つのを待っていた。

最後に私の番になり、目立つ場所にあった革袋はすぐに強盗の麻袋に消える。それだけでは満足しなかったらしく、汚い手が衣類を掻き分けてごそごそと探っていた。私は宝石も時計も持っていない。少なくとも、強盗たちにとって価値のあるものはなにもないはずだった。

「なんだ、これは。……汚い本だな」

強盗がそれに気づいて、鞄の底から乱暴に取り上げる。手にしているのは黒い革表紙の本、王宮の図書室から借りた魔法書だった。

私は大事な本を持ってきてしまったことを後悔した。迷った末に鞄に入れたのは、お母さんたちに見せれば、私の見落としていた手がかりが見つかるんじゃないかと思ったから。

この本はクラウスベルヌ王家の、クラウス王国の貴重な資料であり宝なのだから、こんなところで奪われるわけにはいかない。

「返してください！　大事なものなんです！」

恐怖も忘れて、私は強盗が持つ本に手を伸ばした。

私がそんな行動に出るとは思っていなかったのだろう。不意を突かれた強盗の手から、本は簡単に取り返すことができた。それを両腕で抱えて、命よりも大切な子供でも守るように、強盗に背を向ける。たとえナイフで刺されたって、本は離さないと決めた。

「お嬢ちゃん、あんたが必死になって守るほどの値打ちがこの本にはあるってことか。なら、おとなしく渡しな。あんただって怪我するよりはマシだろう」

下卑た男の声が降ってきて、私は本を抱く腕に力を込める。

「これだけは見逃してください！　お願い……」

「そう意地をはられるとますます興味が湧くってもんだ。ほら、さっさと寄こせ！」

「いやっ！」

本を取り上げようと伸びてきた手を、爪を立てて引っ搔いた。男が短い悲鳴を上げて腕を引っ込める。

「こいつ……！」

カンテラの明かりに反射する鋭いナイフが、私に向かって振り下ろされようとしていた。思わずぎゅっと目を閉じる。ここで死ぬかもしれないと、頭の片隅で思う。

ごめんなさい、ダリウス殿下……兄さん、ジーノさん。お母さんにお祖母ちゃん。本を貸してくださった司書のおじ様も………

「ぎゃあっ！」

開け放してある後方の扉から男の叫び声が聞こえたのは、心の中でみんなに謝罪やお別れの言葉を唱えていたときだった。

外にいたのは強盗の三人目の仲間らしい。ふたりの強盗は互いに緊張した顔を見合わせると、麻袋を背負い、ナイフを強く握り締めて扉の外を窺った。

「おい、マイク、なにがあった？」

ひとりが外に声をかけながら、警戒する足取りで身を乗り出す。すると、突然なにかに引っ張られたように暗闇に消えた。

「うわぁぁ……！」

叫び声が響き、馬車にドンとぶつかった衝撃音があってから静まり返る。馬車の外にはなんの物音もなく、ひとり残された強盗は怯（おび）えきった様子で扉や窓を何度も見回していた。

「マイク、ジッド、返事をしろ！」

仲間の名前を呼んでも、返事はない。

一体、外でなにが起きているのか……強盗だけでなく、馬車にいる全員が恐怖に体を強ばらせて扉の外を見つめている。四角く切り取られた闇が、そこで待ち構えている魔物のぽっかりと開いた口に見えてきた。

「おい、おまえは一緒に来い！」

強盗が私の腕を鷲（わし）づかみして、ベンチから立たせた。乱暴に引っ張られて、扉のほうへ突き飛ばされる。先に行けということらしい。本だけは落とすまいとして両手でしっかり抱えながら、私は強盗に追い立てられるようにして馬車の外へ向かった。

乗降用のデッキに立って、あたりを見回す。少し先に強盗のひとりが落としたらしいカンテラが転がっているけれど、人の気配はどこにもない。王都とは違って街灯などなく、月の光も周囲を見渡せるほど明るくはなかった。

「女、階段を下りろ」

強盗にせっつかれて、足を踏み外さないようゆっくり階段を下りる。私を盾にして、いざというときは人質にするつもりなんだろうけど、どこまで連れて行かれるのか。この強盗の仲間になにがあったのかもわからないというのに。

強盗たちが乗ってきたらしい馬が三頭、近くの木に繋がれている。さらに暗がりの中を探すと、馬車の窓から漏れるわずかな明かりの下に、消えたふたりの強盗が並んで伸びていた。

「マイク、ジッド……！」

強盗が駆け寄って仲間たちの体を揺さぶる。死んでいるのか生きているのか、ここからではよくわからない。

「おい、どうした！　なにがあったんだ！」

必死に呼びかける強盗の頭上、暗闇の中でなにかが動いた気がした。

「女を人質に取るとはゲスにも程がある」

強盗が後ろを振り返るよりも速く、何者かがひゅんと馬車の屋根から降りてくる。ガツンと鈍い音と短いうめき声を最後に、三人目の強盗は仲間たちの横に倒れた。

そこに、闇よりもさらに黒い、剣を持った長身の人影が立っている。影になっている顔がこちらを向いて、近づいてきた。私はそれを見つめたまま後じさる。

「や……っ、こっちに来ないで！」

「アリッサ、落ち着け。俺だ」

聞き覚えのある声に、私は発しようとしていた悲鳴を呑み込んだ。暗がりに目を凝（こ）らすと、歩いてきたのはなんとダリウス殿下だった。

「殿下！　どうしてここに……」

本当に本物の殿下なのか、何度も瞬きして確認する。黒い騎士服と黒いマントが、暗闇に同化してまぎらわしい。

「そんなことより怪我はないか」

「は、はい……ありません」

強盗につかまれた腕が少し痛いけれど、殴られたり切られたりしたわけじゃない。

殿下が一瞬だけ私の顔に手を伸ばして、すぐに引っ込める。無事を確かめようとして、寸前で呪いのことを思い出したのだろう。

転がっている強盗のことを思い出して、私は近くに行って確かめる。最後に倒れたひとりは俯せで、あとのふたりは仰向けに倒れていた。用心しながら脈を取ると、死んではいない。全員、失神しているだけだった。

「これは、殿下がおひとりで？」

「剣の柄で殴っただけだ。殺すと後の処理が面倒だからな」

「……そうですか」

後の処理が面倒だからという理由は人としてどうなのか。その追及は置いておいて、私は殿下に向かって深く頭を下げた。

「ダリウス殿下のおかげで助かりました。本当にありがとうございました」

「礼ならいい。それより、その本はなんだ？」

目ざとく殿下が尋ねる。こんな状況で本など持っていれば、気になって当然だろう。これに関しては私もとても反省していたので、さらに深々と頭を下げた。

「申し訳ありません。お城からお借りした例の魔法書です。母と祖母に見せればなにかわかるかもしれないと思って、大切なものと知りつつ持ってきてしまいました。強盗に見つかって奪われそうになったのですが、これだけは命に代えても守らなければと思って……」

「馬鹿者！」

「すみません……」

低く凄みのある声で咎められ、私は身を縮こまらせる。

本当に、殿下のおかげで無事に済んだけれど、もしも奪われていたらと思うと、なんとお詫びすればいいのかわからない。死んでお詫びしても足りないくらいだ。……そう思っていたのに、殿下の怒りはまったく違うところにあった。

「命に代えても本を守るだと？　命のほうが大事に決まっているだろう！」

私はぽかんとして、めずらしく憤りを露わにする殿下を見上げる。

「でも、他の本ならともかく、これは国宝級の……」

「国宝がなんだ。そんなもの、いくらでも強盗にくれてやれ」

「ダメです！　これは必ずお返しするとお約束したんですから」

「では、おまえがまた馬鹿をやらないように俺が代わりに捨ててやる。本を寄こせ」

私に触れられない殿下は、本を渡せと手を出して要求してきた。

この本を捨てるなんて、信じられない。殿下は強盗よりも酷(ひど)い。

「なにを言ってるんですか！　この本を捨てるだなんて、殿下こそ馬鹿なんですか？」

「誰が馬鹿だ。おまえが言うな」

殿下が引くわけもなく、私も意地になってしまい、ふたりで睨(にら)み合う。そこへ、馬車の中から遠慮がちな声がかかった。

「あの、そちらの方が、助けてくださったんですか？」

あたりを警戒しながら出てきたのは御者(ぎょしゃ)だ。その後ろから乗客たちがこちらを覗き込んでいる。

こっちの会話が聞こえたのかと焦ったけれど、幸い殿下の正体に気づいている様子はない。

眉間にしわを寄せていた殿下は平常の態度に戻り、御者や乗客たちに向かって頷(うなず)いた。

「ああ、誰にも怪我はないか？」

「はい、ありがとうございました。おかげで助かりました」

ようやくみんなの表情に安堵(あんど)の色が浮かんだ。さっきまで泣きそうだった女性客たちは、颯爽(さっそう)と現れた美しい救世主に見とれている。夫婦連れの旦那様たちにとって、殿下は強盗より嫌な相手かもしれない。

殿下は馬車に積んであったロープで、三人の強盗たちの手足をきつく縛り上げると、邪魔にならない街道の外まで御者に運ばせた。

「そのへんに転がしておけ。後で警備隊に連絡して回収させよう」

「あなたも警備隊の方ですか？」

「騎士だ。今は休暇中だがな」

そう答えて、殿下は話を合わせろと言いたげに私に目で合図をしてくる。

まあ、騎士というところは間違っていないし、言われなくても、この国の第二王子様だなんてバラしたりはしない。

国王様ならともかく、王子様方や王妃様のお顔はあまり知られていない。それをいいことに、この方は王都でも自由に夜遊びを満喫していたのだから。

だけど、殿下はどうして都合よく、こんな場所に現れたのだろう。

それを尋ねる間もなく、馬車はふたたびケインに向かって走り始める。殿下は乗ってきたご自分の馬に跨(また)がり、馬車を護衛するように後ろからついてきた。

ふたつの街道が交わるケインは、そこそこ大きな宿場町として栄えている。大通りには宿や酒場が軒(のき)を連ねていて、いつも多くの旅人で活気に満ちていた。以前ここに来たときよりも、今夜は心なしか賑わっている。

乗ってきた馬車はケインが終点だったので、すべての乗客がそこで降りた。行き先によっては夜行馬車もあり、すぐに乗り換える人もいれば、私のようにケインで宿を取る人もいる。オレイン村へ向かう馬車は、一番早くても明朝の出発だ。

馬車乗り場にはり出された時刻表を確認していると、ダリウス殿下が馬を引いてやって来る。

「宿はそこの月宮亭にしろ。俺は裏の厩舎(きゅうしゃ)に馬を停めた後、警備隊に連絡を入れて来るから、そのあいだに部屋を頼んでおいてくれ」

「月宮亭って、ここで一番高い宿じゃありませんか。それにどうして、殿下と私が同じ宿に泊まることになっているんです？」

「目的地は同じなんだし、共に行動したほうが便利だろう。どうせおまえの宿代も経費なのだから、高くてもなんの問題もない」

「目的地が同じって、それはどういう……」

「話は後だ」

一方的に話を切り上げて殿下は行ってしまった。

つまり、ダリウス殿下もオレイン村へ行くということか。私を快く送り出してくれたときには、そんな素振りはまったく見せなかったのに、「こっちのことは心配するな」というあれは、俺は勝手についていくからという意味だったらしい。

気がかりなのは、ジーノさんが殿下のこの行動を知っているのかということだ。その疑問については後で問いただすことにして、私は月宮亭へ急ぐ。

月宮亭はケインで一番豪勢な宿だ。ここを一等級と評価するなら、私が普段使う宿は五……良くて四等級くらい。いくら経費だとしてもひとりだったらとても入れないけれど、今夜は殿下が一緒なので許されるだろう。

私は少し浮かれ気味に、初めて入る高給宿の門をくぐった。

ケインには異国からの旅人や商人も多く訪れるせいか、宿の外観も内装も王都の建物ではあまり見ない造りになっている。月宮亭には南国風の趣(おもむき)があり、広々とした玄関ホールはどこも真っ白で、大きな葉を付けた植物や籐(とう)で編んだインテリアが配置されていた。

やけに混み合った受付に並び、しばらく待たされてから私の番になる。

「ふたりなんですが、部屋は別々にお願いします」

カウンター越しに、受付の男性にそう告げた。白髪頭の年配の男性は宿帳をぱらぱらとめくってから、困った顔を上げる。

「申し訳ございません。生憎(あいにく)と今夜はお客様が多く、空いているのは一部屋だけとなっております。ベッドはふたつございますので、そちらでお願いできませんでしょうか」

「え？　困ります。こんなに大きな宿なのに、本当にないんですか？　お金ならありますから、一番高い部屋でも構いません。とにかく二部屋お願いします」

「そう言われましても本当に空きがないのです。本日は大きなキャラバンとサーカス団と、旅行客の団体が同時にケインに到着していますから、最悪、既にここ以外の宿は満室ということもあり得ます」

受付の男性は申し訳なさそうに頭を下げる。

どうりで、外の通りにも宿の中にも人がたくさんいると思った。ケインの宿がすべて満室になるなんてよほどのことだ。よりによって、こんなタイミングで来てしまうとはついていない。

「それで、お部屋はどうなさいますか？」

絶望的な気分の私に宿の男性が尋ねる。殿下と同じ部屋に泊まるなんて、いろんな意味で無理に決まっている。こうなったら私は野宿でも……と考えたときだった。

「それで頼む」

私が返答を渋っていると、横から割って入った声が代わりに答える。いつの間にかダリウス殿下が隣にいて、前払いだと告げる男性に金貨を渡していた。

「で、殿……っ！」

「行くぞ」

殿下は部屋の鍵を受け取ると、当たり前のように私について来るよう促す。その後を小走りで追いかけながら、私は殿下に詰問した。

「行くぞって……待ってください。一部屋しかないんですよ？　どうするおつもりですか？」

「ベッドがふたつなら問題ないだろう」

立ち止まることもなく殿下は階段を上っていく。自分だけ納得して突き進む殿下のこういうところ、できれば改めてもらいたいものだ。

問題ないなんて……大問題です！

「それでしたら、私は玄関ホールのソファで寝ますから、部屋は殿下が使ってください」

ようやく殿下が足を止め、駄々っ子を見るような目で私を見下ろした。

「そんな場所で寝ていれば宿から追い出されるぞ」

「だって、私は一応女なんですよ？」

こんな当たり前のことをわざわざ言わせないでほしい。一応と付くレベルだとしても、嫁入り前の娘としては家族でもない殿方と同じ部屋で寝るなんて、簡単に承諾できることではなかった。

そんな、なけなしの私の女心など、殿下に通じるわけもない。

「知っている。それで？」

「ですから、家族でも恋人でもない男女が同室というのは、倫理的に問題かと……」

「おまえ、俺の今の体質を忘れたのか？　こんな体でおまえになにをするというんだ」

「それは……まあ、そうですけど……」

「わかったら、早く来い」

「………はい」

殿下に続いて私も階段を上る。三段目でハッとした。

なんで頷いているの、私……

殿下がなにかすることを心配しているわけではなく、同じ部屋に泊まることそのものに抵抗があるのだ。今現在、女性にとって殿下ほど安全な殿方はいない。それはよくわかっている。

部屋がない以上、ここで言い争っていてもなんの解決にもならないし、意地で野宿するのも馬鹿げている。私が折れるのは仕方ないとしても、最初からまったく気にしていなそうな殿下が憎い。

おそらく、今夜は一睡もできないだろう。

一段ごとに深い溜め息をつきながら、私はとぼとぼと階段を上っていった。

ケインで一番の宿は、思っていた以上に部屋も広くて豪華だった。

壁やカーテンなど全体が淡い緑色で統一されていて、床にはやわらかい絨毯（じゅうたん）が敷いてある。続きの間には浴室などの水道設備があり、お湯も好きなだけ使えるようだ。

部屋には、食事ができるほどの大きさのテーブルと、鏡台や書き物用の机まで設置されている。宿の人が言った通りベッドはふたつ……距離が微妙に近いことが気になった。

殿下が他の女性客に少しでもぶつかったりしては大変なので、夕食は部屋のほうへ運んでもらうことにする。宿の従業員にチップを払い、適当に料理の注文をした。

そんな宿とのやり取りに殿下が慣れている様子なのが、私には意外に感じられる。王子様でも旅行することはあるだろうけれど、宿の交渉やお金の支払いなんかは、すべて従者に任せっぱなしだと思っていたからだ。

「殿下は以前にもケインにいらしたことがあるんですか？」

上着をクローゼットにかけながら、何気なく聞いてみた。殿下はベルトごと剣を外してベッドに置き、自分もその横に腰を下ろす。

「ここはクラウスの南部へ行くときは必ず通るからな。宿泊するのは三度目だ」

「それは、お忍びのご旅行で？　それとも騎士団のお仕事とか？」

「仕事だ。中央騎士団は基本的に王都での任務だが、稀（まれ）に他の支部へ赴（おもむ）くこともある」

「じゃあ、いつもはジーノさんがご一緒なんですね」

「そういうときが多いが、ひとりで来たこともある」

「おひとりで？」

「なにかおかしいか？」

驚きが声に出ていたらしく、殿下は怪訝そうに眉を上げた。

「いえ、王子様がお供も連れずに遠出なさるなんて、意外だったもので」

「それほど意外か？　確かに、兄上などは絶対にひとりで出かけることはないな。もっとも、向こうは王太子という立場だ。俺は王子といっても臣下だからな」

そういう複雑な立場について、ダリウス殿下は衒いなく口にする。王太子に対する嫉妬も憎しみも籠もってはいない。この方のこういうところを私は尊敬していた。

そういえば、ダリウス殿下に聞くべきことがあったことを思い出す。穏やかな世間話みたいな会話に流されるところだった。

「殿下、どうして私が乗っていた馬車の後を追っていらっしゃったんですか？　おひとりで遠出なさることもあるとのことですが、今は呪いがかかっていらっしゃるんですから。無茶なことはなさらないでください。このこと、ジーノさんは許したんですか？」

「なぜジーノの許可がいる？　あいつは俺の保護者でも目付け役でもないぞ」

「やっぱり、ジーノさんに黙っていらっしゃったんですね」

殿下は無言で視線を逸らしたので図星だろう。

「ダリウス殿下、なにを考えていらっしゃるんですか。王都にちょっとお忍びで出かけるのとはわけが違うんですよ？　いえ、それだって今は控えていただきたいですが。第一、騎士団のほうは団長の所在が不明でもいいんですか？」

「さしあたって緊急の仕事もないし、そっちはジーノがいれば問題はない。あいつに言わなかったのは、言えば止めるとわかっていたからだ。だが、レスターには言ってきたぞ。俺は高熱で伏せっていて、人に感染する病(やまい)なので寝室にはレスター以外は誰も近づいてはならないということにしてある。ジーノには、俺が出かけた後で事情を説明してくれと言っておいた。あのふたりなら、俺がいないことを上手くごまかしてくれるだろう」

「ああ、兄さんまで殿下の共犯に……」

　仮病に居留守まで使うなんて、遊びに行きたくて家を抜け出してきた子供か。そんな悪だくみの片棒を担がされるなんて、兄さんも不憫(ふびん)な人だ。

　当の殿下はまったく悪びれていない。剣の腕は立つし意外と世慣れていることもわかったけれど、今は変身という弱点があるのだから、もっと自重してもらわなくては。とはいえ、自重なんて言葉、殿下の辞書にはなさそうだ。

「俺は自分の運命を人任せにはしたくない。この身に起きている不可思議な現象の鍵がおまえの故郷にあるというのなら、俺も実際に行って確かめたかった。それに、おまえをひとりで行かせるのも気がかりではあったからな。事実、馬車強盗に襲われていたし、俺が追って来た甲斐(かい)もあったというものだろう?」

「そんな、私が頼りないみたいに仰(おっしゃ)いますけど、馬車強盗は私のせいではありませんよ。……確かに、殿下のおかげで助かりましたけど」

　したり顔の殿下に、それは認めざるを得ない。馬車強盗のせいで、殿下の無謀な行動が正当化されてしまった。

今からおひとりで戻るのも、このまま私とオレイン村へ向かうのも、危険度に変わりはない。村へ行くとなると、あと二日は行動を共にすることになる。王宮では兄さんもジーノさんもいたから、ほぼふたりきりというのは変な感じだ。

殿下に先に浴室を使ってもらい、その後で私が入ることにする。温かいお湯で汗や埃(ほこり)を洗い流すと、一日の疲れも少し取れた気がした。

暴走馬車に轢(ひ)かれかけ、馬車強盗に襲われて、今夜は殿下と同じ部屋で一晩過ごす。人生に起こるかもしれない大事件の大半を、今日一日で味わったと思う。明日からは、私らしく平凡で平和な日常が続くことを祈りたい。

綺麗(きれい)な服に着替えて浴室を出ると、夕食が運ばれてきていた。丸いテーブルの上には、こんがり焼かれた骨付き肉や魚介のソテー、野菜のスープ、パイにプディングに果物の盛り合わせ……様々な料理がぎっしりと載っている。部屋だけでなく料理も他の宿より上等だと一目でわかった。

目にしたとたん空腹を自覚する。どれも凄(すご)く美味(おい)しそうだけれど、こんなにたくさんふたりで食べきれるのだろうか。

「アリッサ、席に着け。料理が冷めるぞ」

「はい」

先に座っていた殿下が向かいの椅子を示し、言われるまま腰掛けた。

テーブルに置かれた蝋燭(ろうそく)の火がゆらゆらと揺れて、殿下の綺麗な顔に影を作る。こんなふうに向かい合って食事する日が来るなんて、想像したこともなかった。

私のグラスにワインを注いでくれようとした殿下が、寸前で手を止める。

「おまえ、酒は飲めるのか？」

「嗜む程度ですが。ダリウス殿下はお強そうですね」

私にワインを注いだのち、殿下は自分のグラスにも注ぐ。私が代わる間もなく、慣れた手付きだ。

王子様に給仕をさせるなんて、凄い贅沢に思える。

「今まで酒に酔ったことはないな。酒を楽しむことよりも大衆酒場の雰囲気が好きなんだ。あそこでは身分も年齢も関係なく、みんなが陽気に楽しんでいるからな」

殿下はワインを一口飲んでから、骨付き肉にナイフを入れた。意外にも豪快な食べっぷりで、瞬く間にお皿が空になる。この分なら、心配しなくても料理はすべてなくなりそうだ。

「だからお忍びで行かれるんですか？　王子だとバレたら大騒ぎですよ」

「それが意外と気づかれないものだ。他の客に紛れて飲んでいると面白い話を聞けるし、王都の生活もわかる。城にいるだけではなかなか気づかないこともあるからな」

ダリウス殿下の王子らしからぬ社会性は、そういうところで培われているのだろう。それを自然体でできるということに親しみを感じる。

ジーノさんが望むように、こんな方が次の国王様になってくれればいいのにと思わないこともない。だけど、それはたぶん殿下の本意ではないのだ。

「でも、当分はお忍びの外出は控えてくださいね」

私はパイを切り分けて、ダリウス殿下と自分のお皿に載せた。豆と挽肉を入れて焼くクラウス王国南部の郷土料理で、子供の頃から食べていたし、今では自分でよく作る。私のもっとも好きな料理が殿下の口に合うのか心配だったけれど、美味しそうに口に運んでいた。

「では、俺が早く外に出られるよう、おまえにはいっそうがんばってもらわなくてはな」

「わかっています。……というか、この流れでどうして逆に私がプレッシャーをかけられるんですか？　殿下が素直に『わかった』と言ってくだされぱいいんです」

あまり自分の非を認めたがらないあたり、王子様の性なのか。それでも、私もそんな殿下につい言い返してしまう。以前は、相手は王子様なのだという遠慮も少しはあったのに、今ではすっかりそんな会話が普通になってしまった。

殿下がそれを許してくれているから、気がゆるんでしまうのだろう。呪いに関して助言をしなければならないこともあるけれど、もう少し態度を控えるべきかもしれない。幼なじみのジーノさんならともかく、私は殿下の友人でも家族でもないのだ。

心の中でひとり反省会を開いている私を、殿下がおかしそうに笑って見ている。

「おまえは本当に物怖じしない女だな」

「……申し訳ありません。呪いが解けるまで、もうしばらくご辛抱ください」

反省するそばから、また憎まれ口を叩いてしまった。こういうところがダメなのだと、自分でもわかっている。

「思えば、出会った当初からそうだったな。俺が王子とわかってからもあまり変わらなかった。最近は王宮にも慣れてきてますます威勢がいい。レスターだけでなく、女嫌いのジーノまでおまえに一目置いているようだ」

ジーノさんは私を女扱いしていないだけで、一目置かれているというのとは少し違う。きっと殿下にとっても同じで、私は気を遣わなくていい存在なのだろう。

自分の務めを果たすには、気楽に接してもらえるほうがやりやすい。

ただ、少しだけ物足りないような気がしてしまうのはなぜなのか……。

殿下が黒い瞳を伏せて、グラスを軽く揺らしながら口に運んだ。

「俺も、おまえのそういうところが好きだ」

え…………？　今、なんて？

さらりと告げられたので聞き流すところだった。『好き』という言葉を反芻して、心の中でひとり狼狽える。赤くなっていそうな顔を、どこに向けるべきかと無駄な思考を巡らせていたら、殿下が手にしていたグラスがカタンと倒れた。

向かいの席に目を向ければ、殿下は頬杖をついて瞼を閉じている。グラスにわずかに残っていたワインがこぼれて、テーブルに赤い水溜まりができた。

「ダリウス殿下、ワインが……」

殿下は慌てる様子もない。よく見ると、こっくりこっくりと頭が動いている。

「寝ていらっしゃるんですか……殿下」

返事はなく、完全に眠っているようだ。ずっと馬に乗っていて疲れていたというのもあるのかもしれないけれど、おそらくお酒のせいだろう。

ダリウス殿下は、まだ一杯も飲んでいない。せいぜい、一口か二口だ。

「酔ったことがないって……その前に寝てしまうからじゃないですか。そういうのをお酒に弱いと言うんですよ、殿下」

本人にその自覚はなかったのか、認めたくなかったのかは不明だけど、どちらにしても、ひとりでお忍びで酒場に行っていたなんて恐ろしい。

私は浴室からタオルを取ってくると、ワインを拭いてテーブルの上を片づけた。

「殿下、寝るならベッドへ行ってください。殿下？」

何度呼びかけても起きる様子はない。大人の男の人をベッドへ運ぶ腕力はないし、あったとしても今は殿下に触るわけにはいかない。肩を揺すって起こすことも不可能だ。

仕方がないので、ベッドから毛布を一枚持ってきて、そっと殿下の肩にかける。そのうち目が覚めて自分でベッドに行ってくれればいい。

私だけベッドを使うのもなんだか申し訳なくて、ふたたび殿下の向かいに座った。

ダリウス殿下の寝顔を拝見できるなんて、王宮のメイドたちが知ったら私が呪われてしまう。でも、本当に整ったお顔で、無防備に寝ている姿は可愛くもあった。

さっきの『好き』という言葉は、単純に好感が持てるという意味に決まっている。それ以上の気持ちを期待してなどいないし、そんなことがあるはずもない。なのに一瞬でも狼狽(うろた)えた自分が、おかしくて情けなく感じた。

私はただ、殿下のお役に立てることを嬉しく、誇りに思う。それでいい。
いつの間にか、私も殿下につられるように、椅子の上で眠りに落ちていた。

六　オレイン村

ダリウス殿下と同じ部屋では一睡もできそうにない……と思っていたのに、私はテーブルに突っ伏したまま、朝まで目を覚ますことなく爆睡してしまった。目覚めたら、殿下のほうはちゃんとベッドで横になっていたので、ちょっぴり酷(ひど)いと思う。

「起こしてくだされば良かったじゃないですか。座ったまま寝ていたせいで腰が痛いですよ。あと半日も馬車に乗らなければいけないのに」

殿下にかけた毛布が、起きたときには私の肩にかかっていたことはありがたいけれど、癪(しゃく)だったので抗議した。

「何度呼んでも起きなかったのはおまえのほうだ。ベッドまで抱いて運んでやりたくても、それができない体なものでな」

「そんなこと望んでいませんから！」

さらっと恥ずかしいことを言わないでほしい。

昨夜といい今といい、この王子様はわざとこんなことを言って私をからかっているんじゃないだろうか。どうせ、女扱いされていない私は色恋沙汰には疎(うと)いです。

早朝に軽い朝食を取ってすぐに宿を出た。空は快晴で、気持ちも明るくなる。清々(すがすが)しい朝の空気を、私は胸いっぱいに吸い込んだ。

殿下は宿の裏手にある厩舎(きゅうしゃ)から自分の馬を引いてきて、私と並んで馬車乗り場へ向かう。オレイン村を通る馬車は、早朝と昼と夕方の一日三便だ。ケインからは、もう乗り換えなしで行くことができる。

「オレインまではあと半日か。真っ昼間に馬車を襲う馬鹿はいないと思うが、念のためおまえが乗る馬車の後からついて行こう」

「くれぐれもお気を付けくださいね、殿下」

「ああ、おまえもな」

私が馬車に乗り込むのを見届けてから、殿下も馬に跨(また)った。ケインの大通りがようやく活気づいてきた時刻に、オレイン村行きの馬車は南に向かう街道を走り出す。

ときどき乗客を乗せたり降ろしたりしながら、馬車は平常通り走り続けた。乗客の人数はほぼ十人前後で、前日と同様に広々と座れる。朝まで椅子で寝てしまったせいか少し怠(だる)くて、馬車の揺れに身を任せてうとうとしているうちに、窓の外は懐かしい景色に変わっていた。

オレイン村があるクラウス王国南部は、なだらかな丘陵(きゅうりょう)が続くのどかな農村地帯だ。一年を通して温暖で、様々な農作物が栽培されている。常緑樹が丘を緑色に染める中、季節ごとに違う色の花が咲く。

王都とは違ってなんの娯楽もない田舎だけれど、いつも鮮やかな色彩に溢れている美しいこの地が、私は大好きだ。ただ、一年間王都で暮らしてみるとその不便さもわかる。

オレイン村は南部でも小さな規模の村だ。宿は一軒もなく、お店といえば食料品から衣類までなんでも売っているような雑貨店が一軒と、夜は酒場になる食堂が一軒だけ。

病院もなく、医者に診てもらうには隣町まで馬か馬車を走らせなくてはならない。そのため、ちょっとした病気や怪我の場合には、コーネル家で作られる薬が重宝されているのだった。

街道から村へと入る道端には、樹齢千年以上とも言われるセラフィナの大樹が立っている。それがオレイン村の目印であり、馬車の停留所ともなっていた。

オレイン村で降りた乗客は私ひとりしかいない。なにもない村なので、ここで乗り降りするのはほとんどが村の住人か、その親戚だ。馬車が走り去ってすぐに、馬に乗った殿下がやって来る。

「ここがおまえとレスターが育った村なのか」

馬から下りて、周りをぐるりと見回して尋ねた。ここから眺めただけでも、なにもない村だということがよくわかるから、あまりの田舎っぷりに驚いているのかもしれない。

「田舎ですから、ちゃんとしたお持てなしもできませんが」

「気遣いは無用だ。勝手に押しかけてきたのはこっちだからな」

せめて、お母さんたちに一言、殿下と一緒に帰ることを伝えられたら良かった。いきなり王子様を連れて行ったら、さすがのお祖母ちゃんでも驚くだろう。

村の大通り……なんて呼べるものではないけれど、中央を貫く一番広い道に沿って、お店や学校、教会が並んでいる。私の家はその先にある丘の中腹に建っているので、この大通りを通り抜けなければならず、家へ着くまでに友人や知人に遭遇する可能性が高い。

オレイン村の人口は五百人にも満たないほどで、ほとんど全員が顔見知りのようなものだ。当然、私が帰って来たことはもちろん、よそ者である殿下のこともあっという間に村全体に広がるだろう。

高貴な騎士服を身につけ、真っ黒な駿馬を連れて歩いているのだ。これが目立たないわけがない。

村に入ってからずっと、すれ違う人たちがちらちらとこちらを窺っているのがわかった。殿下の隣にいるおまけみたいな私も、すぐに知り合いに呼び止められる。

「あれ、もしかしてアリッサ？」

ちょうど雑貨店の前を通りかかったとき、同い年くらいの女性が中から出てきた。その後ろから、もうひとり年配の女性が顔を出す。

「おや、アリッサじゃないか！」

「ニーナ、それにバルサさんも……お久しぶりです」

学校で一緒だった友達のニーナと、雑貨店の奥さんだ。一年ぶりだけど、ふたりともあまり変わっていない。懐かしくなって近づきかけた私は、ふたりの視線が私を通り越して、殿下に注がれていることに気が付いた。

この美男子がクラウス王国の第二王子様と知る人はいないだろうけれど、私の連れであることはわかったらしい。ふたりとも話好きだし、いろいろと探りを入れられることを覚悟する。

「いきなりどうしたの？　あんたが帰ってくるなんて聞いてないよ」

「なにかあったのかい？」

「ちょっと、母と祖母に緊急の用がありまして……」

表向きの帰郷理由を考えなかったのは失態だったと、今になって気づく。馬車強盗やら殿下と同室で一泊やらで、そんなことまで気が回らなかったのだ。

「ところで、そちらの殿方は？　あんたの連れなんだろ？」

私が紹介しないので、バルサさんが焦れたように聞いてくる。

バルサさんもニーナも、ダリウス殿下を見る瞳がキラキラと輝いていた。余計な気を回した殿下がわざわざ私の隣に立ち、ふたりに向かって騎士らしい礼をする。

「ダリルだ。アリッサの護衛としてここへ来た」

「あらやだ、護衛なのかい！」

「きゃー、素敵！」

黄色い声に耳を塞ぎたくなった。護衛だなんていいかげんなことを言って、なにを焚きつけているのか……。でも、名乗るときに偽名を使うくらいには、立場を自覚なさっているようだ。

これでもう、私が美形男子を引き連れて帰郷したという噂が、竜巻のように村中を駆け巡ることだろう。帰りは夜が明ける前にひっそりと立ち去るしかない。

私からなにも言わないのも不自然なので、なんとか頭を振り絞って考えた。

「えーと、ダリ……ル様とはひょんなことからお近づきになって……今では兄さんとともにお世話になっているような、お世話させていただいているような……それで、今回は私の実家が見たいと仰るのでお連れしたの」

身分も状況も隠して曖昧に説明したら、まるで意味がわからない紹介になってしまった。

私の薬を使ってもらっているお医者様とか、薬草を買っている商人とか……騎士の制服を着ている時点でそんな嘘は使えない。なにより、殿下は迫力がありすぎて、医者にも商人にも全然見えない。

けれど、言葉にできない事情があると察してくれたのか、ニーナもバルサさんも、なにも言わなくてもわかっているよ、というような慈愛に満ちた眼差し（まなざし）で私を見つめてくる。

「なるほどねえ、そうだったのかい、アリッサ。ついこのあいだまで子供だと思っていたのに」

バルサさんがしみじみと言い、ニーナもそれにあいづちを打った。

「いきなり帰ってくるなんて変だと思ったわよ」

「しかし、あのレスターが認めるなんてね。これはもう文句のつけようがないってことだろ」

「だって騎士様よ？　それにこんな色男。学校では一番奥手だったくせに、やるじゃないの、アリッサ」

ふたりとも、なにをどう解釈したんだろう？　なにやら勝手に納得してくれたみたいだけど、私にはさっぱり話が見えない。

「そういうわけで、お母さんとお祖母ちゃんに急いで話したいことがあるの。ふたりとも、会えて良かったわ。それで……今回の帰郷はあまり大袈裟にしたくないから、なるべく内緒にしておいてくれる？　こんなふうにたった一年で戻ってくるなんて、なんだか恥ずかしいし」

バルサさんが、私の背中をばんと叩いた。

「内緒だなんて水くさいじゃないか。みんなあんたを祝福してくれるよ」

「祝福……？」

「そうよ。あんたって昔っから、そういうところあるわよね。王都に行くときも、私たちにはなんの相談もなかったし、今回もいきなりの報告だし」

「ニーナ……？」

会話の趣旨がわからないながらも、ふたりのはしゃぎっぷりにだんだん不安を覚える。ニーナもバルサさんも、私を置いてけぼりにしてどこへ向かっているのだろう。

「アリッサ、あんたはいつまでオレインにいるんだい？」

「向こうで仕事を抱えているので、たぶん明日にでも戻ります」

「大変！　じゃあ、すぐにみんなに声をかけて、ジェロームさんのお店を予約しなくちゃ」

ニーナがそう言うと、バルサさんも張り切ったように答える。

「村長さんには私から報告しとくよ」

「それから先生にもお願い。私はマルカとヤナに声をかけるわ。あとは……」

「ねぇ、ふたりとも一体なにを話しているの？」

私なんかそっちのけで夢中で相談していたふたりは、同時にこちらを振り向くと、意味ありげな表情でウインクした。

「こっちのことは任せておきな」

「おばさんたちにもよろしくね」

「え、あの……っ」

軽やかな足取りで遠ざかるふたりを、私は呆然と見送る。

なにかを誤解して盛り上がっていたようだけれど、最後までよくわからなかった。わざわざ歓迎会を開いてくれるとか、そんなところだろうか。

「この手の話に疎いだろうとは思っていたが、おまえがそこまで鈍いとはな」

溜め息交じりの声が頭の上から聞こえた。

「ダリウス殿下には、さっきのふたりの会話の意味がわかったんですか？」

心の底から呆れた視線が返ってくる。わからない私が悪いとでも言いたげだ。少しムッとしながらも、私はへりくだってお願いする。

「わかっているなら教えてください」

「まあ、いいんじゃないか？　どうせ言い訳して回る時間もないだろう」

「意地悪せずに教えてくださいよ、殿下！」

「そんなことより、おまえの家はこの先か？　急ぐのだろう？」

そうだった。こんなところで時間を無駄にしている余裕はないのだ。

ニーナとバルサさんのことも気になったけれど、今はそれを頭から追い出して、私はダリウス殿下と家に向かって歩き出した。

村の大通りを過ぎてゆるやかな坂道を上ると、すぐに我が家が見えてくる。

家自体はそれほど大きくも立派でもないけれど、薬師という家業柄、庭だけは広くて植物も充実していた。

木戸を開けると玄関までまっすぐに石畳の小道が続き、その両側に様々な草木が植えられている。それは主に薬の調合に使う薬草で、中には観賞用としても使われる美しい花もあるのだ。ガラス製の温室には、めずらしい貴重な草花も保管されている。

我が家の庭はいつも色鮮やかで、緑の香りが漂う。そんな一年ぶりの景色に感慨深く浸っている余裕はなかったけれど、家のほうから一匹の犬が走ってきたときは、自然と笑みがこぼれた。

「ザム、ただいま！　お迎えありがとう」

ザムは大型犬で、耳が垂れた茶色い長毛種だ。とても賢くて強い雄犬なので、兄さんが王都に行ってからは、コーネル家唯一の男子として家を守ってくれている。

私にはちぎれそうなほど尻尾を振っていたザムは、殿下に気づいて小さく威嚇の声を出す。昔から知らない人には警戒する子だけど、こんなふうにいきなり唸るのは初めてだ。

「ザム、やめなさい。この人は悪い人ではないのよ」

いつもなら私の言葉に従うのに、ザムは殿下に向かって警戒の姿勢を崩さない。自分よりも強い相手に怯えているようでもあった。

「もしかして……俺は同族と見なされているのか？」

「そんな……いえ、そうかもしれません」

「犬にか！」

「というより、動物特有の鋭い感覚で、自分よりも強い相手だと察しているのではないかと」

「……そうか」

私の説明に理解を示しながらも、殿下は不機嫌そうに柵の外に馬を繋いだ。犬に犬扱いされたのが気に入らないらしい。

玄関に鍵はかかっておらず、扉を開けて奥にまで聞こえるように声を張り上げた。

「ただいま！　お母さん、お祖母ちゃん……アリッサです」

すると、すぐに居間のほうからふたりが出てくる。驚いた様子がなく、まるで私が帰ってくることを知っていたみたいだ。

「ちょっと事情があって、帰って来ました」

「お帰り、アリッサ」

「お帰りなさい」

最初にお祖母ちゃん、続いてお母さんがそう言ってくれると、家に帰ってきたのだと実感してほっとする。ただ、ふたりの表情にも仕草（しぐさ）にも、どこかいつもとは違う緊張が感じ取れた。

お祖母ちゃんの神秘的な緑色の瞳が、私の背後に立つダリウス殿下に向けられる。身分の高い方に挨拶（あいさつ）するように、お祖母ちゃんが膝を折り、お母さんも同様に礼をした。

「ようこそいらっしゃいました、ダリウス王子殿下。アリッサとレスターの祖母でラジェンナ・コーネルと申します。こちらは娘のシャロン、ふたりの母親でございます」

手紙を出す時間もなくて、私が帰ることさえ知らせていないのに、ふたりには殿下までここに来ることが事前にわかっていたらしい。でも、私はそのことに特に驚きはしなかった。

「ダリウス・フィン・クラウスベルヌだ。あなた方は、俺がここへ来ることを知っていたのか？」

「そんな予感がいたしましたので」

お祖母ちゃんには不思議な能力がある。虫の知らせというのか、しばらく会わなかった知り合いが急に訪ねて来るとか、あるいは親戚や近所の人が亡くなってしまうときなんかに、事前にわかるときがあるそうだ。

本人曰（いわ）く、予知というほど大袈裟なものではないし、いつもわかるものではないそうだ。実際に、お祖父ちゃんが亡くなるときにはなにも感じなかったというから、愛情とか絆（きずな）の強さなども関係ないらしい。コーネル家の先祖が魔女だったという言い伝えに、少しだけ真実味を感じさせる力だ。

「狭い家ですがどうぞお入りください。なにか込み入った事情がおありということも、なんとなくですが察しております」

「ああ、世話になる」

お祖母ちゃんに案内されてダリウス殿下が家に入る。私は手を触れないように気を付けて、殿下のマントを預かった。

庶民の住宅は王宮の厩（うまや）よりも狭いくらいなので、玄関からすぐに居間に出る。それでも、日当たりのいい裏庭に面して大きな掃き出し窓がある居間は、我が家では一番広くて上等な部屋だ。

掃き出し窓の傍に、大きなテーブルが置いてある。お祖母ちゃんは庭がよく見える椅子を殿下に勧めて、自分はその向かいの椅子に腰を下ろす。

「アリッサ、あなたも来なさい。事は急を要するんでしょう」

「はい、お祖母ちゃん」

私も居間に入り、お祖母ちゃんの隣の席に腰掛けた。居間と続き部屋になっている台所では、お母さんがお茶を入れているらしく、気分が落ち着く香草の匂いが流れてくる。ザムは居間の隅にある寝床で丸くなり、目だけは殿下をじっと見ていた。

「殿下がわざわざこんなところまでいらっしゃる事情というのは、どういったことでしょうか」

お祖母ちゃんが切り出すと、ダリウス殿下は椅子から立ち上がった。

「笑わずに聞いてもらいたいが、俺はある呪いにかけられている。アリッサには、それを解くための手助けを依頼した」

「呪い、ですか」

お祖母ちゃんは笑わずに、噛みしめるように言う。

「どんな呪いかは、見てもらったほうが早いだろう。……アリッサ、こちらに来い」

「はい」

言われるままにテーブルを回って殿下のほうへ歩み寄る。殿下が手を差し出したので、握れとか触れということなんだろうけど、私からそれをするのは気が引けた。それに、変身するたびに少しずつ魔獣に近づいてしまう気がするから、殿下にはあまり変身してほしくない。

殿下のほうから私の手を取り、あの霧とも煙ともつかないものが湧き上がる。殿下の体が掻(か)き消えたと思ったら、次の瞬間にはそこに黒い獣が現れた。こうして一部始終を何度目撃しても未だに驚いてしまうし、とてもよくできた奇術みたいだ。

だけど、お祖母ちゃんも、台所からこちらを見ているお母さんも、それほど驚いてはいないように見える。ザムだけは尻尾を巻いて居間を飛び出していったから、本能的に殿下には敵わないと悟ったのだろう。

お祖母ちゃんはわずかに眉を上げて、落ち着いた声でただ感想を口にした。

「これはまた面妖な。人が獣に変身するところは初めて見たよ」

「この一月半くらい、ダリウス殿下はこんな不思議な現象に悩まされていらっしゃるの。変身のきっかけは女性に触れることなんだけど、どうしてこんな体質になってしまったのか、まだはっきりわからなくて」

「呪いというからには、これが誰かに意図的に行われたということだね。そのあたりの経緯はともかく、見たところ、これは変身魔法の応用だろう」

「お祖母ちゃん、わかるの？」

お祖母ちゃんは魔法という言葉を迷わず使った。誰が見たってその結論に辿り着きそうな現象ではあるけれど、お祖母ちゃんの口調は馴染みあるものに対して語ったように聞こえる。

「わかるといっても、昔、本で読んだ知識でしかないけれどね……魔女がいた時代、鳥や獣に姿を変える魔法というものがあったらしい。ならば、それを自分ではなく他人に向けることも可能だろう。ただ、今の時代にそれを行うのはなかなか難しい。魔法の仕掛けには、今では手に入りにくい材料も多いし、なによりもそれを発動させるには、魔力が必要となるからね」

お母さんがトレイに載せた香草茶を運んできてテーブルに並べると、ふたたび席に着いた私に向かって殿下が告げた。

『俺のカップは下げてくれと伝えてくれ』

「では、変身が解けてから入れ直しましょう」

そう答えたのは私ではなくお母さんだ。

『俺の言葉がわかるのか？』

「聞こえておりますよ、殿下」

お母さんが微笑む。お祖母ちゃんにも、殿下の今の声は聞こえているらしい。

私に殿下の声が聞こえるのなら、お母さんとお祖母ちゃんにも聞こえるかもしれないことは、少し予想していた。これはやっぱり、コーネル家の女性に魔女の血が流れているせいなのか。

『同じ家系でもレスターには聞こえないのだな。やはり女性だけなのか』

「なぜそうなのかは私どもにもわかりません。ただ、先祖に魔女がいるという言い伝えがあったのは、私の祖父の家系です。つまり、男性にそれらしい力がなくとも、父から娘へ遺伝することはあるようです。遠い昔の話ですから、すべてがおとぎ話のようなものですが」

お祖母ちゃんが殿下に向かって答える。

「お祖母ちゃん、お母さん、これを見て」

テーブルの上にハンカチの包みを出して、そっと開く。そこにあるのは、王妃様の部屋で見つけた焦げたヴァルアラの葉だ。細部まで観察するためか、お祖母ちゃんが眼鏡をかける。

「詳しいことは言えないけど、ある場所で見つけたの。たぶん、殿下の呪いに関係していると思

うわ」

　ある場所が王妃様の寝室であることは、今は伏せておく。

「ヴァルアラね……他にはなにか見つけた？」

「古い鏡を……」

　お母さんの質問に、私は人の声が聞こえる鏡のことを伝えた。すると、横で聞いていたお祖母ちゃんが静かに口を開く。

「人の姿を映す鏡というものは、思いが宿りやすいと言われるからね。魔力を持っていた人間なら特に、その思いはより強く、たとえ死んだ後でも残り続けるのかもしれない。魔力というのは心の力だから、その鏡の中には今でも魔女の心が宿っているということなんだろう」

「魔女の幽霊が鏡に取り憑いているってこと？」

「わかりやすく言えばそうだね。幽霊なんてものには、これまで出会ったことはないけれど」

「じゃあ魔女の幽霊が、殿下に呪いをかけたというの？」

　お祖母ちゃんはゆるく首を振り、指先でヴァルアラの葉をつまんだ。

「これだけ強力な魔法を行うには、それなりの仕掛けが必要になる。ヴァルアラの葉だけでなく、それ以外の貴重な材料が。実体のない幽霊にはそれらを用意することはできないから、材料を集めて魔法の仕掛けを作ったのは、生きている人間だろうね」

　だとしたら、やっぱり実行犯は王妃様ということになる。鏡に宿った魔女の幽霊に操られたのか、そそのかされたのか……そんなところかもしれない。

きっと、王妃様にも鏡の声が聞こえたのだ。王妃様に魔女の血が受け継がれているからなのか、あるいは鏡に込められた〝魔女の思い〟と通じるものがあったのかはわからない。

私は呪いを解く方法についても調べたことを話した。

『それで、あのとき俺の血を採取したのか』

「はい、どうなるかわからなかったので、殿下には詳しいことはお話しできませんでした。結果として、犯人と思っていた人にはなんの変化もなかったですし」

本当の犯人が『魔女の鏡』で……王妃様はただ利用されていただけだとしたら、そういう結果が出たことに納得がいく。

「呪いを解く方法は他にもあります」

ヴァルアラの葉をくるくると回しながら、お祖母ちゃんが殿下に言った。

「魔力の源を断つこと。相手が生身の魔女なら、命を奪うということになるでしょうが……今回はそれよりは簡単かもしれません。本当にその鏡が元凶ならば、壊してしまえばいいのです、殿下」

『そうか、それは考えなかった』

お祖母ちゃんの助言で、ようやく呪いを解く具体的な策が見えてきたためか、殿下の声には希望が感じられる。

王妃様の命を奪うわけにはいかないけれど、相手が鏡なら問題ない。気づかれずに王妃様の部屋に忍び込んで、鏡を割る方法を考えればいい。殿下が完全に獣と化してしまう前に、この呪いを解くのだ。

「ですが、くれぐれもお気を付けください。死んでもなお、消えないほど強い魔力です。鏡を攻撃すれば、どのような手で反撃してくるかもわかりません」

『そうだな。それについては帰ってから対策を考えるとしよう。元の体に戻る方法がわかっただけでも、ここに来た甲斐はあった。感謝する、ラジェンナ』

「私のような年寄りが、殿下のお役に立てたのでしたらなによりです」

椅子から立ち上がり獣の殿下の前に傅くと、お祖母ちゃんは恭しく頭を下げた。

知りたかったことはだいたい聞けたけれど、私はあることを思い出して席を立つ。廊下に置いておいた鞄から魔法書を出し、持ってきてテーブルの上に載せた。

「お祖母ちゃんとお母さんに、もうひとつ見てもらいたいものがあるの。この本、王宮の図書室にあるとても貴重なものなんだけど、親切な司書の方が特別に貸してくださって。おかげでこの本からも、今回のヒントを得られたわ。これはその昔、クラウスベルヌ王家と縁のあった魔女が王宮に寄贈したのですって」

ヴァルアラの葉が描かれた黒い革表紙を、お祖母ちゃんが丁寧にめくる。色あせた紙に書かれた手書きの文字と図に、お母さんも見入っていた。

「その司書の方が、面白いお話を教えてくれたのよ……」

私は王宮の司書から聞いた伝説について話した。

最初は半信半疑だったけれど、今なら信じられる。きっと真実だからこそ、王家で大切に語り継がれてきたのだ。

「お祖母ちゃんとお母さんに見せれば、私が気づかなかったことにも気づくんじゃないかと思って持ってきてしまったんだけど、あまり意味はなかったわね。でも、お祖母ちゃんはどこで魔法の知識を得たの？　この本に書かれてあることとほとんど一緒だったから、驚いたわ」

お祖母ちゃんは魔法書を閉じると、私にはなにも答えずに横にいたお母さんに言った。

「シャロン、あれを持ってきてくれる？」

「はい、お母さん」

お母さんが席を立ち、居間を出て行く。すぐに戻って来たとき、その手には、王宮の図書室から借りたものとそっくりな本があった。

『それは、同じ本ではないのか』

「ええっ、その本どうしたの、お母さん」

殿下と私がほぼ同時に声を発した。お母さんは黒い革表紙のその本を、王宮の魔法書の隣に並べる。二冊は大きさも材質も、表紙に書かれたヴァルアラの模様も一致していた。

「先祖代々我が家に伝わる、魔法について書かれた本よ」

「これも魔法書？」

黒い革の表紙をめくると、手書きの文字も図形も、書かれてある文章もすべてが同じだった。

一カ所だけ異なるのは、表紙の裏に書かれたサイン。

我が家の魔法書に書かれたサインは〝エリアス・コーネル〟とあった。王宮から借りた本には同じ場所に汚れのようなシミがあって、それで読めなくなっているだけのようにも見える。

『コーネル……ということは、おまえの先祖か、アリッサ』

「そう……なんでしょうか」

お母さんとお祖母ちゃんを見ると、肯定も否定もせずに笑みを返される。

コーネル家のご先祖の魔女が、クラウスベルヌ王家の王子様を呪いから救った……そういうことになるのだろうか？　じゃあ、あの司書が話したことは……

「エリアス・コーネルは正真正銘、私どもの先祖です。王子様をお救いし、その功績で子爵の称号を授けられた話も事実だと伝わっています。ただし、丁重にお断りしてずっと田舎で暮らしたそうですが」

お祖母ちゃんの答えを聞いて驚く。まさか、あの王家の伝説にこんな結末があったとは。人の縁って、どこでどう繋がっているかわからないものだ。

「我が家に伝わる話はこうです。エリアスは魔女の命を奪うのではなく、呪いをはじき返すことで王子の病を治しました。額に黒い星の印が刻まれた魔女がその後どうなったかはわかりませんが、二度と日の光の下で素顔を晒すことはできず、おそらく呪術師に身を落とすしかなかったでしょう。その魔女の名はモイラ……。彼女は薬師として王宮や騎士団に出入りするうちに、王太子と恋仲になったそうですが、当時の情勢の中で王太子が政略結婚を強いられ、別れるしかなかったと……」

王子と恋仲だった魔女というところで、私はとても興味を引かれた。それに、その魔女が薬を扱う仕事をしていたことにも。なんだか、自分と重ねて考えてしまう。

「どういう行き違いがあったのかわかりませんが、王太子に捨てられたと思い詰めたモイラは、呪術という愚かな行動を取ってしまったのです。王太子は王家存続のために仕方なく別れたのだと、後にエリアスに語っています。だから、モイラのことは少しも恨まず、ずっと彼女のことを思っていたと……。それを聞いたエリアスは、呪いを解くために仕方がなかったとはいえ、モイラを魔女界から追放してしまったことに負い目を感じたのでしょう。子爵の称号を辞退したのは、そんな理由もあったのかもしれません」

お祖母ちゃんの口から語られた言い伝えは、司書の方から聞いた話よりも詳しくて、胸が痛くなるほど悲しかった。そのモイラという魔女の生涯が、少しでも心安らげるものだったらと願う。

『そうか、今の王家があるのはコーネル家の魔女のおかげということだな。おまえやレスターとは、出会う前から不思議な縁があったわけだ』

そんなふうに言ってもらえると、エリアスの末裔（まつえい）としては誇らしくもある。

私にも、殿下を救える力があればいいと改めて思う。いいえ、必ずそうしてみせる。

「時代を経るごとに、魔力というものは薄れていきました。それは、この世界がもうその力を必要としなくなったからだと私は思います。魔法という偏（かたよ）った大きな力に頼るのではなく、みんなそれぞれが努力することで困難を乗り越えていけるのだと――」

お祖母ちゃんはそう言ってから、ふと目を細めた。

「それでもときどきは、殿下の身に降りかかったような不可思議な出来事が起こるのです。まるで、大昔の亡霊が存在を主張するように……」

今がまさにそうだ。私が相手にするのは魔女の亡霊なのだと思うと、戦慄と不安と、けれどかすかな興奮も覚えた。

さすがにとんぼ返りはきついので、王都に戻るのは明朝ということになった。

オレイン村に宿はないので、ダリウス殿下には我が家に泊まってもらうしかない。お客様用の寝室などという気の利いたものはなく、兄さんの部屋を使うことにした。

王宮やケインの宿にくらべるととても狭くて貧相で、王子様にお泊まりいただくような環境ではないけれど、ご本人はあまり気にしていないように見える。

ぬかりなく予備の制服を用意していた殿下は、元の姿に戻ってから兄さんの部屋を興味津々で見回していた。といっても、見るべきところは本棚くらいしかない。その横で、私はベッドの用意をする。

「医学書ばかりでつまらんな。色っぽい小説や昔の女からの手紙でも見つければ、後でからかってやるんだが」

「兄に浮いた噂は一切ありませんでした。妹としては若干心配になるくらいですが、一生独身で殿下の診察を続けるのも良いかと。兄をよろしくお願いします」

「レスターの腕は確かだが、一生よろしくと言われるのはなんとなく嫌だな」

ぱらぱらとめくっていた本を棚に戻して、殿下は顔をしかめた。

「夕食ができるまでゆっくりしていらしてください。なにも面白いものはありませんが、庭も自由に見ていただいて構いませんので」

「ああ、そうさせてもらう」

殿下を兄さんの部屋に残して、私はお母さんがいる台所へと向かう。お祖母ちゃんは、さっきから作業部屋にこもってなにやら調合していた。

「レスターは元気でやっているかしら？」

夕食の準備を始めようとしていたお母さんに聞かれる。兄さんのことだから、たぶんまめに手紙を書いていると思うけれど、私の目から見た様子を知りたいのだろう。

「元気よ。宮廷医師として殿下からも、側近のジーノさんからも信頼されているし、とても充実しているみたい」

「そう、良かったわ。王都に行って医師になると聞いたときには心配したけれど、あの子はあの子なりにがんばっているようね。……ただ、そろそろ結婚して家庭を持ってほしいけれど、恋人とかいないのかしら」

「それはいないわ」

即答すると、お母さんは悲しそうに溜め息をついた。

「そういうところは相変わらずなのね……孫の顔を見られるのはいつなのかしら。いっそあなたが先に結婚してくれもいいわ、アリッサ。あなたには好きな人はいないの？」

こっちに矛先が向けられて焦る。兄さんのせいだと、心の中で八つ当たりした。

「いないわよ。それに、結婚なんてまだ早いわ。王都に薬店を開いてようやく一年なんだし、もっと仕事をがんばらないと」

「まったくあなたたちときたら……」

さらにガッカリさせてしまい、親不孝で申し訳なく思う。でも、今は結婚なんて遠い世界の話みたいに聞こえるし、好きな人だって……

ふいに殿下の顔が浮かんで、私は首を横に振った。

どうしてここで殿下の顔が出てくるのよ！　よりにもよって好きな人とか、身分をわきまえないにもほどがあるでしょう！

今は必要に迫られて傍にいるだけであって、呪いが解ければダリウス殿下は別世界の方になる。わかっていながら無意識に考えることを避けていた。呪われた体質の殿下には悪いけれど、いつのまにか王宮での生活に慣れて、居心地良く感じてしまっている自分がいる。

でも、私は殿下を助けたい。必ず魔女の呪いを解いて、元の体に戻してあげたい。だから、『魔女の鏡』を破壊する。大昔のご先祖様、エリアス・コーネルがしたように。それが、殿下にとっての私の存在理由なのだから。

「アリッサ、あなたはできるわ。ダリウス様を助けることが」

私の心の声が聞こえたかのように、唐突にお母さんが言った。

「あなたが作る薬の効果が高いのは、誰かを助けたいと思って調合するからよ。それがあなたの心の力であり、古の魔女の力。自分を信じなさい」

「お母さん……」

私の気合いとはべつに、どうしても湧き出てしまう不安が、ほどけて消えていく。

お母さんの言葉にはいつも不思議な癒しの力がある。娘の私だけでなく、誰に向けられたものであってもそうだから、たぶんそれがお母さんの心の力なのだろう。

「そうそう、あなたにこれを渡しておくわね」

お母さんがエプロンのポケットから小瓶を取り出す。薬草を保存するときに使うものだ。手渡されたその中には、生き生きとした緑を保つヴァルアラの葉が入っている。

緑色のものは初めて見た。本当に、今も枯れずに残っているのだと知って感動する。

「うちにもあったのね。こんな貴重なものを私にくれるの？」

「何代も前から我が家で保管されていたうちの一枚よ。ヴァルアラそのものにはなんの薬効も害もなく、ただ魔女の力を高める効果があると言われているでしょう。だから普通の薬師には役に立たないものだけれど、もしかしたらあなたには反応するかもしれない。お祖母ちゃんの許可はもらったから、必要だと思った薬に入れなさい。遠慮なく使うといいわ」

「ありがとう、お母さん！」

私にもこの葉が使えると決まったわけではないけれど、持っているだけで気持ちが強くなる気がした。不思議な力を持つ神秘の葉をお守りのように大切にしまう。

オレイン村に戻ってきて本当に良かった。呪いを解く鍵が見つかっただけでなく、私自身もたくさん元気をもらえたから。

野菜を取りに畑へ向かおうとすると、玄関の扉を叩く音が聞こえてきた。浮かれているようなりズミカルなその音に、馴染(なじ)みのある女性の声が重なる。

「アリッサ、いるんでしょ？　ニーナよ。マルカとヤナもいるわ」

さっき道で会ったニーナと、他にもふたりの友人の名前が挙がった。どちらもニーナと同じ、一緒に学校に通った友人たちだ。扉を開けると懐かしい顔が並んでいた。

「みんな……久しぶりね。どうしたの、急に」

ニーナの顔を見て、さっき彼女がバルサさんとなにか相談していたことを思い出す。みんなにも声をかけるとか言っていたけど、お祖母ちゃんたちとの興味深い話のせいで、そっちの件はすっかり忘れていた。

ニーナが三人を代表するように大きな花束を抱えていて、私に押しつける。

それから、それを合図に三人が声をそろえて叫んだ。

「「「結婚おめでとう、アリッサ！」」」

「…………はい？」

結婚って、誰が？　アリッサ、ってことは……私？　私、結婚するの？

そんな予定はこれっぽっちもない。だいたい、結婚はひとりでできるものではないのだ。相手はどこの誰なのという質問は、自分に問うて空しさすら覚える。

「ちょっと待って、なんのこと？　私、結婚なんてしないわよ」

「隠しても無駄よ。あれだけ男っ気のなかったあんたが、男の人を実家に連れて帰るなんて、それしか考えられないじゃない」

マルカが断言した。

「さっき会ったときにピンと来たのよ。恥ずかしがってはっきり言わないこととか、あのレスター公認の仲だとか」

ニーナも自信満々で言う。

「それで？　旦那様になる人はどこ？　ニーナの話じゃ、凄い美形なんですって？　あんた、意外と面食いだったのね」

ヤナが首を伸ばして家を覗き込む。

三人が矢継ぎ早にまくしたてるので、私には否定することも、言い訳もできない。

でも、なにが言いたいのかようやくわかった。どうやら彼女たちは、ダリウス殿下を私の婚約者だと誤解しているらしいのだ。

なんと紹介していいかわからなくて、言葉を濁した私も悪いけど……いくらなんでも短絡的すぎるんじゃないだろうか。私が若い男性と一緒にいることが、そんなにも大事件なのか。

そりゃあ、私が殿方を実家に連れて帰るなんて、まずあり得ないことだけど、みんな、よほど暇なのだと少し呆れた。オレイン村みたいな田舎には、刺激的な娯楽もゴシップもない。一年ぶりに村に戻った私は、かっこうの餌食というわけか……

「あのね、期待させて悪いんだけど、違うの。あの方はただの友達……なんておこがましいけど、知り合いというか……」

「ただの知り合いとは酷いだろう、アリッサ」

私の説明をわざと遮るように、背後から楽しげな声がした。いつのまに傍にいたのか、私のすぐ横に背の高い人影が立ち、続けて信じられないことを言い放つ。

「もう何度も裸を見られた仲だからな」

「でっ……殿っ……もが……っ！」

うっかり『殿下』と呼びかけて、大きな手で口を塞がれた。

ここで殿下なんてお呼びしたら面倒なことになる。だからそれが寸前で止められたことはいいとしても……

これはダメでしょう、殿下！　私に触ったら変身するんですよ！

殿下に口を塞がれるという衝撃に頭の中が真っ白になり、もの凄いことを言われたということはすっ飛んだ。

「きゃーーっ、アリッサってば大胆！」

「いやーん、もっと聞かせて！」

「うらやましすぎるーっ！」

三人の友人たちの黄色い悲鳴は、村中に響き渡ったのではないかと思う。

もう言い訳できないくらい完全に誤解されている。私はちゃんと訂正するつもりだったのに、突然現れたダリウス殿下が、火に油を大量投入したせいだ。

でも今はそれどころじゃなくて、みんなの前で殿下が変身するのを阻止しなければならない。

ところが、殿下はいつまで経っても獣に変わることはなく、涼しい顔で私の口を塞いだままでいる。どういうわけか変身しないことを知っていて、殿下はわざと私に触れたのだ。呪いが解けたわけではなさそうだからなにか仕掛けがあるとしたら、お祖母ちゃんの仕業としか考えられない。

「アリッサが村にいるあいだにお祝いしたくて、みんなに声をかけてジェロームさんのお店を借りることにしたの。ええと、ダリルさんでしたよね。後でアリッサと一緒にぜひいらして」

ニーナが嬉しそうに話す。

「ああ、そうさせてもらおう」

殿下の笑顔に頰を染めて、三人は帰って行った。彼女たちの姿が木戸の向こうに見えなくなってから、ようやく私の口が自由になる。

「……はぁっ……殿下、なにを考えているんですか!?」

「飲みに行くぞ、アリッサ」

「飲みに行くぞじゃありません！　ちゃんと私との関係を否定してください！　それに、ご自分の状況をもっとよく理解してくださいと、何度も申し上げているじゃありませんか。呪いのことも、お酒に弱いことも」

「俺は弱くないぞ」

真顔で否定する殿下に説明するのは面倒だから、もうそういうことにしておこう。

そんなことよりも、私に触れたのにどうして殿下が変身しなかったのかが知りたい。これなら、危険を冒してまで『魔女の鏡』を壊す必要などないのではないだろうか。

「殿下、お体はなんともないんですか？　どうして変身しないんですか」

「ラジェンナが調合した薬を飲んでみた。前例がないから効果に関しては不明だったが、上手く作用したようだ」

「お祖母ちゃんの薬で？　呪いを解く薬なんてものがあったんですか？　それならもっと早く教えてくれれば……」

「そんな薬はないよ、アリッサ」

今度はお祖母ちゃんが家の奥から現れた。薬の調合をするときに使う、丸い眼鏡をかけている。眼鏡の位置を直しながらお祖母ちゃんは言った。

「殿下にお渡ししたのは、呪いを解く薬ではなく一時的に抑える薬だよ。魔法は人知を超えた力だけど、そこには独自の法則がある。今度の場合、女性に触れることがきっかけになるというから、心理状態も影響すると考えて、ある種の向精神薬を作る薬草を調合してみたんだ。一回の服用で数時間は持つだろうけど、根本的に呪いが解けたわけではないんだよ」

「そうだったの……」

根本的な解決ではなくても、数時間も症状を抑えられるならとても便利だ。さすがはお祖母ちゃんだと感服する。私なんて、そこまで考えもしなかった。

「行くぞ、アリッサ」

殿下は出かける気満々で、私の腕を引く。触っても変身しないとわかってか、やけに距離が近いから内心、落ち着かない。

「殿下、本当に酒場に行く気なんですか？　変身しないことは良かったですが、どういう名目で呼ばれたのか、ちゃんと聞いてらっしゃいました？」

「俺とおまえの婚約を祝ってくれるのなら、行かないと悪いだろう？」

「婚約者だと誤解されたままでいいんですか？」

「俺は別に構わないが」

「えっ、あの、で、でも、私は夕食の準備を手伝わなくてはいけませんし……」

殿下の説得に手を焼いてお祖母ちゃんに視線で助けを求めると、こちらを見て見ぬふりをして家の奥に入っていこうとしている。

「それは気にしなくて大丈夫よ。アリッサ、せっかく帰ってきたんだから友達と会ってくるのもいいでしょう。……ですが殿下、薬の効果がいつ切れるかはわかりませんので、あまり遅くなりませんように」

「わかった。アリッサを少し借りていくぞ」

「それはアリッサの自由です。私に断る必要はございません」

そんな気軽に了承しないで、引き留めてほしい。薬の効き目だってどれくらい持つか心配だし、なんといってもこれでも一国の王子様なんだから、村人たちの集まりに参加させるのは気が進まないのだ。

こうなったら、私がなんとかして殿下を思いとどまらせるしかない。

「田舎なので他に娯楽らしいものもなくて、村の人たちはいつもなにかと理由をつけて飲み会を開いていますから、殿下が気になさることはありません。その……婚約については、後日私のほうから否定して適当な言い訳をしておきます」

「おまえにとっては、誤解されて迷惑というわけか」

「そういうわけではありません」

「もしかしてこの村には、かつての思い人でもいるんじゃないのか？」

「そんな人いませんよ！　兄と同じで、私もそういう噂とは無縁で……」

好きになった人はまったくいないというわけではないけれど、どれも淡くて儚い思い出だ。私も兄さんのことをどうこう言えないくらいの恋愛経験値しかない。

「では、今夜くらいは羽目を外してもいいだろう。俺に付き合え、アリッサ」

ダリウス殿下が私に向かってまっすぐに手を差し出す。

誤解されて迷惑なのは殿下のはずだ。それなのに、この状況を楽しんでいるらしい。

本当に変わった王子様だと思う。

いつまでも手を取らない私に業を煮やしたように、殿下は強引に私の手を握る。まだ行くと返事をしたわけではないのに、私は殿下に引っ張られて家を出た。


コーネル家のアリッサが美男の婚約者を連れて帰ってきた……という噂が、既に村中に広まっているらしかった。ジェロームさんの酒場兼食堂の扉を開けると、集まっていた人たちから一斉に拍手で迎えられ、いろんな祝福の言葉を投げかけられる。

「アリッサ、おめでとう！」

「どこでそんないい男見つけたのよ！」

「おめでとう、幸せになれよ！」

な、なんでこんなに大勢いるの……？

三十人も入れば満席という店には人が溢れていて、みんなの視線が私と殿下に注がれている。殿下に押し切られるように来てしまったことを、私は激しく後悔した。今すぐに、全速力で逃げ帰って毛布をかぶって引きこもりたいくらいに……

誤解されたままのいたたまれなさと罪悪感と、生まれて初めてこんなに注目を浴びていることへの緊張感もごっちゃになって、泣きたくなってきた。けれど、そんな私の態度を照れていると受け取ったみんなが、やさしく声をかけてくる。

「びっくりさせてごめんね。あんたと仲良かった人にだけ知らせるつもりが、いつのまにかこんな大袈裟になっちゃったのよ」

ニーナが少し申し訳なさそうに説明すると、バルサさんもやって来て私の背中をぽんと叩いた。

「みんなお祝い事が大好きだからね。勘弁してやって。さあ、こっちにおいで。素敵な旦那様も」

「ああ、ありがとう」

殿下は麗（うるわ）しい笑顔を大盤振る舞いして、一瞬にして店中の女性たちを赤面させた。ここにいる誰ひとりとして、自分の国の第二王子の顔を知らないらしい。

ジェロームさんのお店は、日に焼けた木の色が落ち着いた雰囲気を醸（かも）し出している。座席は長いカウンター席と、四人掛けのテーブルがいくつかあって、壁際にもベンチと長テーブルが置かれてあった。

名物料理は奥さんの手作りオムレツと鳥肉のパイだ。昔からずっと変わらない、オレイン村の憩いの場で、私にとってもたくさんの思い出がある。

殿下は私をエスコートするように、人やテーブルのあいだを器用にすり抜けて、ニーナが案内する奥の席に向かった。壁際に置かれたベンチの奥のほうに私を座らせてから、自分もその横に腰を下ろす。

そんな様子もすべて恋人同士のやり取りに見えるのか、友人や知人たちはにやにやしながらこちらを眺めている。

「さあさあ、今夜は飲んで食べて歌って踊って……貸し切りだから遠慮せずに騒いでいいぞ」

長い髭を生やした店のご主人、ジェロームさんが声を張り上げると、それを合図に酒瓶や料理が運ばれてきた。

次々に祝杯が傾けられる中、小型の弦楽器——フィドルの音が鳴り始め、それに合わせて踊り出す人もいる。村の人はみんな、冠婚葬祭にかこつけて宴会をするのが好きだ。小さな村では、こういう集いも大切な娯楽であり、絆を深める場なのだと思う。

みんなそれぞれで楽しみながら、ときどき何人かがこちらの席に来て話しかけてきた。

「あんた、仕事はなにをしてるんだ？　見た感じ、結構な身分のようだが」

既にほろ酔い気味の近所のおじさんが、ダリウス殿下に尋ねた。

殿下も既に一口飲んでいるので、気がゆるんで口をすべらせないかと、私はハラハラしながら隣で見守る。でも、王都での酒場通いのおかげか、殿下はこういう空気をちゃんと心得ていた。

「俺は騎士をしている。身分はまあ、下級貴族といったところだ」

「おお、貴族様！　どうりで品がいいと思ったよ」

「アリッサ、いい旦那をつかまえたな」

「どこで知り合ったの？　お城で働くお兄さんの紹介とか？」

周りのテーブルからも質問が飛んでくる。騒がしい音楽や笑い声が響く中、今度はどう答えるのかと私は聞き耳を立てた。

「レスターとも親しいが、彼女がレスターの妹と知ったのは後のことだ。俺とアリッサとはある夜、運命的な出会いをしたからな」

「きゃあぁぁぁっ、素敵！」

「なんてロマンチックなの！」

女性陣の絶叫に耳がおかしくなりそう……殿下、空気を読んでサービスしすぎです。

ご機嫌な殿下に対して、私は後のことを考えて気が滅入った。この偽の婚約に関しては、次に私が村に戻って来たときに『ごめんなさい破談になりました』と、みんなに説明して回るしかない。

なんという恥辱……私が一体なにをしたのだろう。

「殿下、嘘の上塗りはそのへんでおやめください。もう十分楽しまれたでしょう？　ボロが出る前に退散しますよ」

他に聞こえないように殿下の耳元で囁くと、反抗的な視線が返ってきた。

「俺はもうしばらくここにいるぞ。おまえは俺を置いて帰るのか？」

この王子様は……私がそうできないことをわかっていて、そういうことを宣うのか。女性に触れても獣に変身しないから、いつにも増して強気な態度だ。殿下はやっぱり呪いにかかっているくらいが丁度いいのかも。

飲まずにはいられない気分で、私も果実酒をちびちびと口に運ぶ。

いっそ帰ったふりをして、店の外から様子を見ていようか。そうすれば、殿下も少しは焦るのでは？　などと意地の悪いことを企んでいたら、殿下が席を立って店の中央に歩いていった。

フィドルを弾いている男性に話しかけると、楽器を借りて自分の肩に構える。

王族や貴族にとって音楽は楽士に奏でさせるものだし、ましてや殿下と楽器というのが結びつかない。最初は悪ふざけなのかと思っていたら、弓を引くその姿勢は意外にも様になっていた。

繊細な弦の音が響き渡り、自然と店内のざわつきが消える。

どこかで聞いたことがある美しいメロディーは、王都で流行っている舞台の楽曲だ。私はその舞台を見ていないけれど、町で流行っていたから耳にしたことはある。切ない思いを歌った恋歌だった。

静かな前奏を経て、やがて軽やかなリズムへと変わる。店内はふたたび楽しげな笑い声で溢れ、大勢がフィドルの旋律に合わせて踊り出した。満足そうに楽器を奏でる殿下の、そんな心からの笑顔は初めて見る。

それを見ていたら、思いが胸いっぱいに溢れて、鼻の奥がつんと痛くなった。

私、ダリウス様のことが好き……

出会いから強引ではあったけれど、気取ったところがない人だった。こんな田舎町にも馴染(なじ)んでしまうなんて王子様らしくない。だけど、そんな殿下に私はいつのまにか惹かれていたのだ。

心の底ではわかっていたことを認めずにいたのは、後に引けなくなることが怖かったから。殿下への思いに気づかないふりをして、役目を終えたらきれいさっぱりお別れするつもりだったのに……こんなことでは、いずれ王宮を出たらしばらくは立ち直れそうにない。

一曲弾き終えた殿下は拍手で送られて、ふたたび私の隣に戻ってきた。私は自分の心を押し殺して今までと同じように話しかける。

「フィドルを弾かれるとは知りませんでした」

「独学だから正しい弾き方は知らないけどな」

顔も頭も良くて剣の腕が立つだけでなく、独学で楽器もこなす王子様とは……。世の女性にとって究極の理想であると同時に、男性陣にとってこれほど憎むべき存在はいないだろう。

「少し酔ったな」

そう呟(つぶや)いた殿下の顔はまったく赤くない。でも、実は酔っていて、いつもは鋭い黒い瞳はなんだか眠そうにとろりとしている。その様子を見て小声で話しかけた。

「殿下は本当は体質的にお酒に弱いんです。たとえ元の体に戻っても、いつかお酒で大失敗するかもしれませんよ。ちゃんと気を付けてくださいね」

「アリッサ、膝を貸せ」

私の小言は無視して、殿下はいきなり横になった。許可していないのに、無断で私の膝を枕にして目を閉じてしまう。

「ダリ……ル様！」

動揺して本当の名前を口にしそうになった。

「こうしていても変身しないのは、やはりいいな」

満足げに呟く殿下になんと言っていいのかわからない。

周りの喧噪に負けないくらい、自分の心臓の音が耳に響いていた。好意的なひやかしの視線が痛いけれど、偽とはいえ婚約者を突き放すわけにもいかず、私はそのまま枕になる覚悟を決める。

「ダリウス様……？」

まわりに聞こえないよう、そっと名前を呼んでみても目を開けない。本当に眠ってしまったらしい。薬がいつ切れるかもわからないのに、のんきな方だ。

やっぱり、ずっとこのままがいい。ダリウス様の呪いが解けない限り、私はこの方のお傍にいられるのだから……

「……なんて、ごめんなさい」

小さな声で謝ると、獣の姿のときには何度も触れた黒い髪に、私はやさしく指を絡めた。

七　魔女との邂逅（かいこう）

酒場で眠ってしまった殿下は、しばらくするとすっきりと目覚め、変身することなく無事に家へ帰ることができた。

その翌朝、私たちはオレイン村を出立した。

王宮へ着いたときにはもう夜も遅かったけれど、ダリウス殿下の執務室で待っていたジーノさんと兄さんに、オレイン村でのことを報告する。

魔法や『魔女の鏡』に関して新たにわかった事実や、鏡を壊すことで殿下の呪いが解けるかもしれないことを伝えると、ふたりとも喜んでいた。

ただし、殿下に黙って置いて行かれたジーノさんの機嫌はすこぶる悪い。

「殿下がアリッサを追って行かれたとコーネル殿から聞いたときには、目の前が真っ暗になりましたよ。お帰りになったら今度こそ監禁しようと、本気で考えていたのですが」

「悪かった、ジーノ。何事もなかったのだから許せ」

「何事かあったら、今頃私は責任問題で免職、もっと悪ければカイラル家はお取りつぶしですね。あなたという方はこちらの心配など顧（かえり）みず、いつもいつも……」

「ああ、わかったから……。その献身的な補佐に対する感謝の気持ちとして、今度おまえの好きなメイベル菓子店のジルベリーパイを買ってくる」

「……まあいいでしょう」

いいんですかと突っ込みそうになる。意外にも、ジーノさんの怒りを静めるには高級菓子が有効のようだ。

「ところでレスター、おまえの母や祖母には世話になった。村人たちも気のいい者ばかりで、話していて楽しかったぞ」

「お気に召したようで幸いです。殿下の呪いについても、有益な情報が得られたようですし」

故郷を褒められて兄さんが気をよくしている。私が殿下と同じ部屋に泊まったとか、婚約者だと誤解されたなんて知ったらどんな反応をするか……想像したくない。

「問題はどうやって鏡を破壊するかだが……王妃の部屋に忍び込むのは侍女がいなくなる夜間だな。だが、敵は魔女の亡霊だ。なにが起きるか見当もつかん」

くれぐれも気を付けるようにと、お祖母ちゃんからも言われた。それに、あの鏡自体に魔力があるのだとしたら、普通の鏡とは違って簡単に割ることはできないかもしれない。

だけど、これで解決してしまったら私は――

「……アリッサ、おまえはなにか意見はあるか？」

「え？　あ……っ」

殿下に尋ねられたものの、余計なことを考えていたのでまごついてしまった。

「すみません。ちょっと考えごとをしていて、お話を聞いていませんでした」

謝った私を気遣うように、殿下は頷く。

「帰って来たばかりだし疲れているんだろう。気づかなくてすまなかった。今日はもう部屋に戻って休め。計画を立てるのは明日でいい」

「いいえ、そんなわけにはいきません。私なら大丈夫です」

「おまえはそう言っていつも無理をする。おとなしく言うことを聞いておけ」

「大丈夫です。自分のことは自分が一番よくわかりますから」

「……言い出すと絶対に引かないな、おまえは」

最終的にはダリウス殿下のほうが観念したように引き下がった。

私ってどうしてこうなんだろう。

殿下が気遣ってくれているというのに、ムキになって言い返したりして、オレイン村に行く前よりも、私自身がなんだかぎすぎすしている。

今はとにかく、どうやって鏡を壊すかという問題に集中しよう。そうすればダリウス殿下への気持ちを考えなくて済む。

「夜間といっても警備の衛兵がいますから、王妃の部屋までのルートは慎重に選ばなければなりません。中庭の回廊から入ってすぐの階段が、もっとも人目につきにくいでしょう。バルコニーからの侵入という手段も考えましたが、部屋は二階ですし、これは難しいですね」

ジーノさんが説明しながら、そのあたりの簡単な図面を紙に描いた。王妃様のお部屋までの廊下は、私もアリーナ・シーズとして一度だけ通ったことがある。

「警備については私のほうで配置などを指示することはできますが、無人にするわけにはいきません。なにかで注意を引きつけているあいだに、そこを突破するしか……」

「眠らせるのはどうでしょうか？」

「王宮内の見張りはふたり一組で、このルートだと最低でも四人の衛兵に遭遇します。その全員が口にする飲食物に睡眠薬を入れるのは、少し難しいかと……」

私の提案にジーノさんは難色を示した。差し入れに薬を仕込んだり、以前に王妃様に使ったような直接的な方法では、故意に眠らせたことがバレてしまう。

でも、私が考えていたのは別の方法だ。

「そういったやり方ではなく、衛兵の近くで催眠作用のある香を焚くんです。どうしても避けて通れない衛兵がいるのはどのあたりですか？　だいたい、このくらいの範囲でしたら、そこにいるすべての人間や動物を眠らせる自信があります。効果が続く時間もある程度は計算できますし、これなら、本人たちにも気づかれずに、自然に眠気を催したせいで居眠りしてしまった、ということにできるのではないかと思いますが」

図面を指さして意見すると、三人の男性方はどこか怯えたような目で私を見ていた。小首を傾げて問いかける。

「あの、なにか問題でも？」

「いえ、それが可能なら、いい方法だと思います。殿下はいかがですか？」

「それでいい。警備の対策はアリッサに頼むことにしよう」

承諾したダリウス殿下が小声で「おまえは絶対に敵に回したくないな」と呟いたけれど、聞こえなかったことにしておこう。

王妃様の寝室に辿り着けたなら、あとは鏡を壊すだけとなる。問題は誰がそれを実行するのかということだった。

「それでは、王妃の寝室に忍び込むのは私が……」

名乗りを上げたジーノさんを制するように、殿下が片手を上げる。

「それは許さん。当然ながらレスターもだ。俺がやる」

「殿下、それは危険です。もしも王妃に見つかれば厄介なことに……」

「見つかって厄介なのはおまえのほうだ。王妃に夜這いをかけたと思われて、打ち首にされても文句は言えまい。カイラル家は間違いなく断絶だぞ」

厳しいけれど殿下の言う通りだった。

殿方が王妃様の寝室に入るのは、それだけの危険がある。義理の息子とはいえ、殿下だって見つかればただでは済まないだろう。

「俺はこれでも一応、王族だからな。万が一見つかったとしても、死刑は免れるだろう。父上の機嫌しだいだが、遠方の城に幽閉される程度で済むかもしれん。もちろん失敗するつもりはないが」

「ダリウス殿下……」

殿下は平然と話しているけれど、ジーノさんも兄さんも不安を隠せずにいる。

お城に幽閉だなんて冗談じゃない。それでは呪いが解けたとしてもなんの意味もない。

「では、私が一緒に行きます」

きっぱりと告げた私に、ダリウス殿下は眉ひとつ動かすことなく答えた。

「ダメだ」

「どうしてですか？　殿方なら夜這いと誤解されるでしょうが、私は女です。私が一緒なら、見つかったとしても、むしろ言い訳になるはずです。宝石を盗むためだったとでも言えば、夜這いよりもまだマシじゃないですか？」

「女が、夜這い夜這いと連呼するな……」

「今はそんなことを言っている場合じゃありません。私を連れて行ってください、殿下。私は魔女の末裔、クラウスベルヌ王家を救ったエリアス・コーネルの子孫です。この中で『魔女の鏡』に対抗できる者がいるとすれば、それは私でしょう」

挑むように見上げると、殿下のほうも目を逸らすことなく私を見下ろす。

ここは一歩も譲る気はない。私は絶対に殿下と一緒に行かなくてはならないのだと、心の奥底から本能のようなものが忠告する。私の中にいる魔女の囁きなのかもしれなかった。

「ダリウス殿下、アリッサがお供することに私は賛成です」

そう言ったのは兄さんだった。まさか兄さんが、この状況で私の味方をしてくれるとは思わなかった。普通なら真っ先に反対しそうな人なのに。

「最愛の妹を、危険な目に遭わせてもいいのか？」

殿下の問いかけに兄さんが苦笑する。

「それは心配ですが……結局、呪いの謎に辿り着いたのは妹の力によるものです。魔女の鏡に対抗できるのは、この中ではアリッサ以外にはいないでしょう。それに、妹は言い出したら聞かないことはおそらく殿下もご存じですよね」

「……兄さん、ありがとう」

私を心配する以上に信じてくれていることが嬉しい。ただの兄馬鹿だと思っていたら、大事なところでは理解してくれている。

ジーノさんも、私が殿下について行くことに反対はしなかった。三人と対立した殿下は、観念したように肩を落とす。

「わかった。では、俺とアリッサで鏡を壊しに行く」

まだ納得していない顔つきで、渋々承諾する。

話し合いの結果、実行部隊は殿下と私で、事前に睡眠薬入りの香を配置するのはジーノさんだ。兄さんは、なにかあったときのための補助役に回る。

そして、偶発的な事故でも起きない限り、決行日は三日後の真夜中ということになった。

翌日から私は、王妃様の寝室に忍び込むための準備にいそしんだ。

王妃様のお部屋の周辺にいる衛兵たちを眠らせるための香、それから、お母さんにもらったヴァルアラを使ってあるものを作る。こちらの効果は定かではないので、念のためというか、お守りみたいなものだ。

王宮の警備は中央騎士団の下部組織の管轄だそうで、ジーノさんが手を回して、殿下と私が侵入しやすいように衛兵の配置や交代時間を変更してくれた。

あとは当日の夜中にジーノさんが先回りして、私が作る香を目立たない場所に置いてくれることになっている。

時間が空いたときに、私は図書室へ足を運んだ。借りていた魔法書を返すためと、最後にもう一度このあいだの司書の方に会いたかったから。おそらく、私が王宮の図書室に入る機会はもうないだろう。

残念なことに、図書室にあの素敵なおじ様の姿はなく、代わりにそこにいたのは、眼鏡をかけたひっつめ髪の中年女性だ。やや鷲鼻（わしばな）できつい印象の風貌（ふうぼう）は、以前殿下が魔女のようだと形容した司書だとすぐにわかる。

彼女は、私が大切な本を借りていたことは知っていて、返却にはなんの問題もなかった。

「よくこれを貸していただけましたね。本来、持ち出し禁止なのですよ」

それを聞いてヒヤリとする。国宝ではないから安心しろと言われたけれど、やっぱりそれに近い代物（しろもの）だったのだ。

強盗に奪われなくて本当に良かったと、改めて胸を撫（な）でおろす。でも、そんなものを独断で貸してくれるなんて、この前の司書は、よほど権限がある方に違いない。

「私にこの本を貸してくださった方は、今日はお休みですか？　改めてお礼を申し上げたいのですが、お名前をお聞きするのを忘れてしまって」

「ああ、その件でしたら、気にしなくて良いとのことです」

司書の女性は答えにくそうに言った。

「でも……」

「とにかく、私の口からはなにも申し上げられませんので」

どういうわけなのか、頑なに拒絶されてしまう。殿下も教えてくれなかったし、あの男性司書にはなにか秘密でもあるのだろうか。

とても残念だったけれど、よろしくお伝えくださいと言って私は図書室を出た。


三日が経って、ついにその夜が訪れた。

私が調合した睡眠薬入りの香は、少し刺激のある甘い香りを放ち、嗅いだ人間をたちまち眠らせる効果がある。

殿下と私が王妃様の部屋に侵入して鏡を壊すまで、せいぜい三十分くらいだから、その間は絶対に目を覚ますことなく、熟睡してくれるはずだ。

王妃様のお部屋には前もって香を置けないので、もしも起きていらしたらこのあいだと同じ催眠スプレーを使うつもりでいる。その場合は私の顔を見られてしまうかもしれないけれど、ここまできたらそんなことに構ってはいられない。どうせ私はもうすぐ王宮を去るのだし、最悪でも殿下が見つからなければそれでいいのだ。

殿下とは、王妃様のお部屋がある東棟の中庭で真夜中に落ち合うことになっている。そんな時間に王宮内を歩くのは初めてで、私は注意深くあたりを見回しながら廊下を歩く。

予定の時間ぴったりに中庭に着くと、既に殿下はそこにいた。お召し物はいつもの黒い騎士服だけれど、闇に紛れてちょうどいい。私はメイドの制服の上にフード付きのマントを羽織っている。

「お待たせしました、殿下」

「途中、誰にも会わなかったか？」

「はい、大丈夫です」

「では行くぞ」

ダリウス殿下と私は、口と鼻を布で隠して進んでいく。そこから先は、ジーノさんが事前に置いた香の煙がまだ漂っているはずだ。香りを嗅いで、こちらが眠ってしまっては意味がない。

私の前を歩いていた殿下が、急に立ち止まって振り返った。危うくぶつかりそうになって、私も急停止する。こんなところで殿下が変身してしまっては大変だ。

けれど、殿下はその点についてちゃんと予防していた。

「先に言っておく。念のためにラジェンナが作った薬を飲んでおいたから、万が一おまえに触るようなことになっても変身はしない。忍び込むにはこの姿のほうが動きやすいからな」

「準備がいいですね」

変身しないのはいいけれど、そのせいか、いつもより距離が近くて落ち着かない。おまけに廊下は暗くて、壁に備え付けの燭台にぽつりぽつりと蝋燭が灯っているだけ。足下が心許ないせいで、前を行く殿下の腕をつかみたくなる。

「きゃっ」

なにかに躓(つまず)いて転びそうになったところを、殿下が片腕で支えてくれた。床に転がっていたのは衛兵の制服を着た男性だ。私の香の被害者……といっても、眠っているだけだけど。

「おまえの香で眠っているようだな。よく効いている」

暗がりに目を凝(こ)らせば、少し先にももうひとり、壁に寄りかかるようにして寝ている。香の効き目は計算通りのようで一安心だ。

「あの、申し訳ありませんでした。もう大丈夫ですから」

慌てて体を離すと、殿下は私に手を差し伸べてくれる。

「暗くて足下が見えにくいだろう。この先は階段もあるし、手を繋いでやる」

「結構です」

反射的に即答してしまった。手を繋ぐほうが安全だけれど、気持ちが落ち着かなくて任務に集中できなくなる。

私の態度がいつもとは違うことに、ダリウス殿下は気づいたようだった。

「おまえ、このところ様子が変だぞ。村から戻ってから俺を避けているだろう。なにか不満でもあるのか？」

「べつになにもありません」

「なら、俺の顔を見ろ」

殿下が私の顎(あご)をつかんで顔を上向かせた。暗がりの中でも、怒っているような困っているような殿下の表情が見て取れる。

堪えきれずに私は顔を背けた。

今が夜で良かった。昼間だったら、赤面しているのが絶対にバレただろう。

「で、殿下に不満などありませんし、私はいつもどおりです。おかしく見えるとしたら、それは魔女の鏡のことで頭がいっぱいだからで……とにかく大丈夫ですからっ」

問題ないと主張するつもりで、つい声が大きくなる。殿下の人差し指が、布で覆った私の唇の前に立てられた。

「わかった。それならいい」

魔女との対決のせいで、私が神経質になっているのだと思ってくれたらしい。殿下はそれ以上なにも聞かず、王妃様の部屋に向かってふたたび歩き始める。その背中を私も追いかけた。

もうすぐ殿下の呪いは解けて、私は明日にでも王宮を去るのだろう。そして、二度と殿下にお会いすることはない――そんな思いに胸を引き裂かれそうになりながら。


二階の廊下にも、さらにふたりの衛兵が倒れていた。少しだけ申し訳なく思いつつもその脇を通り、王妃様の部屋に辿り着く。殿下が「開けるぞ」と目で合図したので無言で頷くと、扉は音も立たずゆっくりと開かれた。

手前の応接間に明かりはなく、バルコニーのほうからうっすらと、月明かりが差し込んでいるだけだった。無闇に歩き回って物音を立ててはいけないので、私たちは窓に沿って慎重に進む。

寝室へ通じる扉は閉まっていた。殿下が取っ手をつかんで小さな声で囁く。

「……行くぞ」

いよいよだ。緊張で喉が渇き、唾を呑み込んだ。心臓が早鐘のように脈打っている。

扉が開くと、寝室から弱い明かりが漏れた。ベッド横にある小テーブルに小さい洒落たランプが置いてある。

天蓋の陰で、王妃様はベッドに横たわっていた。王妃様が起きていたときのために用意しておいた睡眠薬は、これなら必要ないだろう。

殿下が私を見たのでその意図を察して、黙って衣装部屋の扉を指さした。今まで以上に足音を忍ばせながら、ふたりでそちらへ向かう。衣装部屋の中に入ると、外に音が聞こえないように扉を閉めた。

ダリウス殿下が壁付けオイルランプの火を灯すと、ほのかな光が大量にぶらさがっている王妃様のドレスを照らし出す。前回ここに潜入したときの私みたいに、殿下もその光景に圧倒されたようだ。『魔女の鏡』はこの前と同じ場所、部屋の奥に置かれたままになっている。

「これが例の鏡か？」

口に当てていた布を外した殿下が、声を抑えて聞いた。私も同じように外して、小さく呼吸をする。

「そうです」

「俺にはただの鏡にしか見えんが」

「私にとっても、見た目は普通の鏡です。ただ、説明しがたい嫌な空気を感じるんです」

「それが魔女の血なのだろうな。……下がっていろ、アリッサ。鏡を割る」

ダリウス殿下が腰に携帯している剣を引き抜いた。私は言われた通り数歩下がって、剣が振り下ろされる瞬間を待つ。割れた音で王妃様が目を覚ましてしまうことも考えて、いつでも催眠スプレーを使えるようにと身構えた。

突然、殿下の手から剣が落ちて、床の上でキンと硬質な音を立てる。

「殿下！　どうかなさったんですか？」

私が声をかけるより先に、殿下が床に膝を突いた。さらにがくりと項垂れて蹲る。一瞬のうちに殿下の体を包むようにあたりには靄が立ち込めていく。

そんな、まさか……どうして!?

殿下の呪いが発動するときと同じ状態だけど、なぜそうなったのかがわからない。お祖母ちゃんの薬の効果が切れたのだとしても、王妃様の部屋に入ってから、私は殿下に触れていない。

それなのに、靄の中から現れたのは予想した通り、黒い獣に変化した殿下だった。

「ダリウス殿下、大丈夫ですか？　急に変身なさるなんて……」

『なにかが変だ。……すぐにここから出るぞ、アリッサ』

「えっ、はい……」

なにかはわからないけれど、この部屋で異常なことが起きている。

殿下に命じられるまま、急いで扉へ向かう。私が取っ手に手をかける前に、それは勝手に開いた。

「こんばんは、ダリウス殿下。それに、このあいだのお嬢さん」

扉の外で、パメーラ王妃様が微笑んでいる。胸元が大きく開いた白い扇情的な寝間着姿で、肩の上で長い髪が波打っていた。

私たちの気配で起きたのかと思ったけれど、まったく驚いている様子はない。それよりも引っかかったのは、黒い獣を『ダリウス殿下』と呼んだことだ。

『義母上、俺がダリウスだとご存じのようですね』

「あら、だって、殿下をそんな姿にしたのは私ですもの。とても素敵な魔獣でしょう」

そう言って、王妃様は「うふふ」と笑う。

王妃様には変身した殿下の声が聞こえている。私のように魔女の血を受け継いでいるならそれもあり得るけれど、そうではない気がした。この前お会いしたときとは、明らかに様子が違うからだ。

「……あなた、王妃様じゃないわね。誰なの？」

王妃様の顔から笑みが消えていく。もともと目力がある方だけれど、今の険しい目つきはそれとも違っている。もっと冷たくて暗い、世界のすべてを憎んでいるような色だ。

私を見据える王妃様の白い額に、黒い星の形が浮かび上がる。ということは、今の王妃様の中には殿下に呪いをかけた張本人——鏡に宿っていた魔女がいるということなのだろうか。けれど、すぐにそれも変だと思い直す。呪い返しの術が成功していたなら、殿下の呪いは解けたはずだ。

迷いながら私は尋ねた。

「殿下をこの姿にしたと言うあなたは、この鏡に宿っていた魔女の幽霊なの？」

「まぁ、もう見抜いてしまうなんて、つまらないですね。私が鏡に取り憑いていることも一目で勘づいたようだし、あなたは何者なんです？」

急に声音が変わる。王妃様の振りをすることをやめて、魔女は私に問いかけてきた。

呪い返しの術の成否はともかく、彼女が鏡の魔女であることは間違いない。

「私はただの薬師よ。名前はアリッサ・コーネル。あなたがダリウス殿下にかけた呪いを解きに来たわ。殿下を元に戻してくれたら、あなたの存在は見逃してあげる」

「殿下に呪いをかけることを望んだのは王妃です。私は魔力を貸しただけ。……見逃してあげる、ですって？　取り引きできる立場にあるとお思いですか？　殿下の呪いも王妃の体も、すべて私の気持ちしだいなのに」

実体を持っている今の魔女にとって、既に呪われている殿下を変身させることなど造作もないようだ。ならば、早く鏡を壊さなければならない。

「あなたに聞きたいことがあるの。ダリウス殿下の呪いには、今の時代には手に入らない魔法の材料も必要だったでしょう？　どこから集めたのか、薬師として興味があるわ」

魔女の隙を窺いながら、適当なことを話しかける。でも、薬師としての純粋な興味があることも本当だった。

「まあ……教えてあげても構いませんけど。どうせあなたたちはここで終わるんですから」

終わるという不穏な魔女の言葉が凄く気になるけれど、どういう意味かと尋ねる気にはなれない。ろくなことではなさそうだし、ここで終わらないためになんとかしようとしているのだから。

「変身の呪いに必要なものは、ヴァルアラの葉に銀蜥蜴(ぎんとかげ)とサラサ石の粉。そして呪いをかける相手の髪の毛です。ヴァルアラの葉については、バネッサという偽占い師が鏡を所有していたとき、彼女が持っていることを知ったので、王妃に教えました。銀蜥蜴とサラサ石の粉はここにあります」

そう言って、王妃様の姿をした魔女は自分の鏡を指さした。

「この鏡の表面には、銀蜥蜴とサラサ石の粉が使われています。自分の死期を悟(さと)ったときに、私が塗り込めました」

魔法に使う貴重な材料とともに、この魔女は自分の魂を鏡に宿したのだ。そうまでして、なにをしたかったのだろう。

『俺の髪はどこから手に入れたんだ？　俺にとってはそれが一番興味深い』

殿下がそう質問しながら、魔女との間合いを計るように視線を動かす。私もそれに合わせ、さりげなく殿下が落とした剣の位置を確認した。

「殿下の髪は王妃が用意しました。従僕のひとりを買収したようです」

『そうか。ではその従僕はクビだ。ついでにおまえもな』

そう言うやいなや、殿下は魔女に向かって飛びかかろうとした。私は素早く足下の剣を拾い上げようと動く。

そのとき、急に体が動かなくなった。足が床にはり付いたみたいに、一歩も進めない。それどころか、指一本すら動かすことはできなかった。

殿下も私と同じように動けずにいる。まるで動物の人形みたいに固まっていた。

『貴様、なにをした？』

殿下の声で、私も口だけは動かせることに気づいた。話す力を奪わなかったのは、彼女にとってもこちらと会話する必要があるからだろう。

「あなた方にはなにもできません。鏡を壊すことも、私を消すこともね。それに、私にはやり残したことがあるんです。この王妃のおかげでようやくその機会が巡ってきたのですから、邪魔はさせませんよ」

「それはどういう意味なの？」

私はなぜか言いようのない不安を覚えて尋ねた。けれど、魔女は意味深な微笑(ほほえ)みを浮かべたまま答えない。

「私たちはここで終わるとあなたは言ったでしょう。だったら、それくらい教えてくれてもいいと思うわ」

さらに迫ると、魔女はようやく仕方なさそうに口を開いた。

「私が死後もこうして残っていたのは、クラウスベルヌ王家に復讐するためです。ダリウス殿下だけでなく、王家の人間には全員不幸になってから死んでいただきます」

「そんな……でも、あなたはダリウス殿下とはなんの関係もないはずだわ！　この鏡はとても古い時代のものだと聞いたもの」

昔を思い出したのか、魔女はどこか遠くを見つめるような瞳で答える。

「私が生まれたのは、この国がナイゼル公国と戦争をしていた頃のことです。そして、死んだのはそれから三十三年後」

『四百八十年ほど前か』

「もうそんなに経つのですか。どうりで、鏡に映る景色がまるで違うわけですね」

四百八十年前から、クラウスベルヌ王家に恨みを抱いている魔女って……⁉

そのことから、私は王宮の司書やお祖母ちゃんから聞いた話を思い出した。五百年前、この国の王子に呪いをかけた魔女がいたことを……

「あなた、もしかしてモイラ？」

まさかと思いつつ尋ねたら、魔女の瞳がキッと私に向けられた。

「どうして私の名前を知っているんです？」

それで納得がいった。幽霊であるモイラには、呪い返しの術は効かなかったのだろう。彼女の額(ひたい)の黒い星は、ダリウス殿下の呪いが跳ね返されたせいではなく、生前の行いへの罰なのだ。そして、彼女は今も、かつての恋人とその一族への憎悪に囚(とら)われたままでいる。

なんだか切なくなって答えられずにいると、モイラはなにかを思い出したようにふと眉を寄せる。

「さっき、コーネルと言いましたね。どこかで聞いた覚えがあると思ったら、あなたはあのエリアス・コーネルの血縁なんですか？」

しまった……と、迂闊(うかつ)に名前を口にしてしまったことを私は後悔した。王子を救うためとはいえ、エリアスはモイラに屈辱的な敗北を与えた張本人なのである。

「エリアスなんて知らないわ。さっきも言った通り私はただの薬師(くすし)で……」

「とぼけても無駄です。どうりで、似たような匂いを感じたわけですね。あなたの体にも魔女の血が流れているせいで、私の存在に勘づいたんでしょう。ああ……エリアス・コーネル、なんて忌々しい！　どこまで私を怒らせれば気が済むの！　あの女だけでなく、その子孫にまで邪魔されるなんて！　キーーッ！」

丁寧だった言葉遣いが突然荒々しくなって、モイラは歯ぎしりしながら金切り声を発した。エリアスにただならぬ恨みを抱いていることが、この激高ぶりから窺える。そして、その強い思いは、今はいないエリアスに代わって私に向けられているのだ。

身動きすら取れないというのに、どうしたらいいの？　まだダリウス殿下の呪いも解けていないし、こんなところで死ぬのは嫌よ！

髪を振り乱して叫んでいたモイラが急に静かになり、私を見てにっこりと笑った。瞳は鋭い光を湛えたまま、赤い唇の端を吊り上げる。背筋が凍り付きそうな笑みだ。

「いいことを思いつきました。王妃よりあなたのほうが若いし、魔女の血縁ならきっと私にも合うはずです。ですから、あなたの体をいただきます」

「なにを言ってるの？　私の体をどうするつもり……」

話している途中で、魔女の鏡の中から黒くて細長い影のような人の腕が飛び出してきた。それが、私の体に巻き付き、強い力で引っ張ろうとする。信じられないことに、肉体から意識だけが引き剝がされるのを感じた。

「なによ、これ！　やめて、放してっ！　いやぁ……っ！」

『アリッサ！』

ダリウス殿下の声が聞こえた直後、私の心は魔女の鏡の中へと吸い込まれた。

深い水の中に落ちたような圧迫感と暗闇に包まれた……と思ったら、すぐに解放された。

周囲は昼間のように明るくて、目の前には見たことのない野原が広がっている。そこに、私は実体のない幽霊みたいにふわふわと浮かんでいた。

ああ、そういえば、肉体を置き去りにして心だけ鏡の中に引きずり込まれたんだっけ。どういう魔法かはわからないけれど、今頃、私の体はモイラになにをされているんだろう。

そんな不安に苛まれていると、人の話し声が聞こえた気がした。声が聞こえたほうにふたつの人影が立っていたので、そちらへ飛んでいくことにする。

野原には綺麗な野生の花が咲き、前方には湖が光っていた。頬を撫でるそよ風を感じるし、鳥のさえずりまで聞こえる。モイラの魔法が見せている世界にしては、ずいぶん長閑だった。

湖の傍にいるのは、若い男女のカップルらしい。

「モイラ……」

男性がその名前を口にしたとき、私はびっくりして空中で一回転しそうになった。

魔女がこの近くにいるのかと周囲を見回したけれど、他には誰もいない。彼はどうやら、隣にいる長い赤髪の女性に呼びかけたようだった。

「君の作る薬は本当によく効くね。傷薬も内服薬も。騎士団の団員たちにも評判がいいし、王都で店を開けばきっと繁盛するよ」

「私にはそんな気はありません、フィリス様。身近にいる大切な人たちに喜んでもらえれば、それでいいのです」

「欲がないな。だが、モイラのそういうやさしいところがいい」

「フィリス様こそ、国民や部下の方からも慕われるおやさしい殿下です」

「ああ、モイラ、もう少し待っていてほしい。父上や母上を必ず説得して、君を王宮に迎え入れる」

「はい、信じています、フィリス様」

そうか……これは、モイラと恋人の王子との逢瀬の記憶だろう。鏡はモイラそのものであり、そこに吸い込まれた私には、そのことがすぐに理解できた。

私はモイラの前に回り、初めてその顔をまともに見る。生前の彼女は、鮮やかな赤い髪に緑の瞳を持つ、清楚でミステリアスな雰囲気の美人だった。

フィリスと呼ばれた王子様のほうは、明るい茶色の髪をした穏やかそうな貴公子だ。モイラを見つめるやさしい瞳には、偽りのない愛情が込められていると感じられる。

モイラが頬をうっすらと赤らめて王子を見上げた。それから、ふたりの顔が近づいたので、私は慌てて目を逸らす。こんな状況で、人のラブシーンを見せられるとは思わなかった。それと同時に、幸せそうなモイラの姿に胸が痛くなった。

これは、モイラの心の奥に大切にしまわれた記憶に違いない。復讐心に取り憑かれた彼女にも、こんな幸せな時間があったのだ。

そう思ったとたん、いきなり景色が崩れ、暗く淀んだ色に染められていく。たった今まで明るい日の光の下にいたのが、狭く質素な室内へと変化していた。

今度はその部屋の中で、モイラがひとりの男性と向き合っている。フィリス王子ではなく、もっと年配で厳めしい顔つきをしていた。高級な衣服を身につけたその男性は、王室からの使者のようだ。

「フィリス殿下はナイゼル公国の公女とご婚約されました」

事務的に告げられたセリフに、モイラは愕然として口を押さえる。その手の震えから、彼女の絶望が伝わってきた。

「殿下はご結婚の準備でお忙しいので、私が代わりにまいりました。これをあなたにお渡しするようにと。お受け取りください」

掌サイズの革袋がテーブルの上に置かれる。チャリンと音がしたから中身はおそらくお金だ。

「フィリス様がこれを私に？　どういう意味ですか？」

「このお金と引き替えに、もう二度と殿下の前に姿を現さないとお約束ください。失礼ですが、あなたには十分すぎるほどの金額かと」

「フィリス様がそんなことを仰るはずがありません！　お願いします、フィリス様に会わせてください！」

懇願するモイラを、王宮の使者は疎ましげに見つめ、冷たく言い放つ。

「身の程をわきまえていただきたいものですね。殿下があなたのような女性と本気でお付き合いしているると、ましてや結婚を望まれると思っていたのですか？　殿下も一時は逆上せておられたようですが、今はすっかり目が覚めたようです」

「そんな……」

モイラが言葉を失ったのは、身分の違いを自覚していたからだろうか。

ただの記憶とわかっていても、私は見ていられなかった。モイラの悲しみと諦めの気持ちが自分のことのように感じられる。身分違いの恋なら、私にも身に覚えがあるから。

客人が出て行き、モイラが部屋でひとりになった。片隅に置いてある姿見の前に立つと、彼女は鏡面に手を置いた。草花の浮き彫り細工が施された、木製のフレームには見覚えがある。まだ新しくて綺麗だけれど、これはモイラの魂が宿っている例の鏡だ。

すべての感情を失ったような表情で、モイラは鏡に映る自分を見ている。やがて、細いナイフを手にすると、鏡を裏返した。そこに刻まれていた『愛するモイラへ』という文字を、彼女は脇目もふらずに削り取る。

この鏡はフィリス王子からモイラへの贈り物だったのだ。それが彼女の希望も絶望もすべて映してきたから。モイラが死後に鏡に取り憑いたのは、それだけ思い入れがあったからだとわかる。

「フィリス様……あなたを、誰にも渡さない………」

鏡に向かってモイラは囁く。聞く者の心をざわつかせる狂気をはらんだ声は、鏡の中から聞こえてきたあの声だった。モイラの中で、王子様への愛情が歪んだ形へ変化していくのがわかる。

「あなたに魔法をかけましょう。やさしいあなたの姿が、恐ろしい怪物になる魔法を。他の誰も、あなたに近づけないように。あなたは永遠に私だけのものです。……愛しています、フィリス様」

鏡を見つめ、モイラは美しく微笑んだ。

ああ……そうだったんだ。

モイラとフィリス王子のあいだになにがあったのか、これでわかった。そして、彼女は本当に王子を呪い、その報いを受けることになる。

その後、モイラがどんな人生を送ったのかは知るよしもない。けれど、死んでも浄化されなかった彼女の思いは、大切な人から贈られた鏡に宿り、その人の血を受け継ぐ人たちに復讐する機会をずっと待っていたのだ。

もしも私がモイラと同じ立場だったとしたら、すべてと引き替えにしてでも王子に呪いをかけたいと願うのだろうか。ダリウス殿下が他の女性と幸せそうに寄り添う姿を思うと、胸が張り裂けそうになる。悲しくて辛くて、それはいつしか恨みへと変わっていくだろう。

〈あなたを、誰にも渡さない……〉

モイラの声が、私の心の声に重なって聞こえてくる。

〈あなたは永遠に私だけのもの……愛しています……〉

〈愛しています……ダリウス様……〉

〈永遠に……私だけの……〉

私の声なのか、モイラの声なのか、だんだんわからなくなってきた。なぜなのか心地良くて、私は眠りにつきたくなる。

〈誰にも、渡さない……〉

〈私だけの……ダリウス様……〉

〈だからさあ、こちらにいらっしゃい……〉

私をいざなうその声に、身を任せようとしたときだった。

――……アリッサ……

どこからか、かすかに私を呼ぶ声が聞こえる。誰だろう……

――アリッサ、戻って来い！

さっきと同じ声が、力強く私の名前を呼ぶ。その声が、暗いモイラの囁きを掻き消してくれた。

ぼんやりしていた意識が鮮明になって、ここがどこだったのかを思い出す。私はモイラの魔法で操られるところだったのだ。

モイラの気持ちはよくわかる。だけど、私は彼女と同じにはならない。

だって、私はダリウス様を好きになったことを後悔したくない。失った恋を否定したら、幸せな思い出まで穢してしまうことになる。

元の場所に戻るのだ。絶対にダリウス様を助けるために。

――アリッサ！

さらにはっきりと聞こえた声に、私は答える。

ダリウス様！

大切な人の声が聞こえた方向に意識を集中させた直後――私は王妃様の衣装部屋にいた。

『アリッサ、無事か！』

ダリウス殿下の声が真っ先に聞こえた。モイラの魔法が解けて動けるようになったのか、すぐ目の前でこちらを覗き込んでいる。私も体が自由になっていて、嬉しさのあまり殿下の首に抱きついた。

「殿下、ありがとうございます！　おかげで元に戻れました」

『それは良かったが、感謝の抱擁は後にしろ』

「……そうですね」

状況を思い出して部屋の中を見回すと、王妃様が床に這いつくばって苦しげに呻（うめ）いていた。

「うぅ……どうして体を乗っ取ることができないの。やはりエリアスの血が私を拒絶するの？」

中にいるのはモイラのようだ。心が離れた私の体に入り込もうとしたのに、上手くいかなかったということなのか。

モイラがしばらく沈黙して、次に聞こえてきたのは思いがけない言葉だった。

「……助けて……っ、頭が痛い……あの女が……魔女が私の中に……っ」

「王妃様？　王妃様なんですね！」

呼びかけると戸惑（とまど）うように顔を上げ、私と殿下を見つけて硬直する。

「あなた、アリーナね？　それに……ダリウス！」

今度は王妃様の意識が表面に出てきたらしい。額（ひたい）の印が消えている。おそらく、モイラが私の体に入り込もうとしたせいで、王妃様の体を操る力が弱まったのだ。

「王妃様、お体は大丈夫ですか？　王妃様は今まで魔女に操られていたんです」

「ええ、その間のことも、所々だけれど覚えているわ。あの鏡の魔女がいきなり私の意識の中に入ってきて、体の自由を奪ったのよ。なんて厚かましい！」

王妃様が額に手を当てて静かに首を振る。それから、自分が口走った内容にぎくりとしたように表情を強ばらせた。モイラと通じていたことも、もちろん獣が殿下であると知っていることも暴露してしまったのだ。

「王妃様、やはり殿下の呪いについてご存じだったんですね」

「……そうよ。私が鏡に取り憑いていた魔女の力を借りて、ダリウスに呪いをかけたの」

もはや言い逃れできないと思ったのか、王妃様は素直に白状する。

「殿下に扇を拾わせたのもわざと……？」

「呪いがちゃんとかかっているのか確かめたかったからよ」

殿下の様子を物陰から見ている王妃様を想像すると、その執念は痛々しくも感じる。

「私の仕業だという証拠をつかんで、みんなの前で糾弾するつもりなのでしょう？」

『それはあなたの態度しだいです、義母上』

開き直った王妃様に殿下が尊大に答える。気に障るかと思ったら、王妃様はぽかんとしていた。

「あなた今、なんと言ったの？」

モイラの力がゆるんでいる状態なので、魔獣姿の殿下の言葉は通じていないようだ。

けれど、自分の立場が不利なことはわかっているのか、王妃様はわざと強気に言葉を続ける。

「ダリウス、あなたはいつも私を見下しているのでしょう？　息子のルイスはあなたには敵わないし、陛下の寵愛はあなたの母親に奪われた。この上、王位まであなたに奪われたら、私にはなにも残らない。ずっとあなたが邪魔で、憎らしくてたまらなかったのよ！　あなたなんて、一生結婚もできず、恋人にも触れられないままでいればいいのよ！」

『いっそ、そうやって本音をぶちまけていたら良かったんですよ。ですが、俺があなたを見下していたというのは心外です。まあ、尊敬してもいませんが』

「だから、なんと言っているのよ！　獣になっても私をイライラさせる男ね」

「ええと……」

『アリッサ、通訳はしなくていい。そんなことより、俺の剣を使って今のうちに鏡を割れ。魔女がまた王妃に取り憑くと面倒だからな』

「は、はい……」

私は殿下の命令に従って剣を拾った。簡単にあしらわれた王妃様のお顔を見るのが怖い。こんなときだから、もう少し配慮してあげてもいいのにと思う。

私にはとても重い剣を思いっきり鏡に叩きつけたけれど、驚いたことに鏡にはひびひとつ入らない。

やっぱり普通の方法では壊せないのだと悟ったとき、私の体は勢いよく突き飛ばされた。気づくと、王妃様が片手で私を壁際に押さえつけている。

「鏡を壊すことはできないと言ったはずです」

「お、王妃様……ではなくて、モイラ……なの？」

そう問いかけると、王妃様の額にはまた禍々しい黒星が現れた。

王妃様の手が私の首をぐっと絞めつけ、さらに壁に押しつける。呼吸も体勢も苦しくて、声が上手く出せない。つま先立ちになっているせいで、手足にも力が入らなかった。

『その手を離せ、魔女！』

「殿下、近づくとこの娘の首をへし折りますよ。王妃には無理でも、私は魔力を使えるんですからね」

威嚇しながら叫んだ殿下を、モイラが横目で見て笑う。

「王妃がどれほど愚かな女かわかったでしょう？　この鏡は人の心の中まで映し出します。最初に王妃を映したときに、その心の中は手に取るようにわかりました。殿下が憎いのは、自分の実の息子とくらべられてしまうことと、あなたが国王の寵愛を奪った側室の息子だからです。綺麗に着飾っている心の中は嫉妬で真っ黒でしたよ。だからこそ、王妃には私の声が聞こえたのでしょう。憎い王子に呪いをかければいいとそそのかしたら、すぐに食いつきました」

『俺も王妃のことは嫌いだ。だが、あの無駄な情熱には一目置いている。あの人はおそらく、思い込んだら周りが見えなくなるほど必死になるんだ。おまえのようにな、モイラ』

褒めているのか今ひとつ微妙だけれど、殿下の声は蔑んでいるようには聞こえない。いきなり名前を呼ばれたモイラは、殿下の真意を計りかねているようだ。

「一体なんの話です？」

「モイラ……あなたに、伝えたいことがあるの」

どうにか声を振り絞ると、モイラの瞳が私に向けられる。首を絞める手からわずかに力が抜けた。

「フィリス王子のことよ。……本当は、王子の心変わりなんかじゃなかったの。王子はあなたを愛していたけれど、王家存続のために、仕方なくあなたと別れた」

「嘘よ……っ、そんな話、信じないわ！」

「うっ……」

私を押さえつける力がさっきよりも強くなる。モイラは目を剥いて私を睨みつけた。

「私を油断させるための作り話なんでしょう？　どうしてあなたがそんなことを知っているのよ」

「……これは、エリアスが王子から聞いた話よ。王子は……呪いにかけられた後もあなたを恨まなかった……ずっと、想っていたと……」

「なにを言っているの？　だって、あのとき王宮からの使者が……」

「使者は、そう伝えれば……きっとあなたが諦めると思ったのよ……」

モイラの手からふたたび力が抜けたけれど、それは一瞬だった。彼女は私の言葉を否定するように首を振り、大声で叫ぶ。

「もう黙って！　聞きたくないわ！　あなたが話せなくなるよう、いっそなにかに変身させましょうか。蛙と蛇、どちらがいいかしら？」

「どっちも……いやっ」

苦しい息を吐き出しながら答えた。早く、この状況をなんとかしなきゃ——そう思うのに、なにもできない自分が歯がゆい。

『魔女、俺と取り引きしろ』

私の首をつかむ魔女の指にさらに力が加わったとき、殿下の鋭い声が響いた。

『アリッサを解放するのなら、俺が復讐を手伝ってやる。父も兄も義母も、煮るなり焼くなり、おまえの好きにするがいい』

「ダ……リウス……様……」

私の身と引き替えに復讐を手伝うだなんて、絶対にダメです——そう叫びたいのに声が出ない。

「この娘にそれだけの価値があると？　面白い提案ですが、あなたは信用できません」

『王家の事情に他の者を巻き込みたくないだけだ。国を導く立場の者としては当然だろう。クラウスベルヌの血を引く者として、俺はこの呪いを甘んじて受けよう。王家を滅ぼすために、おまえは長いあいだ鏡の中で待っていたんだろう？』

「その通りです。では、あなたの覚悟に免じてこの娘は許しましょう。どうせ、変身を繰り返しているあなたは、もうそろそろ人には戻れなくなります。その姿では、どこに隠れることもままならない。私が使ってさしあげますよ、殿下」

絶対にそんなことにはさせない。朦朧（もうろう）とする頭で私は必死に考えを巡らせた。

さっきみたいに王妃様の意識が戻れば、モイラは王妃様を操れなくなるし魔法も使えない。なにか、王妃様を強く揺さぶるようなきっかけがあれば可能かもしれないけれど……

不安定な体勢を強いられて、なにかつかまるものはないかと壁を探っていると、扉の取っ手にぶつかってそれが開いた。ドレスの横にあった、たぶん宝石などを収納してある棚だろう。中からなにかが落ちて床の上でカシャンと割れる音が響く。

ふと、甘い香りが鼻先を掠めた。この香りは……

「ルミナス……」

王妃様の大好きなあの花の香りが漂ってくる。落としたのは小さな香水瓶だったらしい。

モイラの瞼がぴくりと震えたのを見て、これがきっかけになるかもしれないと思った。香りは記憶と強く結びつく感覚なのだ。

「王妃様、ルミナスの香りを……思い出してください……陛下と初めて……会ったときに……この香水を………そのとき、陛下が喜ばれた、から……」

モイラの表情が、次第に変化していく。

「……な……それは……待って………」

「温室で、わざわざ……栽培、させるほど……ルミナスが……」

「……それ以上言わないでぇっ！」

突然、私の言葉は金切り声に掻き消され、首をつかむ手が離れた。

壁に寄りかかりながら床に頽れた私は、咳き込んだり深呼吸したりして王妃様の様子を窺う。今はモイラではなく、完全に王妃様に戻っていた。

王妃様は赤面し、怒り泣きしているような表情で私を睨みつけている。甘酸っぱい思い出を他人から暴露されたことが恥ずかしいのだろう。こう言っては失礼だけど可愛らしい。

「アリーナ、あなた一体どこでその話を……」

『アリッサ……大丈夫か！』

「王妃様、お目覚めになられて良かったです。その話はまた後で」

心配して私に鼻をすりつけてくる殿下の頭を撫でた。その感触で元気が湧いてくる。

「大丈夫です。今はとにかく鏡を割りましょう」

『だが、どうやって……』

「最終手段が残っています」

私はマントの内ポケットに手を入れて、こんなときのために作っておいたそれを取り出した。

掌にすっぽりと収まるくらいのその黒く丸い塊は、私の力の結晶でもある。

『それは……？』

「う……っ、壊させるものですか……私の鏡……」

王妃様の様子がまた変化して、乱れた髪の下から覗く額に黒い星が浮かび上がった。体の支配権を取り戻したモイラが、その手を振りかざそうとする。

魔法を使われると身構えた瞬間、殿下が彼女に体当たりして叫んだ。

『アリッサ、鏡を破壊しろ！』

その声に背中を押されるように、私は魔女の鏡に向かって黒い塊を投げつける。

塊は鏡に当たると、火花を散らして弾けた。眩しい光の中で、鏡の全面に無数のひびが走り、粉々に砕け散る。

「やめて……っ、あっ……あぁぁ――……っ」

闇を切り裂くような魔女の悲鳴が響き渡った。

銀の砂と化して空中を漂っていた鏡はやがてすっかり消え去って、後にはなにも残っていない。

モイラが文字を削り取った木のフレームさえも、欠片も残すことなく消滅した。あたりはしんと静まり返り、激しい発光のせいでさっきよりも一段と暗く見える。

終わった……？　モイラは消えたの？

ゆっくりと周りを見回すと、床に王妃様が倒れていた。駆け寄って呼吸や脈を調べると、気を失っているだけのようだ。

「アリッサ……」

殿下の声に振り返ると、そこには人の姿に戻った殿下が座っている。

「よくやった」

「殿下、またそんな格好で！」

例によって、変身が解けたばかりの殿下は全裸だ。鏡を破壊した喜びも感動も、一瞬でどこかに吹き飛んでしまう。私はそっぽを向くと、急いでマントを脱いで殿下に放り投げた。

いろいろな苦労が報われて、ダリウス殿下の呪いが解けたことは本当に嬉しい。けれど、こんなやり取りもこれが最後だ。もう私の役目は終わったのだから。

「モイラは鏡と一緒に消えたんでしょうか？」

「おそらくそうだろうな。俺が元の姿に戻ったところを見ると、魔法の効力も消えたということだろう」

「そうですね。殿下が元に戻って本当に良かったです！」

寂しさを打ち消すように、私はあえて明るく言った。

モイラの恨みは行きすぎていたところもあるし、殿下が被（こうむ）った迷惑は大きい。それでも、彼女の過去を知ってしまった今となっては、やるせない気持ちがつきまとう。

あの鏡には、モイラの愛情と憎しみが込められていたのだ。それを壊すことで、彼女はあらゆる束縛から解放されたはず……。これで良かったのだと、そう思うことにした。

「最後におまえが投げたのはなんの薬なんだ？」

私のマントに身を包み、ダリウス殿下が尋ねた。

「炭と硫黄（いおう）と硝石（しょうせき）を混ぜたものに、ヴァルアラの葉を入れてあります」

私ならこの葉を使えるかもしれないというお母さんの言葉を信じて、必要だと思うものに使わせてもらったのだ。

「薬というか、それはもしかして火薬か？」

「そうとも言いますね。薬品の一種なんですから、そんなに驚かなくても」

「おまえは火薬まで作るのか……」

殿下は感心しているというよりは、若干引いているようだけど気にしない。

なんといっても私は魔女の末裔（まつえい）ですから。本気で怒らせると怖いですよ。

「ああ、気が付いたようだぞ」

殿下が視線で示した先で、王妃様が起き上がるところだった。

まだ意識がはっきりしないのか、髪を振り乱したままぼんやりと一点を見つめている。魔女に何度も意識を乗っ取られていたのだから、清々しい気分のはずがないだろう。

「王妃様、お加減はいかがですか？　具合の悪いところはありませんか？」

「アリーナ……いいえ、あなた本当はアリッサというのね」

「殿下の呪いを解くためとはいえ、騙していて申し訳ありませんでした」

「本当ね。まんまと騙されたけど、もういいわ」

私を見つめていた王妃様の瞳が、殿下に向けられる。

「ダリウス……」

「お目覚めですか、義母上」

マント一枚という格好で、尊大に王妃様を見下ろす姿はやはり殿下らしい。

王妃様は鏡があった場所を振り返り、すべてを悟ったように項垂れた。

「これで、魔女も私も終わりね。陛下にでも警備隊にでも突き出せばいいわ」

「そうしたくとも、魔女の鏡は消えてなくなりました。あれは、あなたが俺に呪いをかけたという唯一の証拠でしたからね」

命拾いしたと思ったのか王妃様が顔を上げた。そこへ、殿下はすかさず言い放つ。

「ですが、あなたが占い師に依存して、怪しげな鏡や薬草に大金を使っていたという証拠は取ってあります。王妃として、こんな噂は広めたくないでしょう」

決して感情的ではないのに、静かな怒りを秘めたその口調が恐ろしい。獣に変身するなんていうわけのわからない症状に悩まされたのだから、怒っていて当然だ。

ふたたび追い詰められた王妃様は、悔しそうに唇を噛む。

「私の弱みを握ったと思って、いい気にならないでちょうだい」

「少しくらいはいい気にならせてもらいますよ。俺は危うく、一生獣の姿で生きるところでしたから」

「それは……悪いと思っているわよ」

魔女が消えて気持ちが冷静になったのか、王妃様もさすがに自分のしでかした事の重大さを感じたようだ。

「でも、あれは魔女にそそのかされたのよ。私は、美しくなる鏡と聞いて占い師から買っただけなのに、魔女が取り憑いていたなんて不良品もいいところだわ。おまけに、魔女は私の心を読み取って語りかけてきたの。あなたさえいなければ、すべてが上手くいくと」

「魔女のせいにすれば、自分は許されるとお思いですか？」

「う……」

殿下からねちねちといじめられている王妃様が、なんだかかわいそうになってきた。もとはといえば、王妃様だって陛下への愛情をこじらせてしまっただけなのだから。

「殿下、呪いは解けたのですから、そのくらいにしてさしあげても……」

「おまえは甘いな。そうやって魔女にも同情していただろう」

「それは、まあ……少しは」

一途に恋する女性のことは同志として応援したくなる。だけど、殿下も女心がわからなさすぎると思う。そんな殿方を好きになってしまった私って不憫だ。

「魔女も王妃様も間違いを犯しましたけど、そこに至るまでの心の葛藤があったんです。みんなが殿下のように強く賢くはないんですよ。一国の王子として、人の心の機微というものにも目を向けてください」

「どうして俺が責められるんだ」

「責めてはいません。お願いしているだけです」

「お願い、ね……」

呆れた表情をした後、息を吐いて、殿下はしばらく考え込むように目を閉じる。ややあって、ふたたび目を開けたときには苦笑していた。

「義母上、俺が王位を狙っているとお思いですか？」

唐突な質問に、王妃様は柄にもなくまごついている。

「それは……あなたがどう思っているかではないでしょう。もしあなたにその気がなくとも、担ぎ上げようとする者がいるかもしれない。悔しいけれど、あなたがルイスよりも王にふさわしいことは、私もわかっているわよ」

「俺は、兄上が王にふさわしくないとは思いませんけどね」

殿下の言葉をどう受け取っていいのか、王妃様は戸惑っているようだ。なにも答えない王妃様に、殿下が話を続ける。

「まあ、いいでしょう。義母上、今回はアリッサに免じて許してさしあげますよ」

「……お礼なんて言わないわよ」

気位の高い王妃様に釘を刺すことも、殿下は忘れていなかった。

「ただし、二度目はありません。今後またこんなふざけた悪戯をしでかしたときには、容赦しませんので。肝に銘じておいてください」

「まあ、覚えておくわ」

負け惜しみを口にしつつ、内心ではホッとしているのがよくわかる。ダリウス殿下との関係が良好になったとは言い難いけれど、王妃様がこんな事件を起こすことはもうないだろう。

おふたりとも強引で、プライドが高くて……やっぱり殿下と王妃様って性格が似ている気がする。

「ところで、ルミナスというのはなんなんだ？」

「それは……」

「な、なんでもないわよ！　……アリッサ、もしもダリウスに話したらどうなるかわかっているでしょうね？」

王妃様が私の耳元で声を潜めた。その凄みに背筋が寒くなる。さっき一瞬でも可愛いと思ってしまったことを撤回しよう。

こんなふうに、ダリウス王子殿下の呪い騒動は幕を下ろしたのだった。

八　誕生日の夜会にて

ダリウス殿下の呪いが解けた翌日に、私は王都にある自分の家へ戻った。

埃だらけの家や店を大掃除したり、古くなってしまった薬草を処分したりと、やるべきことはたくさんある。

一月弱も店を閉めていたせいで、お客さんたちに愛想を尽かされているんじゃないかと心配したけれど、常連さんたちはすぐに店に顔を出してくれた。以前と同じ慌ただしくも穏やかな生活は、私に安心感をもたらしてくれる。

仕事や家事に追われて数日が過ぎたある日、開店時間ちょうどに開けた扉から入って来たのは、兄さんだった。

「アリッサ、出かけるからすぐに支度をしなさい。……いや、そのままでいいか」

私の都合を無視していきなりそんなことを言う。理由も聞かずにわかりましたと従うわけにはいかない。

「兄さん、私にはお店があるの。一月近くも閉めていたんだから、これからその分も働かなくちゃいけないいんだけど……出かけるって、どこへ？」

「王宮に決まっているだろう。今日がなんの日かわかるか？」

「今日は……」

忘れたふりをして答えなかったけれど、本当は覚えている。私が呪いを解くように依頼されてから一月――今日はダリウス殿下の二十六回目の誕生日だ。王宮では、殿下のために夜会が開かれると聞いている。

「本当はわかっているんだろう。夜会におまえも出席しろと殿下が仰せだぞ」

「ちょっと待って！　どうして私が出席するのよ？　もう役目は果たしたし、そもそもメイドは夜会には出席しないでしょう？　それとも、手が足りないから裏方として働けとか？　私はメイドを辞めたんだし、今はそんな暇はないわよ」

「そうじゃない。……後で説明するから、とにかく一緒に来てくれ。でないと、殿下がやけになってなにをされるか……兄をクビにしたくなければ、どうか頼みを聞いてくれ」

兄さんにそんなふうに懇願されたら断ることなんかできない。殿下はまたなにを言い出したのか。部下に対して理不尽に威張り散らす人ではないけれど、ときどき強引すぎるところは問題だ。

真剣な兄さんに押し切られる形で、私はふたたび王宮へと向かうことになったのだった。

兄さんが乗ってきた馬車ですぐに王宮へ運ばれて、そこからは思ってもみなかった展開が待っていた。私は殿下の執務室でも、私が個人的に使っていた部屋でもなく、王宮内の別室に通される。

そこはどういった部屋なのか、大きな姿見やドレッサー、衝立などが並んでいた。

「ああ、やっと来ましたね」

まごつく私を出迎えてくれたのはジーノさんで、兄さんは私を彼に託すとどこかへ消えた。

「お久しぶりです、ジーノさん」

「あなたが殿下に内緒で、王宮を去って以来ですね」

顔を合わせるなり皮肉を言われてしまう。それはそうなんだけれど、私にだって言い分はある。

「ジーノさんにはちゃんと、店が心配だから急いで帰りたいとご説明して、殿下によろしくお伝えくださいとお願いしたはずですが。……もしかして、それで殿下が怒っていらっしゃるとか？」

「それはご自分でお確かめください」

「そんな……」

あのときはとにかく早く王宮を出たくて、逃げるように帰ってしまった。呪いが解けて普通の王子様に戻った殿下が、急に手の届かない人に思えて切なくなったからだけど――。お別れの言葉さえ伝えなかったのは、冷静に考えれば怒られても仕方のない非礼だ。

どうしよう、このまま帰りたい……

怖じ気づいているところへ扉が開き、箱を抱えたメイドたちが入って来る。全部で十人以上はいるだろうか。どこかで見た顔が何人かいると思ったら、全員、王妃様の侍女だ。

彼女たちが手にしているのは様々な大きさの箱で、中には白い化粧箱にリボンがかかった高級そうなものもある。ここでなにが始まるのかと見物していると、ジーノさんが一番大きな箱を受け取って開いた。

「アリッサ、これに着替えてください」

そこには淡い青色のドレスが入っていた。裾に何段ものフリルが付いていて、胸元が大きく開いた夜会用のデザイン――こんなドレス、私は生まれてからこれまで一度も着たことがない。

「どういうことです？　私はメイドとして、夜会のお手伝いをするために呼ばれたんじゃないんですか？」

「なにを言っているんですか。これは殿下からの贈り物です。あなたにはメイドではなく、殿下のご友人として出席していただきますので」

「無理です」

すかさずきっぱりとお断りする。ジーノさんが苛立たしげに目を眇めた。

「私を困らせないでください。あなたがいないと殿下の機嫌がどうなるかわからないんですよ。今夜の主役がへそを曲げて王宮を抜け出したりしたら、補佐役の私はクビになりますが、それでも構わないと？」

店に押しかけてきたときの兄さんみたいなことを言う。

なんなのよ、これは！　ふたりそろって私を脅しているとしか思えないんだけど。

「殿下が抜け出したら私のせいなんですか？」

「そうですよ」

「真顔で断言しないでください！　むちゃくちゃですよ。第一、私はこんなドレスを着たことがないですし、作法だってわかりません。友人として出席したら、殿下が恥をかきます」

「そんな心配は無用です。着付けも化粧も彼女たちがします。パメーラ王妃からお借りした侍女たちなので腕は確かです。あなたはなにもする必要はありません。作法については……まあ笑顔で適当につっ立っていればいいでしょう」

「そんないいかげんな……絶対に嫌です、無理です！」

「往生際が悪いですよ。さあ、やってください」

「ちょっ……やめてぇぇぇっ！」

ジーノさんのかけ声で、異様な気迫をみなぎらせた侍女たちが一斉に私を取り囲む。私が殿下の友人として夜会に出ることに嫉妬しているのか、地味な女を着飾らせることにプロ意識を燃やしているのかはわからない。非情なジーノさんは私の叫びを無視して、部屋を出て行ってしまった。

それからのことは、なにがなんだか覚えていない。

瞬く間に下着姿に剥かれて、ドレス専用下着のためにウエストを思い切り絞られる。着付け、化粧に髪結い、仕上げには胸元や耳を、ドレスの色に合う宝石で飾られた。気が付けば、姿見の中には見たことのない淑女がひとり——

これ、誰？　私？　化けすぎじゃないの？

夜会用のドレス効果なのか、王妃様のもとに薬師として潜入したときよりも出来がいい。こうなると、私が王妃様に近づいた怪しい薬師アリーナ・シーズであることもバレそうだけど、躾の行き届いた侍女たちは余計なことには触れなかった。

「お肌が綺麗なのでお化粧も映えますわ」

「ええ、本当に。青いドレスが瞳の色によくお似合い」

お世辞とわかっていても、まんざらではない気分になる。それからしばらくして、私を迎えに来たのは兄さんとジーノさんだった。兄さんはいつもの医師の制服ではなく礼服姿で、ジーノさんは騎士団の正装をしている。

「アリッサ、とても綺麗(きれい)だよ」

「悪くないですね」

温度差の違う感想をくれてから、なぜかふたりが私の両側に立った。

「あなたに逃げられるといけませんから、殿下のもとまでお連れします」

そう言ったジーノさんが私の右腕を、兄さんが左腕をしっかりと肘(ひじ)に挟み、同時に微笑(ほほえ)む。

こ、これは……エスコートというより、連行？　私、これからどうなるの？　やっぱり家に帰りたい！

刑場に向かう罪人みたいな気分で、私は大広間へと連れて行かれた。

王宮の大広間は吹き抜けで、二階部分は部屋を取り囲む回廊になっていた。回廊を支える円柱が等間隔に並び、白く磨かれた石の床に煌々(こうこう)としたシャンデリアの光が反射している。一階と二階を繋ぐ大階段には赤い絨毯(じゅうたん)が敷かれてあった。

美しく装(よそお)った貴族や他国からの高官らしき人々が笑いさざめき、後ろのほうに座した小編成の楽団が、邪魔にならない大きさで小夜曲(セレナーデ)を奏でている。

立食形式なので壁際のテーブルには豪華な料理が載った大皿がずらりと並んでいた。料理人が何人も給仕に立ち、メイドや侍従の制服を着た人たちは、飲み物を載せたトレイを持って人々のあいだを歩いていく。

「私、こんな豪華な夜会は初めてよ」

気後れしてしまい、兄さんとジーノさんの腕を無意識に強くつかんでいた。ふたりがいることだけは心強い。

会場をざっと見回すと、三百人くらい、もしくはもっと大勢の招待客がいる。知らない顔ばかりだけれど、おそらく身分や階級が高い方だろう。

「そう緊張しなくていいよ。殿下の夜会はそれほど堅苦しくないから」

兄さんはそう言うけど、これのどこが堅苦しくないのか私にはわからない。我が兄とは思えないくらい馴染んでいる兄さんを、それだけでも尊敬する。そういえば、この人も一応宮廷医師なのでクラウス王国における社会階級は高いのだ。

「今夜は私、壁の花に徹するつもりだから。隅のほうでひっそりとしています」

「そんなわけにはいきません。なんのためにここへお連れしたと思っているんですか？　私は殿下を探してきますので、コーネル殿、アリッサをつかまえておいてください」

「了解しました」

「え、ちょっと……」

私、やっぱり殿下にお叱りを受けるために、ここに連れて来られたのかもしれない。兄さんまでジーノさんとグルになっているなんて酷いと思う。

「せっかくの殿下の誕生日なんだ。お祝いしてさしあげなさい」

「ええ、それはそう思うわ」

兄さんに言われなくても、殿下を祝福している。あんなに大変な思いをして迎えた日なのだ。殿下にとっても、これまでの誕生日より何倍も感慨深いに違いない。

私だってせめて一言だけでも、お祝いを伝えたい気持ちはあるけれど……

「アリッサ、久しぶりだね」

ぼんやりと殿下のことを考えていたら、名前を呼ばれた。そちらに目を向けると、私とそれほど変わらない背丈のずんぐりとした殿方が、ひときわ綺麗な緑色の礼服を着て立っている。王妃様と同じ栗色の髪をした丸顔のこの方は、王太子のルイス様だ。

兄さんが頭を垂れたので、私もドレスの裾を持ち上げて挨拶する。

「ルイス殿下、またお目にかかれて光栄です」

「隣にいるのはコーネル医師だね。……そういえば、君たち少し似ているけど」

「アリッサは私の妹でして」

「ああ、なるほど。それでアリッサもダリウスのところで働いていたのか」

ルイス様は、兄さんが殿下の担当医師であることもご存じらしい。まさか、たった一度会ったきりの私のことを覚えていらっしゃって、なおかつこんなにめかしこんでいるときに気づかれるとは思わなかった。

「あの、私は王宮の勤めを退職したのですが、本日はダリウス殿下がご招待してくださいまして、厚かましく出席させていただきました」

そう話すと、ルイス様の人の好さそうな顔がいくらか曇る。

「辞めてしまったのか……それは残念だね。君とはまた薬草園で会えたらいいなと思っていたから」

「ありがとうございます、ルイス殿下」

「でも、ダリウスは君のことをとても気に入っているようだね。こうして自分の夜会に招待したということは、君はダリウスにとってメイド以上の人なんだろう。またいつでも王宮に遊びに来るといいよ」

「そんなもったいない。……ですが、ありがとうございます、殿下」

「楽しんでいってね」

明るくそう言ってくださったルイス様の後ろ姿に、深く礼をした。

やはりいい方だ。ダリウス殿下とはまるで正反対のタイプで、ぼんやりしているとも言えるけど、あのおおらかさには度量の広さのようなものさえ感じる。

「ルイス様は人の顔と名前を覚えるのがお得意なんだ。王宮に勤めている者なら、ほとんど覚えていらっしゃるんじゃないかな」

「それは凄いわ……」

王宮の使用人といったら、全部で数百人から千人くらいか。私には正確な人数すらわからない。

ダリウス殿下は、そんなお兄様の人柄を認めておいでなのだろう。

それからまた、見覚えのある姿を見かける。白髪交じりの髪を後ろで束ね、丸眼鏡をかけた初老の男性……私がずっと会いたいと願っていた、王宮の司書の方だった。

おじ様は私に気づいて、人を避けてこちらにやって来てくれる。すれ違う貴族の方々がみんな会釈（えしゃく）しているところを見ると、結構身分が高い方なのかもしれない。兄さんまで、ルイス様のとき以上に深く頭を下げていた。

「これは美しいお嬢さん。どこのご令嬢かと思えば君か」

「こんばんは。ぜひもう一度お会いしたいと思っていたので、ここでお会いできて嬉しいです。本を返しに行ったときにはいらっしゃらなかったので。私、お名前も聞きそびれてしまっていました。もしよろしければ、教えていただけないでしょうか？」

「私の名か？　私は……」

「アリッサ、このお方は……っ」

めずらしく動揺しまくった兄さんの声と、司書の自己紹介が重なる。

「カルロス・フィン・クラウスベルヌだ」

「カルロス様……？」

どこかで聞いたような……クラウスベルヌって、王族の名前よね。ダリウス殿下もパメーラ王妃様もルイス様もそう……となると、残るは…………

「もっ、申し訳ございません、国王陛下っ！」

国王陛下を図書室の司書と間違えていたことがわかって、私は床にひれ伏す勢いで頭を下げた。

まさか、自分の国の王様に気づかなかったなんて、なんという無礼を働いてしまったのか。とはいえ、今まで拝見した陛下の肖像画はお若い頃のものばかりだったし、実際にお顔を拝見する機会だってそうそうない。それに、昔は近隣諸国にまで武勇を轟かせたという猛々しいお方が、こんなにも知的で穏やかなおじ様になられていたなんて……気づけというほうが無理だ。

そういえば、男性の司書について殿下に話したとき、その正体を知っていたようだった。わかっていたなら教えてくれればいいのに、なんて意地悪なんだろう。女性司書も口止めされていたようだから、陛下ご自身がわざと正体を隠していたということか。

「アリッサ、おまえなんということを……」

兄さんの声も震えている。顔を上げられないからどんな表情かはわからないけど、きっと血の気が引いているに違いない。

私のせいで兄さんが王宮を追われることになったらどうしよう。その前に、今度こそ私が不敬罪で捕まると思うけど……

「レスター、妹を叱ってはいけないよ。アリッサも顔を上げなさい。君はなにも悪いことなどしていないだろう」

「いいえ、陛下に気づかなかったなど、お詫びの言葉もございません！　無知な田舎者で申し訳ございませんでした！」

「君は私にとっても、感謝してもしきれないほどの恩人だ。それ以上、詫びの言葉など言わないでくれ」

「え……？」

不可解な陛下の言葉に顔を上げると、慈しむような陛下の視線とぶつかった。陛下は私の肩に手を置いて立たせると、そっと私の右手を取る。

「ここで詳しく話すわけにもいかないが、ダリウスを、それに王妃も救ってくれたことに、心から感謝している。アリッサ・コーネル……君はエリアス・コーネルの子孫だね」

「ご存じだったのですか……？」

「王家の歴史について一番よく知っているのは私だからね。それに、今度の件はダリウスが話してくれた。またひとつ王家の伝説が増えたというわけだ。未来のクラウスベルヌのために、これを書き記すのは私の仕事だよ」

「陛下……」

「また図書室に来なさい。次はお茶でも入れよう」

陛下は私の右手に軽く口づけをして、他の招待客のもとへと歩いていく。その先には王妃様もいらっしゃる。王妃様は私に気づいて、少し決まり悪そうに扇で顔を覆った。

「陛下とまでお会いしていたなんて、おまえの行動力は私にはとても計り知れないな」

「今回は私もそう思うわ。驚かせてごめんなさい、兄さん」

「まあいいさ。……飲み物を取って来るから、ここにいなさい」

一気に疲れさせてしまったらしく、兄さんはよろよろと大広間を歩いていく。

心臓が飛び出そうな衝撃だったけれど、それでも、もう一度陛下にお会いできて良かった。図書室に誘われたのは社交辞令とは知りつつも、またいつかお話ししたいとも思う。でも、次は緊張してしまって、まともに話せないかもしれない。

突如、周囲のざわめきが大きくなった。何気なく声のするほうを見ると、花束みたいに鮮やかなドレスの集団が近づいてくる。そのドレスに埋もれるようにして中心にいるのは、ダリウス殿下だった。

身につけているのは騎士の正装で、腰ベルト付きの丈の長い白いコート。いつもの制服は黒だけど、今日の格好もとてもよくお似合いだ。

そう思うのは私だけではないようで、貴族のご令嬢方は殿下を逃がすまいと包囲している。

女性に触れても変身しない体に戻ったとたんに、これだ。たぶん、殿下はこの先一生こんな悩みと付き合っていかなければならないだろう。殿方にとっては嬉しい悩みかもしれないけれど。

「ダリウス様、ここしばらくはお体の具合がお悪いとかで、どの舞踏会もお断りなさっていたのでしょう。もう体調はよろしいのですか？」

「ああ、心配いただいて申し訳ない」

「では、来週行われる当家の舞踏会にぜひいらしてくださいな」

「私の家ではお茶会を開く予定ですの」

「いいえ、私の家が先ですわ」

「当家ですわ」

「……お気遣いに感謝する」

我も我もとダリウス殿下に迫る、ご令嬢たちの甘ったるい声がかしましい。殿下はそつなくあしらっているようだけど、ご令嬢たちはますます加熱気味だ。

殿下に群がっているのは、やんごとなき家柄のお嬢様ばかりなのだろうし、気に入ってもらえれば、いずれは第二王子の妃として王族の一員となる可能性だってあるわけだから、それは気合いも入るというものだろう。

あの苛烈なお妃競争に加わりたいとは思わないけれど、こちらとは違う世界なのだと改めて思い知らされて気落ちする。殿下への好意を自覚してからというもの、気持ちの浮き沈みが激しくて辛い。恋というのは本当に面倒だ。本来、私は恋愛感情に振り回されるような性格ではないのに……人生ってわからない。

それでも、王宮へ来なければ良かったとは思っていない。

殿下と出会ってからのこの一月は、毎日が本当に大変で、時には命の危険まで感じたけれど、とても刺激的で充実していた。殿下にとってもそんな忘れがたい思い出になればいいと願う。

殿下が大階段を数段上がって、広間に集う人々を見渡した。静かに流れていた音楽が止まり、さざめきが消える。

「今宵は私のためにお集まりいただき、ありがとうございます」

招待客に向けて挨拶をするらしい。張りのある声が部屋の隅々まで響き渡った。

「おかげさまで、こうしてまた誕生日を迎えることができました。自分の生まれた日を祝福していただけることは、この上ない幸福です。今回は特にそう強く思い、感謝します。尊敬し、愛する家族である国王陛下と王妃殿下、王太子殿下に。それから、ここに集ってくださった大勢の方々、大切な友人や私を支えてくれる部下たちに。そして、私の救いの女神に――」

ダリウス殿下の視線がまっすぐに私をとらえた。できるだけ人混みに紛れていたつもりだったのに、見つかっていたらしい。

救いの女神という意味深な呼びかけに、会場が少しざわついたけれど、殿下の飾らない言葉に拍手が送られる。私も心を込めて拍手をした。

そんなふうに言っていただけて、私のほうこそ幸せです。

「それでは、ごゆっくりお楽しみください」

殿下が楽団に合図を送ると、舞踏用の曲が流れ出し、客たちは男女一組になって踊り始める。

殿下を取り巻いていた花束のような令嬢たちは、全員が熱い視線を送っていた。一番にダンスに誘われたくてうずうずしているのが一目でわかる。

殿下はどなたを選ぶのだろうと、私は離れた場所からぼんやり眺めていた。

「一曲踊っていただけますか？」

そんな声が聞こえて振り返ると、見知らぬ若い男性が私に向かって手を差し出している。

まさか誘われるとは思っていなかったから、返答に困ってしまう。ダンスなんて村のお祭りで踊るくらいで、こんな格式張った踊り方なんて知らない。

せめて兄さんがいれば断ることも簡単なのに、どこまで飲み物を探しに行っているのだろう。

「ごめんなさい。私、ダンスは苦手で」

「僕がリードするから、君は合わせて動くだけでいいよ」

「でも……」

失礼にならないように断りたいけれど、なんだかしつこく食い下がってくる。いっそヘタさを見せつければ早々に諦めてくれるだろうと腹をくくったとき、反対方向からも手が差し出された。

「申し訳ないが、彼女は俺と先約がある」

聞き覚えのある声に顔を上げると、まさかのダリウス殿下が目の前にいる。

「これは殿下、失礼いたしました」

先に私に声をかけてくれた男性はそそくさと離れていった。賢明な判断だ。まともな殿方なら、殿下と張り合うなんてただの自殺行為だと心得ている。

「ダリウス殿下、私をお叱りに来たんですか？」

「どういう意味だ？」

「叱られないならいいんです。本日はおめでとうございます。では、私はこれで……」

「踊るぞ、アリッサ」

「え……あの、殿下！」

逃げようとする私の手を強引に取って広間の中央に引っ張り出す。慣れないドレスと靴で転びそうになりながら、私はむりやり殿下に連れて行かれた。

「ダンスなんてできません！」

「俺の動きに適当に合わせればいい」

「それに、先にお相手すべき方々がいらっしゃるでしょう」

「知らんな」

大勢の招待客の前で、殿下の手を振り払うわけにもいかない。

向かい合って両手をつなぎ、三拍子の音楽に合わせてゆっくりと足を動かす。ちゃんとしたステップはあるようだけど、テンポがゆっくりなため、なんとかなった。殿下のリードが上手いせいもあるのだろう。

本日の主役である殿下が踊っているのだから、注目を集めないわけがない。とりわけ先ほどのご令嬢の集団からは、刺すような視線が注がれていることが、そちらを見なくてもよくわかる。魔女でなくとも、女性の嫉妬（しっと）の威力は凄（すさ）まじいものだ。

「そのドレス、思った通り似合っているな。俺の見立てに間違いはない」

耳元で、自信に満ちた殿下の声がした。

「殿下がこのドレスをお選びになったんですか？」

「いい趣味だろう」

「そうですね。ありがとうございます」

レースの手袋ごしに殿下の手の温もりが伝わってきた。こうしていても変身しないことに、本当に呪いが解けたのだと改めて安心する。でも、あの素敵な黒い獣にもう会えないことは少し残念だ。

「報酬の話をしようか」

「こんなときにですか？」

無粋な提案をする殿下を軽く睨んだ。

せめて今くらいは、この甘い空間に浸っていたかったのに……この方に乙女心を理解しろというほうが無理か。

「望むだけの褒美を与えると言ったのに、おまえがなにも要求しないからだ。おまけに、メイドとしての給料も受け取らずに出て行っただろう」

「私は褒美のために協力したわけではありませんし、メイドとしての仕事などほとんどしませんでしたから。いただくわけにはいきません」

もともとあんな依頼を解決できるという自信などなかったので、報酬については特に考えずに引き受けた。それに、呪いを解いたのは私ひとりの力ではない。ジーノさんと兄さんの手助けや、お祖母ちゃんの助言、お母さんからもらったヴァルアラの葉、陛下からお借りした本のおかげでもある。もちろん殿下本人の努力も。

だから、私がその報酬をいただくことはできない。

「そう言うだろうと思ってな、俺がおまえに与えたいものを与えることにした」

「なんですか？　……聞くのが怖いんですけど」

「かつてエリアス・コーネルが与えられるはずだった子爵の称号だ。改めてコーネル家を子爵に叙することを、父上にも正式に認めてもらった」

「えっ？」

思わず足を止めてしまい、後ろの人にぶつかりそうになったところを殿下に庇われた。

「ダンス中に突然止まるな。危ないだろう」

「すみません。でもそれは殿下がいきなり驚かせるからです。今の話は冗談、ですよね？」

「こんな冗談を言ってなにが面白い。おまえの先祖も王子を救って爵位と領地を得たのに、勝手に辞退してどこかへ消えたというではないか。先祖に代わっておまえが受け取れ。ラジェンナたちにも話は通してあるが、おまえに任せるとのことだ」

「いただけません！　爵位だなんて、報酬としてはあまりに重すぎます」

褒美が爵位とは、殿下はどこまでも私の予想の上を行く。先に実家に話してあるなんて本当に手回しがいいけれど、ダンスの途中で受け取れと言われても、簡単に承諾できるわけがない。

「殿下の呪いが解けたのは、私だけの力ではありません。たくさんの協力があって、それに殿下ご自身も努力されました」

殿下が厚意で言ってくださっていることはわかる。どうお断りすれば傷つけないだろうと考えても、いい言い訳が浮かばない。

私の手を強く握り、殿下が顔を近づけて囁いた。

「それでも、俺はおまえのおかげだと思っている。あの夜、おまえと出会わなければ、今こうして踊ることもできなかった」

漆黒の深い眼差しに呑み込まれそうになる。殿下の言葉に抗える気がしない。なにも考えられず、熱に浮かされたようにぼうっとしていると、殿下は悪戯を思いついたように付け加えた。

「そんなに子爵が嫌なら、もうひとつべつの案がある」

「なんでしょうか？」

「第二王子妃の肩書きだ。子爵とどちらがいいか選べ」

「は………？」

今、なんて……？　第二王子妃？　妃？　えぇぇっ？　意味がわからない！

「……冗談、ですよね？」

「俺は冗談で求婚などしない」

ダリウス殿下がムッとする。

それが演技には見えないので、私は余計に混乱した。

殿下も多少は私に好意を持ってくれているんじゃないかなんて……密かに夢見ていたことは認める。嬉しくないわけがないけれど、いきなり求婚というのは腰が引けてしまう。

「……そんなに簡単に決めていいんですか？　それに、どうして私に……」

「おまえみたいな女は初めてだ。この一月でおまえのことはよくわかった。芯が強く、行動的で頭もいい。真剣に仕事と向き合う姿勢も、気後れせずに俺に意見するところも気に入った。俺はそういう妃がほしい。王宮で着飾っているだけなら人形で済むからな」

なぜか今ひとつ、求婚されている気がしない。

生まれて初めて、告白されていて……しかもこれほどの王子様からだというのに、ロマンの欠片も感じないとは。この殿下に、『好き』とか『愛している』なんて言葉を望むほうが間違っているのかもしれない。

でも、私の本質を見てくれていることはとても嬉しい。肩書きや外見にとらわれることなく人を見る殿下に、私も惹かれたのだ。

そのお気持ちには応えたいけれど、王族であるダリウス殿下が、勝手に結婚など決めていいのだろうか。それに、もしも私が殿下と結婚することになったら、パメーラ王妃様がお姑さんになるわけで……

はっきりしない私に、ダリウス殿下は痺れを切らしたらしい。

「いつもの思い切りの良さはどうした？　子爵と王子妃、どちらも辞退することだけは許さないからな」

「わ……っ」

殿下の腕が私の背中に回されて、体を大きく傾けさせられる。鼻と鼻がくっつきそうなほど間近に、殿下の美しい顔が迫ってくる。

息ができない。……これって、一種の拷問に近いと思う。

「さあ、選べ。アリッサ」

獣に追い詰められたような心境で、声を振り絞る。

「では……とりあえず子爵で」

「な……っ」

その瞬間のダリウス殿下の凍り付いたような表情を、私は一生忘れないだろう。

コーネル子爵の称号は、兄さんに受けてもらうことにした。

クラウス王国では女性にも爵位を持つ権利はあるけれど、私にはやっぱり似合わない。王宮で働く兄さんにとって、爵位は邪魔になるものではないだろう。

けれど、ダリウス殿下はややご不満そうだった。

「レスターが子爵でも構わないが、おまえはその妹だぞ。薬店など営む必要はないだろう」

「なにを仰るんですか。私はこの店を開くために王都に来たんです。ダリウス様のご依頼のために一月も閉めていたんですからね、これからはもっとがんばりますよ」

「……もっとがんばるのか」

カウンターに肘を突いた殿下は、いじけたように香草茶のカップを口に運んだ。

ここは、クラムの下町にある私のお店の中。ダリウス殿下の誕生日から既に一週間が過ぎていた。

殿下の呪いが解けてから、町では黒い獣の目撃談を耳にすることはなくなった。獣は捕獲されてサーカスに売られたとか、仕留められて毛皮にされたとか……しばらくは様々な憶測が飛び交っていたけれど、それもすぐに忘れ去られるだろう。

当の黒い獣であったダリウス殿下は、このところ毎日のように店へ来てくれる。お顔が見られて嬉しい反面、いつも決まって真っ昼間なので、騎士団のほうは大丈夫なのかと、私はそれだけが気になっていた。

「ダリウス様、お仕事を抜けていらしていいんですか？　ジーノさんは、ここにいらっしゃることをご存じなんですよね？」

「ジーノには町の視察に出ると言ってあるから問題ない」

「問題ありです。公務中に堂々とサボらないでください」

いくら優秀すぎる団長でも、これでは部下に示しがつかないだろう。

カウンターの中にいる私を殿下がじっと見つめる。

今の私の格好といえば、店でいつも着ているエプロンドレスで、髪は動きやすいように後ろで束ねているだけだった。

王宮にいたときのメイドの制服よりずっと地味だし、ましてや夜会のときのドレスなんかとはくらべものにならない。

女らしくないとか、洒落っ気がなさすぎるとか思われているんだろうな……

「そんなに見るほど、変な格好ですか？　でも、豪華なドレスを着て調合はできませんから」

自虐的に言うと、殿下は頬杖を突いて首を傾げた。

「ドレスなど夜会で着れば十分だ。その格好もおまえらしくて悪くないぞ」

「……そうですか」

不意打ちを喰らった私は赤面しそうになって俯く。

プロポーズにはロマンの欠片もなかったのに、ときどきこういうことをさらっと言うから、殿下は油断ならない。やっぱり、世の中の多くの女性を誤解させまくっていると思う。

扉のベルが鳴って、ひとりの女性が入ってきた。殿下が素早くカウンターの中に身を隠す。

騎士がこんなところで油を売っているのが見つかれば、あまりいい噂は立たないだろうから。

「いらっしゃいませ……あ、今日もですか。お疲れ様です」

お客様というより、お使いの方だった。この一週間ずっと、パメーラ王妃様の侍女が交代でお手紙を届けに来ている。

「今日は王妃様から贈り物も預かってまいりました。こちら、メイベル菓子店の焼き菓子です。どうぞお受け取りください」

今度は高級菓子で釣ろうという魂胆ですか……王妃様。

「困ります。いただけません」

「そう言われましても、お渡ししなければ私が叱られます。王妃様のお気持ちだそうですから」

「でも……」

「とにかく、お渡ししましたので。そして、願わくは王妃様のご希望を叶えてさしあげてください。私どももそれを望んでおります」

侍女は一礼して帰って行き、殿下がカウンターの下から現れた。

「専属の薬師になれという、例の誘いか。まだ諦めていないとは、義母上はずいぶんとおまえにご執心のようだ」

実は、これまた厄介なことが起こっていた。

私が作った化粧水を気に入った王妃様は、専属の薬師として王宮に上がるよう熱心に誘ってくださっている。

殿下の呪いを解いた結果、王妃様を魔女の呪縛から救ったことでも、私の力を認めてくださったらしい。

それはとても光栄なのだけれど、私はやっぱり町の人たちの役に立ちたい。

「ありがたいお話ですが、私はこのお店を続けたいので」

「そんなにおまえの化粧水がほしければ、ここまで通って来いと言ってやれ。……あの人なら本当に通いそうで怖いがな。ここで鉢合わせするのは勘弁だ」

「それは、王妃様に失礼ですよ」

殿下は菓子箱を勝手に開けて、中の焼き菓子を物色している。ひとつつまんで、お行儀悪く口に放り込んだ。

「だいたい、俺がこの店に負けているというのに、義母上におまえを取られてたまるか」

「ダリウス様、それは……」

「わかっている、気にするな。俺への返事はいつまでも待つつもりだ。……もちろん承諾と信じているが」

どことなく拗ねたように言って、「今日のところは帰る」と殿下は扉へ向かった。

私は殿下から求婚された上、返事をお待たせしているという、信じられない事態になっている。

当然ながら殿下の思いは嬉しい。

でも、結婚となるとあまりに急で未だに戸惑っているし、なにより私はまだこのお店を続けたい。

そのことは殿下も理解してくれて、私を急かさずにいてくれる。

ただ、殿下を好きな気持ちだけは、きちんとお伝えしなければと思う。それなのに勇気が出せず言えないままでいた。

「あの、ダリウス様……」

扉を開けた殿下を、思い切って呼び止めた。振り返る殿下の足下を、なにかがひゅんとすり抜けていく。目にも留まらぬ速さでカウンターに飛び乗ったのは、一匹の白いネズミだ。

『ごきげんよう、アリッサ。それにダリウス殿下』

幻聴かと思ったら、ネズミの額(ひたい)には黒い星模様があった。

それにこの口調……まさかと思いながら話しかける。

「あなた、生きていたの？　という聞き方も変だけど……」

『鏡を破壊されたので行き場がなく、屋根裏にいたネズミに取り憑(つ)きました。快適とは言い難(がた)いですが、動けるところは今までより便利ですね』

やはり、ネズミの正体は消えたと思っていた魔女のモイラだった。鏡から今度はネズミに乗り換えるという器用さに舌を巻きつつも、私は身構える。彼女がここに現れたのは、鏡を壊された仕返しをするためとか、王家への復讐をまだ諦めていないせいだと考えたからだ。

『そんなに警戒しないでください。あれから私も反省したんです。フィリス様と上手くいかなかったからといって、五百年もいじけていたのは良くなかったと。あなた方にもいろいろとご迷惑をおかけしました』

いじけていたなどという可愛いものではなかったと思うけれど、モイラ自身がなにか吹っ切れたようなので良かった。

「そう言ってくれて嬉しいわ。それで、今日はなにかご用？」

「アリッサ、どうしてネズミと話しているんだ？　まさか、これもなにかが変身しているのか？」

私とネズミのやり取りを見ていた殿下が、危ぶむように口を挟んだ。

獣姿の殿下の声が普通の人には聞こえなかったのと同様に、今のモイラの声は殿下に聞こえていないらしい。

「このネズミ、鏡の魔女のモイラです。鏡がなくなったので、今度はあのとき屋根裏にいたネズミに取り憑いたそうです」

「なんだと？」

殿下はいきなり腰の剣を抜くと、小さなネズミに向かって構える。

「魔女め、なにをしに来た？　返答によっては俺がとどめを刺してやる」

『乱暴な方ですね。フィリス様とは大違い。それに、恋愛より仕事に熱心な恋人に振り回されている腰抜けっぷりもどうかと思います。アリッサ、こんな王子のどこがいいんです？』

「……言葉はわからんが、今もの凄く侮辱された気がしたぞ」

「ダリウス様……落ち着いてください。相手はネズミですし」

「外見はネズミでも中身は悪辣な魔女だろう。放っておくとなにをしでかすかわからん」

『ずいぶんな言われようですね。私は今日、振り回してしまったお詫びに来たんですよ。殿下に新たな呪いをおかけします』

「ちょっと待って！　お詫びに呪いってておかしいじゃない。なにする気なの？」

私が止める間もなく、モイラが殿下に向かって小さな両手を上げる。どこからかボンと煙が湧き上がり、殿下の体をうっすらと包んでいく。

これは、獣に変身するときの兆候だ。

「ダリウス様！」

思わず名前を呼びながら、煙を掻き分けて駆け寄ると、そこにはちゃんと人の姿を保った殿下がいた。

ほっと胸を撫でおろした私は、よくよくその顔を見て目を丸くする。

「ああっ、殿下、お耳が……」

「耳？　耳がどうかしたのか？」

自分で両耳に触れた殿下の顔が、真っ青になった。

「なんだこれは！　アリッサ、鏡を見せろ！」

急いで持ってきた手鏡を覗き込んで、殿下はがっくりと肩を落とす。

「耳だけ変身するとは……いっそ全身のほうが良かったかもしれん。おい、変態魔女！　俺をすぐに元に戻せ！」

ダリウス殿下にかけられた今度の呪いは、全身ではなく部分的に獣に変化するものだった。

黒い毛の生えた大きな三角耳だけでなく、腰のあたりでもパタパタと黒いものが揺れている。

殿下に生えた、黒い獣耳とふさふさの尻尾に触りたくてたまらない。私のツボを刺激しまくったお詫びの品に、心がぐらぐらと揺れる。

『お気に召しました？』

「もちろん……じゃなくて、困るわ！　ずっとこのままなの？　元に戻る方法は？」

『簡単です。この呪いを解く鍵はおとぎ話の定番、真実の愛の口づけですから。せいぜいモフモフを堪能してからキスしてあげてください』

「キ……！」

獣耳と尻尾に浮かれていた私はいきなり正気に引き戻された。

「アリッサ、なにを話している？　呪いを解くにはやはりネズミを仕留めるのか？」

「いえ、その……」

『魔女の鏡は人の心を映すと言いましたよね。このあいだ、あなたが私の鏡に触れたとき、あなたの願望はすべて見えましたから。では、後は若い人たちでどうぞごゆっくり』

「ちょっ……待って！　どこに行くの、モイラ！」

モイラが足でトントンとカウンターを叩くと、瞬時にその姿は消えてしまう。

キスですって？　モイラ、なんて余計なことを！

「アリッサ、モイラはなんと言ったんだ？　元に戻る方法を聞いたんだろう？」

「キ……ッ、いえ……ええと……その……」

キスすれば戻るなんて言えば、殿下は強引にするに決まっている。

こんな形で殿下とキスだなんて……心の準備が間に合わない！

「アリッサ、顔が赤いぞ。熱でもあるんじゃ……」

「だ、大丈夫です！　ダリウス様……ちょっと距離が近……」

傍に来た殿下が私の額に手を当てた。

獣耳の殿下は可愛いのにかっこいいなんて狡い。

ますます顔が赤くなっているはずの私は、堪えきれずに俯く。

「本当にどうしたんだ、アリッサ。おまえまで変な呪いにかかったわけじゃないだろうな」

殿下の手がそっと私の肩を抱き寄せて、背中に回された。やさしく抱きしめられて、私は甘えるように殿下の胸に顔を埋める。

ちゃんと伝えなくてはいけない。私の気持ちと呪いを解く方法……勇気を振り絞って、言葉を紡ぐ。

「ダリウス様……あの……お話ししたいことが…………」

魔女がどこかで笑っている気がした。

獣の王子様に関する私の悩みは、まだまだ終わりそうにない。

死亡フラグ＆恋愛フラグが乱立!?

地味で平凡な女子高生・環（たまき）の通う学園に、ある日転校してきた美少女・利音（りおん）。彼女を見た瞬間、環はとんでもないことを思い出した。
なんと環は、乙女ゲームの世界に脇役として転生（？）していたのだ！
ゲームのヒロインは利音。攻略対象は、人間のふりをして学園生活をおくる吸血鬼達。ゲームに関する記憶が次々と蘇る中、環は自分が命を落とす運命にあることを知る。なんとか死亡フラグを回避しようとするものの、なぜか攻略対象との恋愛フラグが立ちそうで？

各定価：本体1200円+税
Illustration：弥南せいら（1〜3巻）/八美☆わん（4〜5巻）

1〜5巻好評発売中！

俺の友人である芝浦宗佐は、どこにでもいる極平凡な男子高校生だ。ところがこの男、不思議なほどモテる。今日も今日とて、彼を巡って愛憎劇が繰り広げられ、俺、敷島健吾が巻き込まれるわけで…… そのうえ、宗佐の義妹・珊瑚が、カオスな状況をさらに引っかきまわす。
「やめろ妹、宗佐を惑わせるな」
「健吾先輩の妹じゃありません!」
強面男子高校生・健吾の受難、今、開幕!

定価：本体1200円+税　ISBN 978-4-434-22448-5

illustration：夏珂

狩田眞夜（かりた まや）
新潟県在住。ライトノベルやゲームのノベライズなどの著作あり。猫好き、というより猫の下僕。日々、猫様のお世話に明け暮れている。

イラスト：あららぎ蒼史

王子様（おうじさま）のお抱（かか）え薬師（くすし）

狩田眞夜（かりた まや）

2016年10月6日初版発行

編集－瀬川彰子・羽藤瞳
編集長－塙綾子
発行者－梶本雄介
発行所－株式会社アルファポリス
〒150-6005 東京都渋谷区恵比寿4-20-3 恵比寿ｶﾞｰﾃﾞﾝﾌﾟﾚｲｽﾀﾜｰ5F
TEL 03-6277-1601（営業） 03-6277-1602（編集）
URL http://www.alphapolis.co.jp/
発売元－株式会社星雲社
〒112-0005東京都文京区水道1-3-30
TEL 03-3868-3275
装丁・本文イラスト－あららぎ蒼史
装丁デザイン－ansyyqdesign
印刷－大日本印刷株式会社

価格はカバーに表示されてあります。
落丁乱丁の場合はアルファポリスまでご連絡ください。
送料は小社負担でお取り替えします。

ISBN978-4-434-22447-8 C0093